LA LUMIÈRE ASSASSINÉE

« Un soir à New York, un jet d'acide en pleine face. Quand j'ai compris que c'était de l'acide, il y a eu une seconde où l'animal en moi a réagi avec une telle violence, un tel cri, qu'à ce moment-là j'ai cru vraiment basculer dans la folie. »
Hugues de Montalembert a trente-cinq ans quand la nuit fond ainsi sur lui. Il est peintre, il vit à Greenwich Village. Et un soir l'agression. Qui ? Pourquoi ? Il ne le saura jamais. Mais sa vie a basculé.
« J'écoute les bruits des grands fonds, je guette l'apparition des monstres froids, aveugles. Je coule. L'obscurité est totale, liquide, palpable. Elle m'entre dans le nez, les oreilles, la bouche. Elle enveloppe mon corps, le pénètre. »
L'hôpital. La souffrance. L'angoisse. Des interventions chirurgicales. Des chutes, des espoirs et des chutes. Et la nuit, toujours, qu'il faut bien finir par apprivoiser puisqu'on est là, vivant, avec toute sa force. La rééducation, une découverte nouvelle de l'espace, des choses et des êtres, du bout de la canne, du bout des doigts.
« Et puis il y eut Valouchka, sœur d'Ariane au labyrinthe. Elle n'avait pas besoin du fil de sa sœur, car elle était porteuse de lumière. Elle était Lucifer et, par la seule force de cette lumière, elle creva le labyrinthe d'ombre et parvint jusqu'à moi. »
Une femme. Et très loin au fond de l'Indonésie, une île. L'Ile. Le lieu où l'eau, la terre, le soleil se rejoignent et se fondent pour une réconciliation avec le monde — l'Ile « où la nuit est vaincue par l'aura des volcans ».

HUGUES DE MONTALEMBERT

La lumière assassinée

ROBERT LAFFONT

© Éditions Robert Laffont, S.A., Paris, 1982.

A Valérie

*Si l'homme ne fermait pas souverainement les yeux,
il finirait par ne plus voir ce qui vaut la peine d'être vu.*

René CHAR

SOMMAIRE

1
New York. L'attaque.
2
Prémonitions.
3
Vaudou à Harlem. Aho, mon père africain.
4
Hôpital. Les larmes artificielles.
5
Le père jésuite.
6
Makassar.
7
Nettoyez ces ordures.
8
Première opération. J'ai gardé mes deux yeux.
9
J'ai peur, peur de faire peur.
10
Le monde extérieur. La nausée de la vie.
11
Marcher droit.
12
Lighthouse. La rééducation.

13
La solitude capitonnée.

14
Valouchka.

15
Les murs n'ont pas volé en éclats.

16
Paris. Ma mère Yo.

17
« Ferme les yeux et dors. »

18
Concerto pour une camisole de force.

19
L'amour fou.

20
Balade de nuit. Balade de jour.

21
Barcelone I. Un regard mordant.

22
La tentation de l'invisible.

23
Le billard du hasard.

24
Trancher la gorge au Minotaure.

25
Mexique. L'Aventure noyée.

26
Barcelone II. Le labyrinthe d'ombre se referme.

27
L'Ile. Hisser les voiles sur une coque éventrée.

28
Me laver de la mort dans la mer de Java.

29
Je t'aime et pourtant le sable est devenu noir.

30
Errance dans la nuit.

31
Singapour. « L'opium », a dit Rama.

32
La nuit vaincue par l'aura des volcans.

1

Depuis quelques semaines, je me sens en danger. Il y a eu des signes prémonitoires que je n'ai pas su analyser. Cela fait deux ans maintenant que j'habite New York. Je me sens moralement, spirituellement, déchargé. C'est le printemps et ce soir 25 mai, en dépit d'une pluie fine, je vais prendre l'air à Washington Square. J'habite une petite maison, au fond de l'étroite impasse de Mac Dougal Alley, très exactement au n° 13.

En rentrant, alors que j'introduis la clef dans la porte sur la rue, deux mains me saisissent aux épaules et, violemment, me projettent à l'intérieur. La porte se referme et j'entends des voix typiques du ghetto qui me donnent des ordres. Ils sont derrière moi, dans la confusion je ne saurais dire combien. Il y a un couteau. On me force à monter les escaliers jusqu'au premier étage, jusqu'au salon.

Je peux distinguer ceux qui m'attaquent, deux Noirs. L'un grand, large, qui tient le couteau. L'autre efféminé, malingre, pourrait être jamaïcain, avec une boucle d'oreille.

Dans un langage syncopé, ils me demandent l'argent. J'ai trente dollars sur moi. Je les pose sur la table, ils ne les regardent même pas. Le costaud presse le couteau contre ma gorge, m'insulte et demande le reste de l'argent. Je n'ai pas d'autre argent sur moi. Je lui explique que tout est à la banque. Il jure, presse le couteau et m'ordonne d'enlever mes vêtements. Je retourne mes poches, je me déshabille. J'ai peur. Je me sens très fatigué.

Je sais que je n'arriverai pas à trouver les mots qui calmeraient. Je me souviens d'autres situations dangereuses, en Asie, au Viêt-nam, en Afrique, dont je m'étais tiré en désamorçant la haine, grâce à une force que je sens ce soir absente.

Le Noir efféminé a disparu. Il est monté dans l'atelier de peinture, à l'étage au-dessus. Il redescend en portant une radio qu'il met à plein volume. Il s'assoit sur le sofa, allume une cigarette de marijuana et la passe à l'homme au couteau.

Maintenant, je suis entièrement nu. Le costaud me crie des choses dont je ne comprends pas la moitié, des insultes, des demandes. Il joue avec le couteau sur mon corps.

Le gringalet se relève et disparaît à l'étage au-dessous. J'entends des bruits de meubles qu'on bouge, de tiroirs qu'on ouvre. Il semble pris de rage. Je découvrirai plus tard qu'il a renversé tous les tiroirs au milieu de la chambre. Il remonte. A la manière dont ils parlent entre eux, je sais qu'ils sont drogués, *speed*. Je ne peux me rappeler leurs paroles, mais ils semblent déçus. Il n'y a pas d'argent dans cette maison, ni bijoux, ni objets de valeur.

En pointant le couteau contre ma gorge, le costaud commence à me donner des coups sur la tête, dans les côtes. Le couteau court sur mon corps et j'ai peur qu'il me tue, qu'il me châtre. Je vois dans ses yeux comme une folie, comme un amusement, le sadisme. Et soudain, je sais que l'argent ne l'intéresse plus mais que c'est moi.

Le danger est palpable. Je sais que si je ne fais quelque chose, je vais mourir. Un instant, ses yeux se détournent de moi. A quelques pas, accroché au manteau de la cheminée, il y a un gros tisonnier de fer, crochu. Rapidement je m'en empare et lui en assène un coup, de toutes mes forces, mais je n'ai pas visé la tête. Il y a lutte, confusion, des meubles se renversent, le tisonnier m'est arraché des mains.

Au rez-de-chaussée, je sais trouver le même tisonnier, accroché à la cheminée. Je saute dans l'escalier, le dévale en courant, arrive dans la chambre et m'en empare. Le couteau est derrière moi. J'assène des coups. Il semble ne rien sentir. Nous tournons autour d'une table. Je remonte l'escalier avec l'homme derrière moi. Arrivé en haut, je vois le malingre mais n'y fais guère attention. Il ne compte pas. D'un seul coup, je pourrais le tuer. Je gagne le milieu de la pièce, fais face à mon poursuivant. Cette fois, je suis prêt à viser la tête. Je suis prêt à tuer. Nous nous regardons. Je le fixe dans les yeux pour essayer de devancer son prochain mouvement et c'est à ce moment-là que je reçois un liquide chaud en pleine figure. Je tombe.

J'ai juste eu le temps de réaliser que c'était le Jamaïcain qui me l'avait lancé. Je pense, bêtement, que c'est du café qu'il s'est fait à mon insu. Je crie. Aveuglé par le liquide brûlant, je porte les mains à mon visage pour m'essuyer les yeux et sens quelque chose de gluant. Je hurle à pleins poumons. Non pas parce que j'ai mal, mais parce que j'ai peur.

J'ai peur du couteau, j'ai peur qu'ils me tuent. Je hurle si fort qu'eux-mêmes prennent peur et je les entends qui déboulent l'escalier.

Je me rue dans la kitchenette, au-dessus de l'évier, et m'asperge d'eau froide. Ça brûle.

Je lave... je lave... je lave.

La police, appeler la police. Aller le plus vite possible dans un hôpital. Je me dirige vers là où je sais qu'il y a un téléphone. Je me déplace dans un aquarium. Tout est glauque. Je forme le zéro. Je ne me souviens plus du numéro de police secours. J'obtiens l'opératrice, une Noire, je le sais à la voix. Le plus calmement que je peux, je lui demande d'appeler la police tout de suite. Je lui donne mon adresse. Elle répond : « Où c'est ? » Je lui dis : « Près de Washington Square. » Elle me demande : « Où est Washington Square ? » Je suis désespéré.

Je sens que tout cela est trop pour elle, que peut-être elle ne fera rien, que peut-être elle pense que c'est une blague. New York est tellement immense et tant de choses s'y passent. Elle me jure qu'elle va contacter la police. Cela me rassure à peine.

Je raccroche, descends et m'aperçois qu'ils ont laissé la porte sur la rue ouverte. Je suis nu. Je ferme la porte.

Je me mets sous la douche pour laver cet acide qui continue à me brûler le visage et qui a coulé sur certaines parties de mon corps.

Je lave... je lave... je lave. Mais je sens que c'est toujours là !

J'y vois déjà moins. La vision est plus floue, plus opaque.

Tout à coup, je réalise que, sous la douche, je n'entendrai pas la police arriver. Je sors de la douche et m'habille à tâtons. Je cherche des vêtements. Je n'y vois pratiquement plus rien. Je bute dans les tiroirs que l'efféminé a renversés au milieu de la pièce. J'enfile n'importe quoi. Je ne trouve pas mes chaussures. Je remonte à l'étage mais ne les trouve toujours pas.

Je redescends, rouvre la porte qui donne sur la

rue. J'entends des gens passer et les arrête de la voix :

« Please! call the police, appelez la police, j'ai été attaqué. J'ai de l'acide dans les yeux, appelez la police, allez chercher la police! »

Les pas se sont arrêtés. L'impasse est un lieu historique; de nombreux peintres, comme Pollock, y ont habité, des écrivains aussi. Le soir, les gens de New York viennent visiter. Les pas se sont arrêtés, mais on ne me répond pas :

« Please, j'ai été attaqué, j'ai de l'acide dans les yeux, allez chercher la police! »

Les pas s'éloignent. On ne me répond pas.

Finalement, quelqu'un me dira : « O.K., don't worry, I'm going. » Je referme la porte. Maintenant, je sais que la police va venir. Je vais prendre des cigarettes sur la table de nuit et m'assois sur les marches, face à la porte, pour attendre. Une demi-heure se passe et rien ne vient. Je retourne dans la chambre et réussis à former le numéro d'un ami peintre qui n'habite pas trop loin. Je lui explique ce qui est arrivé et lui demande d'appeler la police. Je regagne l'escalier et m'oblige à fumer pour garder mon calme en faisant un geste normal, un geste quotidien.

Quand j'ai compris que c'était de l'acide, il y a eu une seconde où l'animal en moi a réagi avec une telle violence, un tel cri, qu'à ce moment-là j'ai vraiment failli basculer dans la folie. Il a fallu une contraction de tout l'instinct vital de toute ma volonté, pour arrêter la panique, renverser le processus. Depuis ce moment-là, j'agis. Je ne pense pas.

La fatigue a disparu. Il y a cette sensation d'irrémédiable qui me tord l'estomac. Je sais que quelque chose de très grave est arrivé, mais ne sais quoi exactement et je ne veux pas y penser.

Je suis là, assis sur ces marches en fumant.

J'attends. Je ne pense pas. Une impression d'irréalité paralyse mon cerveau. Des coups dans la porte. C'est la police qui arrive enfin, en même temps que mon ami peintre sur son vélo. J'écrase la cigarette. Des bras me saisissent et me poussent. Je descends les marches en titubant. Je n'ai pas mes chaussures. On me met dans la voiture de police qui démarre immédiatement. Nous arrivons rapidement à l'hôpital, dans la salle d'urgence.

On m'allonge dans une gouttière, sorte de table en fer, et des infirmiers commencent à m'asperger d'eau.

Je suis nu. On m'a enlevé tous mes vêtements, on m'a même enlevé ma chaîne en or de baptême que je ne reverrai plus, volée dans cette salle d'urgence. New York et ses charognards.

L'eau est glaciale. L'acide brûle. Je hurle. Je tremble. Mon corps n'est plus qu'un tremblement affolé qui me fait battre contre la tôle. Je sens que ma vue diminue et n'arrive pas à distinguer les gens autour de moi. Je ne vois que des silhouettes, comme si j'étais plongé dans un aquarium. La tôle de la gouttière résonne de la panique de mon corps. Je demande :

« Où est le docteur ?

« Dites-moi si c'est grave. Je veux savoir. Est-ce que c'est grave ? Je suis peintre, c'est très important pour moi de savoir si c'est grave ! »

La voix me répond :

« C'est très grave. »

Je reste sur cette gouttière longtemps. Autour de moi, dans cette salle d'urgence, il y a toute une agitation. Des gens qui gémissent, des enfants qui pleurent. Quelqu'un continue de m'arroser.

Puis on me prend et on me transporte dans une

salle fortement illuminée. On m'assied sur une chaise de fer, sous une douche, en me demandant d'ouvrir le plus possible les yeux et de maintenir les paupières ouvertes avec mes doigts. Je tends mon visage vers la pomme de la douche qui m'aspergé d'eau froide. Je suis gelé.

Il y a une nurse. Je peux encore voir sa silhouette. Elle est très grosse. La voix me dit que c'est une Noire et je reste là, sous la douche, peut-être pendant une heure. Puis mes souvenirs deviennent troubles et vagues.

Je me retrouve couché dans une chambre et, toute la nuit, une infirmière très douce me baignera les yeux chaque demi-heure. Je ne vois plus rien. Je ne souffre pas et mon cerveau continue à s'anesthésier. Je ne pense pas. Le matin vient.

Déjà je me sais sur le chemin de l'irrémédiable.

2

JE l'ai dit, il y a eu des signes prémonitoires.

Dans la vie, il faut écouter son instinct, puis faire exactement le contraire, m'a dit un jour ce Polonais échappé des camps de la mort.

Pourtant, tout en reconnaissant qu'il ne faut pas laisser l'animal en nous dominer l'homme, je regrette de ne pas avoir suivi plus instinctivement mes prémonitions.

Quelques mois avant l'attaque, à un tournant de ma vie, sentant mon futur enfermé dans une équation au facteur flou, je demande à John, le prêtre vaudou, de me faire une divination.

Je me rends à Harlem, dans un sous-sol de la 114e Rue, près de Lexington Avenue, John fait quelques prières à Legba, un des Vaudous les plus puissants, puis à Fa, le Vaudou des devins. Il emploie la langue Yoruba additionnée d'un fort accent américain. Il sort d'un sac un coquillage luisant, long d'un doigt, et une petite pierre noire.

Je secoue ces objets puis les sépare, un dans chaque main. Son interprétation diffère selon que la main qu'il désigne renferme la pierre ou le coquillage.

« Tu as une forte vitalité mais, my boy, il y a

tellement de gâchis, gâchis de temps, gâchis d'énergie ! Tu peux travailler dur, longuement et sans résultat. Tu travailles pour rien ! Il y a en toi deux types qui s'opposent. Tu ne t'insères pas dans ta famille. Tu es un bohémien. Tu ne crois ni à l'ordre, ni au rang social. Tu portes ton père en toi, et pourtant, vous n'êtes pas du même côté de la porte. Ne combats pas le côté conventionnel, tu es aussi conservateur. Mais il y a quelque chose de différent en toi, qui te propulse en avant. Tu appartiens au XXIe siècle. Tu ne peux pas être les deux, tu ne peux pas être un hippy en complet-veston.

« Une fois pour toutes, tu as décidé que l'esprit est plus important que le corps, tu as tort ! Tu dois changer, sinon tu risques la thrombose.

« Tu as eu une dispute, récemment, avec quelqu'un de très proche. »

Il lance les coquillages.

« Ta femme, elle est comme l'océan, toujours en mouvement, toujours sous pression. Beaucoup de disputes et pourtant des liens très forts entre vous.

« Pour ce que tu veux faire dans la vie, pas de problème ! Ton cerveau marche bien, mais mets donc ton esprit dans ton corps. Cesse de te considérer comme un superman, cela ne causera que la ruine de ton corps.

« As-tu jamais travaillé de tes mains ? Sculpture ? Peinture ? Alors, ce doit être une peinture forte, faite plus avec les doigts qu'avec le pinceau, à pleine pâte.

« Maintenant les femmes, my boy ?

« Il y a des périodes où pour toi, c'est la pleine lune. Mais attention, quelquefois, il y a un halo autour de la lune, qui peut te rendre malade. Contrôle-toi, contrôle ta passion. »

Il me demande de secouer à nouveau pierre et

coquillage. Je répète ainsi l'opération une trentaine de fois, mais quelque chose semble interférer.

Il prend dans un petit sac des cauries qu'il jette sur la table et dont il examine la disposition. Par moments il chante à voix basse, en Yoruba.

« C'est un Legba très intéressant. »

Il jette à nouveau les cauries.

« What kind of a freak is that!... Main gauche. »

J'ouvre ma main gauche, c'est à nouveau la coquille.

« Non!... Secoue et sépare encore. »

Nous recommençons le manège plusieurs fois.

Lorsque enfin je produis la pierre noire, il dit :

« Yes! Ton Legba est un Legba Elekki. Il te faudra aussi porter une chaîne autour du cou, avec quelque chose accroché. J'essaie de savoir ce que c'est et je n'y arrive pas. »

Il jette à nouveau les cauries, je secoue et sépare le coquillage de la pierre noire.

« Ça y est! Je sais ce que c'est. Incroyable! Je t'explique. Legba est la clef de voûte des Yorubas. Legba est un bohémien qui porte un complet-veston. Legba, c'est le changement! La vie est changement. Legba, c'est les avatars de la vie. Par exemple, quelqu'un tombe d'un toit sur quelqu'un d'autre et le tue. Voilà, ça c'est Legba!

« Disons qu'il y a cinquante millions de Yorubas dans le monde, en Afrique, ici, à Cuba, en Haïti et au Brésil, chacun d'eux possède un Legba. C'est l'ange gardien des chrétiens. Il n'y en a pas trois qui ont le même que le tien. C'est un Legba très rare, très sauvage. Il peut te rendre de grands services.

« Il te faut un Legba et le collier, mais tu devras de temps en temps le nourrir avec le sang d'un poulet, tous les deux mois par exemple, ou plus souvent si tu te trouves en difficulté. Il faudra t'initier et te consacrer à Legba, sans t'occuper des autres Vaudous. Legba n'est pas un gri-gri, c'est ton regard sur le monde et ton bâton de marche. »

Il me décrit la matérialisation du Legba qu'il va fabriquer et me demande de le rappeler dans deux semaines.

« Il faut protéger ton esprit autant que ton corps. » Et il ajoute cette phrase qui, aujourd'hui, me semble lourde de sens.

« Tu veux le monde et c'est très bien, mais rappelle-toi, tu ne peux jouir du royaume dans un fauteuil roulant. »

C'est vers cette même époque que je commence à peindre un grand tableau qui représente un Noir à mi-corps conduisant un cheval dont on ne voit que la tête et le poitrail.

Au départ, le sujet n'était pas du tout celui-là. Le tableau devait représenter une femme riche, en manteau de fourrure, guidant son coursier préféré. En somme, une illustration de l'égoïsme et de l'argent. C'est à ma grande stupéfaction qu'au lieu et place de cette femme est apparu un Noir au torse nu et musclé.

Le tableau s'achève assez rapidement, si ce n'est un détail. Impossible de peindre les yeux ni de l'homme, ni de l'animal; ou plus exactement, je les peins et aussitôt la toile perd toute signification. Plus je la regarde, plus j'ai conscience d'avoir exécuté, en quelque sorte, un autoportrait. Cet homme et ce cheval un peu fou représentent deux aspects de ma personnalité.

Finalement, pour le cheval, je laisse le canevas blanc à la place des yeux mais pour l'homme, je frotte légèrement avec un kleenex, ce qui a pour effet de recouvrir les orbites de peau, comme si ses paupières étaient aussi soudées que les miennes aujourd'hui.

Lorsque après l'accident Idanna, ma femme dont je suis séparé, déménagera mes affaires, elle reviendra à l'hôpital et me parlera du tableau que j'avais alors oublié. Elle racontera le choc qu'elle a eu en rentrant dans le studio, se trouvant face à face avec ces deux êtres aveugles.

Peindre un tel sujet avant de perdre soi-même la vue est tout de même un étrange concours de circonstances.

Enfin, huit jours avant l'attaque, je me réveille un matin, angoissé. Une phrase résonne en écho dans mon crâne « Je suis en danger ». Je me sens déraper. Je ne suis plus comme l'animal sur sa piste. Si perdu déjà, que je vais parler aux prêtres de ma religion, non pas que je croie plus en leur Dieu, mais simplement parce qu'il y a trop longtemps que je parle aux prêtres des autres Dieux.

Dans cette ville de New York, étouffée de matière, il faut que je rencontre quelqu'un qui base sa vie sur l'exercice spirituel, quelle que soit sa croyance. Je vais donc voir les jésuites de Park Avenue, l'ordre qui m'a éduqué. Mais ce jour-là, ils ne veulent que me montrer la richesse de leur temple et les noms des donateurs inscrits en lettres d'or dans le marbre.

Je regarde ce jésuite de mes yeux encore là, tandis que tourne et retourne dans ma tête cette phrase « Je suis en danger ». Mais la figure rouge, apoplectique, gonflée d'hormones, reste indifférente.

Oui, je suis injuste, mais quand même une certaine colère me prend quand j'y pense ou quand je pense à Dieu. Et ce que j'appelle Dieu n'est probablement pas ce que vous appelez Dieu. Mais c'est bien contre ce Dieu-là, le vôtre, le leur, que ma colère monte. Mon Dieu est un Dieu d'indifférence sans compassion, sentiments humains qui n'ont rien à voir avec la création du monde, le principe créateur, le principe de vie. Mon Dieu est le Dieu d'Aho, ce vieux prêtre Vaudou avec qui j'ai vécu au Dahomey, qui me disait :

« Ça ne sert à rien de prier Dieu, c'est lui faire injure que de prier. C'est une présomption ridicule. Dieu a décidé d'avance et ne changera rien. Tu naîtras, tu vivras, tu mourras. Rien ne peut changer. Je suis né, je vis et je mourrai — il faut s'adresser aux petits dieux, aux Vaudous, aux ancêtres. Voilà pourquoi le culte des morts. Le Créateur ne viendra plus sur terre. »

Peut-être ce prêtre jésuite voit-il dans mes yeux cet appel au secours. Gêné, il se détourne :

« Vous savez, vous ne trouverez pas ici, parmi nous, la même qualité d'hommes que vous avez connue en Europe. »

Trois heures plus tard, après avoir visité de fond en comble l'église, les trois bibliothèques, les nouvelles salles de classe, le réfectoire et les cuisines, je me retrouve dans la rue, encore plus désespéré.

Je me sens en danger et ce qui me terrifie le plus, c'est l'absolue certitude qu'en moi, toute force intérieure a disparu. Je suis spirituellement vide et ne pourrai faire face.

3

PERSONNE ne veut ou ne peut accepter ma version :
« Je suis allé prendre l'air, le soir avant de dormir, en marchant le long de Washington Square. Je suis rentré. J'ai été attaqué par deux inconnus. » Impossible ! Impossible pour la police.

Le détective Mazola viendra dès le lendemain de l'attaque et les jours suivants. Je le sens suspicieux. Il me fait répéter inlassablement le déroulement des événements, dans l'espoir que je me contredise, rédige un rapport qui n'a rien à voir avec mes déclarations. Il y a des erreurs, certaines graves comme celle qui, par exemple, indique que c'est moi qui ai ouvert la porte aux agresseurs, ce qui laisserait supposer que je les connaissais. « C'est ce que vous avez dit à la police le soir de l'attaque. » Je sais que ce n'est pas vrai. Mais pourquoi veut-il me faire dire cela ? Qu'essaie-t-il de prouver ? Vengeance, crime homosexuel ? C'est dans cette direction que son esprit travaille. Je lui dis qu'il perd son temps. Je suis épuisé. Un docteur entre dans ma chambre et, avant que je réalise quoi que ce soit, fait un examen anal. Pourquoi ? Découvrir si je suis homosexuel, constater si j'ai été violé ? Je suis sûr que c'est à la demande de la police.

Je suis à l'étage des V.I.P. sous protection spéciale. La police craint quelque chose. Moi rien. Des journalistes sont en bas, alléchés. Je ne les reçois pas. La télévision et le *New York Times* ont relaté l'attaque, avec des détails faux. On m'y présente comme un personnage riche et important. Je vois bien qu'on ne me croit pas.

Un parent, de passage à New York, me téléphone de l'hôtel Pierre et une conversation hallucinante s'engage :

« J'aurais bien voulu passer te voir, mais je ne trouve pas de taxi. »

Voilà un homme qui a bâti un empire dans les affaires et qui soudain ne trouve pas le moyen de descendre quarante blocks.

« ... Ce qui t'est arrivé est certainement épouvantable mais tu sais... vieillir n'est pas drôle non plus. Voir chaque matin un peu moins de cheveux sur sa tête...

— Oui, Enrico, je comprends. Merci de m'avoir appelé. »

Des mois plus tard, je saurai qu'avant de me téléphoner, il a appelé la police qui lui a dit que l'affaire n'était pas claire. Il rentrera en Europe avec sa version : trafic de drogue!

Des amis journalistes, indignés de ce qu'ils l'entendent propager, s'offrent à écrire un article pour lui mettre le nez dans le ruisseau. Je refuse absolument, mais la tentation, poussée par le dégoût, a été grande.

Me voilà homosexuel, violé et trafiquant de drogue! Il me restait encore à devenir sorcier en magie noire. Ce n'est d'ailleurs pas la première fois que l'on m'accuse de sorcellerie.

Après un an d'Afrique, de retour à New York, le monde d'Aho me manque déjà. Dans la rue, je regarde les Noirs : se rappellent-ils d'où ils viennent, du Dahomey, de l'Empire Yoruba. Jamais, ou trop vite, nos regards se croisent — peur de la provocation.

Harlem, la cité interdite. Je suis sûr que les Vaudous y sont vivants. Peut-être quelqu'un perpétue-t-il là l'enseignement d'Aho. Mais comment entrer en contact ? Il y a bien le gardien haïtien du musée d'Art moderne qui a reconnu mes bagues d'initiation.

Vaudou... magie noire, sang, meurtres rituels... ces clichés traînent dans tous les subconscients. Comment expliquer que, pour moi, Vaudou signifie : paix, rire, poésie, équilibre intérieur.

Un matin, une force m'entraîne, comme un appel. Je vais m'asseoir au cœur de Harlem, dans la Schomburg Library, et y resterai aussi longtemps qu'il le faudra. Quelque chose arrivera, c'est certain. Dans la salle de lecture, je suis le seul Blanc.

Au bout de deux heures, une femme s'assied à la même table, avec un livre. Elle est habillée à l'africaine. Elle me regarde et dit :

« Qu'est-ce que tu étudies ?
— Vaudous... en fait, je veux savoir s'ils existent à Harlem. »

Elle sourit.

« Je suis moi-même fille d'Ogun.
— Tu veux dire femme d'Ogun.
— Comment sais-tu ces choses-là ? »

Je lui montre un objet rituel, donné par Aho.

« Tu as l'air d'une Yoruba... tes vêtements.
— Je suis Yoruba.
— Tu es née...
— A Harlem. »

Elle entrouvre sa chemise et me montre les colliers de perles aux couleurs d'Ogun.

Son nom est Cynthia.

Les semaines qui suivirent furent étranges. Peu à peu, Cynthia m'introduisait dans sa famille religieuse. Souvent elle me parlait d'un certain John, leur père spirituel, *The Godfather.* Elle m'observait.

Un soir, on me frotte de la tête aux pieds avec une langue de bœuf. Puis la langue est enroulée autour d'un papier griffonné et maintenue ainsi par une aiguille de bois. Nous allons ensuite jeter le tout au premier carrefour, là où se tient Legba, le Vaudou des chemins.

Un autre jour, je retrouve Cynthia chez elle, 108e Rue. Nous partons au marché à la volaille vivante, entre la 2e et la 3e Avenue. Pour douze dollars, nous achetons trois coqs blancs. J'en emporte deux dans un carton et Cynthia prend l'autre. Elle a emmené Olodoumé, son fils de quatre ans.

Nous nous rendons chez la mère de John, à quelques blocs de là. L'ascenseur est en panne et la cage d'escalier sent l'urine.

Au fond de l'appartement se trouve une petite chambre pleine de livres et de *drums,* certains gros comme des tonneaux. Cynthia se jette par terre, touche le sol du front, puis de chaque épaule alternativement.

Dans un coin de la pièce se trouve un sanctuaire avec plusieurs *orishas.* Sur le sol de carreaux noirs, mon Legba que je reconnais à la description que m'en a faite John, lors de la divination. Trois petits piquets de bois sont plantés dans un pot empli de terre. C'est un Legba Elleki ou Legba de bois. A côté, un petit Legba avec trois cauries — les yeux et la bouche — qui semble également tout frais. John doit nourrir son Legba en même temps que le mien pour ne pas le rendre jaloux. Enfin, juste à l'ouverture du sanctuaire, une pierre carrée se dresse, couverte de sang séché. « C'est mon business-Legba. La pierre représente un building car je suis dans l'immobilier. »

Le premier coq est sorti de sa boîte. John lui détache quelques plumes du cou et les jette sur les Legbas. Puis il tord le cou de l'animal et l'arrache. Le sang pisse sur les objets rituels. Les deux autres coqs seront sacrifiés de même. Il s'emplit la bouche de rhum et le pulvérise sur le sanctuaire, en faisant la grimace :

« Shit! It burns, I'm not used to it I don't drink alcohol. »

Il allume un cigare et s'agenouille.

Le sol maintenant est plein de sang.

« Pour sûr, c'est une religion de paysans! Dans un appartement, ça fout un bordel terrible! »

Il introduit l'extrémité allumée du cigare dans sa bouche et souffle la fumée sur les deux Legbas. Une bougie, du miel et quelques fruits d'origine africaine sont disposés en offrande.

« Regarde bien comment je fais, chaque fois que tu auras à nourrir ton Legba, il te faudra faire de même. »

Et je me retrouve dans le métro, avec cet objet quelque peu dégoulinant et mal dissimulé sous des journaux.

Un mois plus tard, John vient à Mac Dougal Alley, m'aider à *rafraîchir* mon Legba.

La cérémonie se déroule dans l'étroite entrée

de la petite maison car Legba est aussi le Vaudou du seuil.

Après avoir soufflé la fumée d'un cigare sur le Legba, John se redresse et dit :

« Bon ! tu nettoieras toute cette merde, j'ai un rendez-vous... je suis déjà en retard. »

Il ouvre la porte et s'immobilise. En face de lui, mon voisin fait pisser son chien. Voyant le spectacle qui s'offre : les coqs égorgés, le Legba ruisselant de sang, les noix de coco, la bougie encore allumée... sa bouche s'ouvre sur un cri qui ne sort pas.

John se retourne en éclatant de rire :

« Oh ! my God, t'as vu sa tronche ! »

Ce n'est que plus tard que la bouche de mon voisin se rouvrira... pour raconter cet événement à la police.

Vaudou, sorcellerie, magie noire, certains veulent y voir la source trouble de l'attaque. Pourtant les faits sont tout différents.

Dès les premiers jours dans cet hôpital, Aho est venu. Il s'est installé sur mon lit comme sur sa natte africaine. Notre dialogue est incessant. Parfois il intervient rudement et sans aucune politesse dans mes conversations avec les visiteurs, les amis. Cela lui est rendu facile car je suis le seul à le voir, à l'entendre et il en profite : « Elle ne sait pas ce qu'elle dit... elle a le cerveau sale, n'écoute pas. » Sa bouche dessinée comme un bronze du Bénin prend une courbe de mépris. Il se tient là, avec son curieux bonnet sur lequel on voit, en tissu appliqué, le lion du Roi Glé-Glé, le taureau de Ghézo et le requin de Béhanzin. Il est drapé dans son grand pagne d'apparat aux couleurs de bouton-d'or et de grenade. Aho, mon père africain qui m'a appris le rire qui vient des entrailles, le rire volcanique, Aho le dévoreur de vie, Aho le danseur, Aho le prince, Aho le Grand Prêtre Vaudou qui m'a initié. Pendant des mois, sur cette ancienne côte des esclaves, j'ai habité son palais de misère et écouté le soir, sous un ciel immense piqué d'étoiles, l'enseignement de la vieille Afrique qui se mourait. Pendant des mois, je l'ai suivi dans les palmeraies et les brousses pour pénétrer le secret des couvents. Avec lui, j'ai rencontré les sorciers, les « charlatans », les prêtresses, les Vaudous, les Forces positives et négatives. « Chaque rocher, chaque rivière, chaque plante, chaque personne porte la marque visible de la création divine et de sa dépendance envers le Créateur. Cette signature de Mahù, de l'Architecte, du Donateur, c'est l'Ombre. Je t'apprendrai à voir le monde invisible. »

Dans cette chambre d'hôpital, Aho me regarde et ses yeux sont pleins d'amour. Il me regarde dans cette attitude que je connais bien, un doigt posé sur la tempe où s'inscrivent trois incisions, souvenirs de la panthère mâle, l'Agassu, qui a pris la fille du roi au bord du fleuve et qui, dans le frémissement du plaisir, a laissé trois griffures sur chacune des tempes de la jeune fille. C'est maintenant là le signe de reconnaissance de tous les Fils d'Agassu, le Peuple Fon. Sa figure a cet aspect de bronze immobile qu'il a dans les circonstances graves.

« Aho, que ferais-tu à ma place ?

— C'est très grave. Tu as nagé dans les eaux de la mort et ta vie ne sera plus jamais la même, mais je connais les Forces, fais-moi confiance. »

Il me prend le pouce et le suce en signe de serment, comme on le fait depuis des siècles au Royaume d'Abomey.

« Cet objet — que tu as oublié sous l'escalier de Mac Dougal Alley, ton Legba — il ne peut se décharger que dans la mer. Il faut que quelqu'un aille l'y jeter tout de suite. »

Moi, je ne sais pas... mais tout de même, je demande à Michael d'aller chercher le Legba. En rentrant ce soir par le ferry de Staten Island, il le jettera par-dessus bord.

Ce qui m'ennuie, c'est que huit jours plus tard, Michael sera atteint d'un glaucome !

Dans ce face à face avec moi-même, c'est un peu comme si mes paupières intérieures avaient été arrachées. Il n'y a rien qui puisse interrompre ce regard du dedans.

4

Cela fait maintenant plus d'un mois que je suis à l'hôpital, mais ici le temps n'a pas le même rythme.

J'arrose mes yeux avec des larmes artificielles en flacon que je porte accroché comme une amulette au cordon de ma veste de pyjama. J'ai fini par obtenir qu'on me les confie puisque les infirmières oublient continuellement ce simple soin. Soin pourtant essentiel qui peut empêcher la déshydratation des yeux brûlés et leur totale dévitalisation, ce qui annulerait toute chance future. Je sonne, réclame les soins. « Plus tard », me répond-on, mais déjà il y a une heure que mes yeux auraient dû être humidifiés. Plus tard... personne ne vient. Je sonne à nouveau : « Oh I'm sorry. I forgot », elle repart et ne revient pas. Il y a eu changement d'équipe. Une nouvelle infirmière arrive. Je recommence ma demande. La rage me ronge, la fatigue d'avoir à lutter pour l'obtention de ces soins. Je crois que c'est dû à l'indifférence, ce qui est probablement faux, mais les conséquences de cette négligence peuvent être si graves que ma colère se justifie. Les infirmières qui sont plutôt habituées à ma bonne humeur s'étonnent.

Je me sens curieusement *high*, une sorte de

somnolence s'empare de moi au milieu de la matinée. Somnolence, je me sens stupide, mon cerveau ne fonctionne pas. Réaction psychique ? Peut-être, mais j'ai un doute et un matin où l'on m'apporte, comme tous les jours, des pilules dans un gobelet de carton, « pilules pour faciliter la digestion, pour stimuler l'estomac », mes doigts fouillent : deux longues capsules et deux petits cachets ronds avec une fente au milieu. La taille, la fente me donnent quelques doutes.

« Et ça, qu'est-ce que c'est ?
— Valium.
— Je n'ai jamais demandé de Valium.
— C'est le docteur qui l'a prescrit. »

Je prends les deux pilules et les dépose dans le cendrier.

« A partir d'aujourd'hui, c'est inutile de me donner le Valium, je le jetterai.
— Vous avez tort, cela vous aiderait à rester calme et à supporter le choc psychologique.
— Si j'en ai besoin, j'en réclamerai. »

De quel droit le docteur introduit-il dans mon corps une drogue telle que le Valium sans m'avertir ! Le résultat est que je m'angoissais de cette somnolence que je prenais pour une réaction de mon cerveau. Et cette fuite de ma tête, de ma pensée me semblait comme une lâcheté de mon subconscient. J'acceptais cette faiblesse d'une part de moi-même que je ne contrôlais pas, comme nécessaire et momentanée.

Je me sens évidemment beaucoup mieux depuis que j'ai arrêté le Valium et c'est sans doute ce qui aujourd'hui me permet d'écrire.

Ce matin, comme d'habitude, on me roule vers la salle de soins. L'infirmier, un nouveau, me tend un magazine en disant :

« Prenez patience... Il y a beaucoup de monde. »

Je prends la revue, pour ne pas le gêner, et l'odeur d'encre d'imprimerie, cette odeur de cuisine des mots, ouvre un formidable appétit de lecture.

Deux doigts sur mon épaule et la voix du docteur T.

« Je dois vous parler. »

Je m'étonne de l'intensité chaleureuse qu'il me communique par la pression de ses doigts, bien que sa voix reste toujours froide. Ce langage des doigts s'est établi, peu à peu, entre nous.

Idanna, qui arrive, demande à m'accompagner. Il acquiesce, avec soulagement me semble-t-il, et roule le fauteuil jusqu'à son bureau.

Je sais déjà que quelque chose ne va pas. Tout l'animal en moi le reniflé. La voix monocorde m'informe :

« Vos yeux évoluent très mal. Les tissus se dissolvent et je crains la perforation. Je dois pratiquer l'ablation de l'œil gauche. »

Je reçois un formidable coup de poing dans l'estomac, nausée. Sans en comprendre tout le sens, je sais que cette phrase annonce l'horreur. Cette même horreur qui me fait vomir, je l'entends dans la voix d'Idanna :

« Puis-je donner l'un de mes yeux pour qu'il revoie ?

— Ce serait inutile, madame, on ne peut greffer l'œil d'une personne sur une autre personne.

— Mais peut-être plus tard ?

— Non, c'est impossible. »

Il a même l'air choqué d'une telle proposition.

Heureusement, ce genre de choix nous est épargné. Difficilement acceptable, une telle mutilation! Je sens qu'elle en serait capable et cela me trouble.

J'essaie de ne pas confondre courage et orgueil. Ne pas se tenir comme une cathédrale dont les portes fermées cachent la voûte effondrée. Je me méfie aussi de l'indulgence qui, obligatoirement, entoure quelqu'un dans ma condition.

Je continue donc à arroser moi-même mes yeux mais, depuis que le docteur T. m'a annoncé la nouvelle, je me sens comme un jardinier qui arroserait des fleurs mortes.

Depuis deux jours que je sais que l'on doit me retirer l'œil gauche, j'ai cette peur au fond de l'estomac, le dégoût de mon corps irrémédiablement amputé. J'ai cette image qui revient continuellement, d'une petite cuiller qui décolle l'huître de sa coquille et d'une bouche qui la gobe. Cet arrachement me semble un enfoncement dans le noir, un épaississement dans le cauchemar, un processus de dégradation que l'on n'arrive pas à enrayer. La chance, ma fameuse chance qui toujours au bord de la catastrophe m'a rattrapé, m'a bel et bien, cette fois, abandonné.

Je me sens comme un kamikaze abattu. Peut-être le pyjama, en quelque sorte japonais, et le bandeau noir que je porte pour cacher mes yeux de poisson cuit y sont-ils pour quelque chose. Derrière ce bandeau noir, je cache la blessure qui me semble trop intime pour être exposée au regard de tout un chacun. Pudeur et sentiment de vulnérabilité m'obligent à m'abriter, à me cacher derrière ce bandeau qui me fait ressembler aussi à un condamné au poteau d'exécution. Masqué, il me semble rétablir un peu d'égalité avec mon interlocuteur. Je ne puis le regarder dans les yeux, mais lui non plus ne peut me scruter à mon insu.

Une image obsessionnelle revient continuellement : la tête d'un homme, une tête en plâtre ou peut-être en albâtre. La tête se détache sur un ciel intensément bleu, bleu comme le ciel lorsqu'on vole au-dessus des nuages. La tête de l'homme est blanche, avec une certaine transparence. Les yeux sont grands ouverts, également blancs et sur ces deux globes blancs, il y a le dessin très noir d'un labyrinthe. Ces lignes noires sont les craquelures que je vois au fond de mon œil, sur la rétine, lorsque je regarde le soleil ou que les médecins m'examinent avec leur petite lampe de poche. Mais c'est aussi le dessin du labyrinthe d'ombre dans lequel maintenant je me sens emprisonné. Ce labyrinthe avec ses détours, ses impasses et ses murs contre lesquels je me cogne dès que je veux me croire libre. Dès que je laisse la claustrophobie et le désespoir du noir m'envahir, j'entends résonner dans les galeries, comme dans les circonvolutions de mon cerveau, les grondements d'une bête monstrueuse, d'un Minotaure aveugle.

Je rêve également d'un chevalier sans regard dont la visière du heaume serait coincée. Le chevalier chevauche, son épée tendue devant lui. Il est plein de méfiance et de crainte car il n'a plus de regard. Une jeune fille s'avance sur le chemin, une jeune fille très douce, aux cheveux d'or et de lumière, qui saisit l'épée entre ses doigts effilés. L'homme tressaille mais l'acier meurtrier conduit jusqu'à son cœur le message d'amour. Il se penche par-dessus l'encolure de son cheval et, la saisissant à la taille, la fait asseoir devant lui. Ainsi ils chevauchent pendant de longues journées.

Elle, pâmée d'amour contre le fer qui le renferme. Lui, silencieux, hermétique. Ils atteignent une grande forêt qui est le domaine du chevalier sans regard. Les animaux viennent à leur rencontre. Toujours silencieux, le chevalier tire de sous sa cotte de mailles un long poignard finement aiguisé et lentement perce le cœur de la jeune fille qui, par amour, s'offre totalement à cet accomplissement. Elle glisse de la selle et, mourante, s'affaisse sur le bas-côté du chemin. Elle voit le chevalier s'en aller, entouré d'un halo de lumière, tandis que l'ombre descend en elle.

Par moments, j'ai peur que la mémoire que j'ai du monde visible s'efface peu à peu, pour être remplacée par un univers abstrait de sons, d'odeur et de toucher. Je me force à visualiser la chambre avec ses meubles de fer, sa fenêtre, les rideaux. Je fais surgir des tableaux, le cavalier polonais de Rembrandt, les portraits de Jules II par Francis Bacon.

Il faut absolument que mon imagination de l'image ne s'atrophie pas. Je dois conserver le pouvoir de faire surgir le monde que j'ai regardé intensément pendant trente-cinq ans. A contempler dans ma mémoire le volcan de Lombok, ou le parfait équilibre d'une architecture de Michel-Ange, je continue à en recevoir enseignement et connaissance. C'est là l'immense privilège des aveugles qui ont vu.

Ce matin, sous la douche froide qui me détend de la nuit, je me dis tout à coup :

« What the hell ! Quelle différence cela fait ? Du moment qu'ils en sauvent un... le droit. Du moment qu'il me reste l'espoir de revoir au moins d'un œil. Quelle importance que l'œil gauche soit mort, là au fond de mon orbite ou dans la poubelle! De toute façon, je n'ai pas le choix. »

Je ne veux plus m'occuper de mes yeux. Je ne veux plus qu'on m'en parle. Je laisse aux autres le soin de les enduire de baume. Je ne veux plus être le jardinier de ces fleurs mortes. Les autres n'en voient que les pétales fermés mais moi, j'en sens bien le pistil mort.

Je suis entre la mort et la naissance. Je suis mort à ma vie passée et pas encore né à celle-ci. Toute cette période, au fond, n'est qu'un accouchement hallucinant où je m'accouche moi-même.

5

En ce début de juillet, une vague de chaleur fait monter le thermomètre à 110° Fahrenheit. L'hôpital Saint-Vincent, à Greenwich Village, est probablement le plus vieil hôpital de New York. Par une telle température, le manque d'air conditionné est déterminant. En quelques jours, l'étage me semble bien plus calme. « Beaucoup de clients sont partis pour le week-end », me répond-on hypocritement. Partis faire du camping sous leur tente à oxygène, je suppose !

Ici l'humour noir est probablement un antidote nécessaire. Par mégarde, j'ai laissé mon enregistreur en marche sur la table de nuit pendant que je prenais ma douche. J'ai ainsi enregistré la conversation de deux femmes de salle alors qu'elles faisaient mon lit. A côté des quelques qualités qu'elles m'accordent, elles déplorent tout à fait mon sens de l'humour. « It's a pity he likes such bad jokes ! »

La chaleur augmente et je réclame un tiroir à la morgue, tandis que Mr. Goldberg aspire l'oxygène des altitudes sous une coupole de plastique.

Mr. Goldberg vit grâce à deux trous : l'un pour respirer, l'autre pour manger. Quand l'infirmière les nettoie, cela fait un terrible bruit d'évier. C'est la seule manifestation d'existence que je pourrai percevoir de Mr. Goldberg.

La télévision marche de huit heures du matin à trois heures du lendemain matin. Mr. Goldberg a les yeux fermés, me dit-on, il dort... fermons la télévision. Un borborygme me prévient aussitôt que Mr. Goldberg, réveillé par l'absence de télévision, panique. Mr. Goldberg panique, vite rallumons la télévision. Le gargouillis s'arrête. L'oxygène siffle. La voix du détective Kojak continue l'éternel identique scénario : « Ou vous le cueillez, ou vous le descendez mais je ne veux plus en entendre parler... »

Mr. Goldberg a refermé les yeux, apaisé. Le bras articulé lui présente le téléviseur à la juste inclinaison, la hauteur idéale, l'orientation parfaite. Quand allez-vous mourir Mr. Goldberg ? Je partage parfaitement l'impatience de votre famille, qui vient de moins en moins souvent et ne prend même pas la peine de baisser le volume de la télévision. Je ne puis fumer, cela ferait exploser la tente à oxygène. Quand donc va-t-on débrancher cette tente et replier ce bras ? Quand donc allez-vous crever Mr. Goldberg ? C'est la question que nous nous posons, les nurses, votre famille et moi-même.

Mr. Goldberg nous a donné satisfaction au milieu d'un *soap opera*. J'ai entendu un gargouillement pas très propre, Mr. Goldberg vomissait son foie avant de partir.

La mort la plus athée que j'aurais pu imaginer.

Un père jésuite remplace Mr. Goldberg et c'est tout autre chose. Il grelotte et réclame des couvertures. On lui a amputé le pied, puis le genou. La gangrène semble avoir été enrayée. On le force à s'asseoir dans un fauteuil. Jamais il ne proteste, parfaitement soumis. Seulement, cette fois, d'une voix plaintive, il demande qu'on oriente son fauteuil de façon à mieux me voir. Je suis étonné de cette attention soudaine, flatté, mais pas pour longtemps. Aussitôt que la nurse a disparu, je vous entends agripper les fers du lit... peut-être la potence laissée là depuis votre opération.

« Vous me faites rire, Father, vous êtes comme un de vos cancres de Manille, en train de tricher. Pour mieux voir Hugues... avez-vous dit Father. »

Ça y est, j'entends le lit qui craque et votre soupir de contentement d'être de nouveau les yeux tournés vers le ciel. L'odeur de merde emplit la chambre. Father ne contrôle plus son sphincter. Les yeux perdus dans les nuages de ses prières, Father ne sent pas la merde qui coule le long de ses jambes, ni l'odeur nauséabonde. L'odeur de votre merde ne me gêne pas, Father et, à la fille de salle qui vous bouscule parce que vous auriez dû sonner et non chier au lit, je dis : « Foutez-lui la paix ! »

Elle se rattrape en manipulant sans douceur son moignon, incapable dans sa bêtise et sa fatigue de voir la beauté du père, la beauté de cet homme.

« Ohh !... Humm !... »
Les plaintes restent dans la gorge du père.

L'été s'installe. Les gens, les amis partent en vacances. Il y a moins de visites. La chaleur s'incruste.

Le jésuite est totalement silencieux, à peine quelques soupirs pendant le sommeil. Jamais une plainte. Il n'entend même pas sonner le téléphone sur la table de nuit. J'enjambe la balustrade de mon lit qui est relevée de son côté et, au son, repère l'appareil.

« Hello... Father, telephone. »

Il sort de sa somnolence, de ses songes, de ses prières, de son ciel :

« Yes, yes, oh! thank you. »

Une femme vient chaque jour le raser et réciter le rosaire avec lui. J'entends le bruit de l'eau dans la cuvette et le monologue de la femme : « Là, Father, vous allez être un beau garçon, tournez la tête, Father. Non de l'autre côté. Cette lame ne coupe plus, Father. Pourquoi fermez-vous les yeux ? » Et lui, il ne dit rien d'autre que : hum! hum!

« Je vous salue Marie pleine de grâces... pourquoi faites-vous cette tête-là, Father ? Vous allez faire peur aux infirmières... pleine de grâces, le Seigneur est avec vous... j'ai fait une tarte aux pommes hier soir. J'en ai apporté pour vous, mais je ne sais pas si vous la méritez, mauvais garçon... Vous êtes bénie entre toutes les femmes... vous dormez, Father! Oh! mon Dieu quelle tête vous faites. Allons bon, vous souriez... et Jésus le fruit de vos entrailles est béni... »

Elle s'en ira vers seize heures.

Ecrire me fatigue mais me décharge également. Les journées sont longues, monotones. Je m'invente une discipline.

J'ai de l'excellente musique classique : allemande, indienne, chinoise, japonaise, africaine, mais ne peux l'écouter dans le recueillement car il y a un passage incessant, tout à fait hétéroclite, dans cette chambre : des avocats, la police, le consul de France... et Anna qui, malgré une pudeur toute britannique, ouvre sa chemise pour me laisser caresser ses seins. Au lieu d'apporter des fleurs, elle a apporté ses seins.

Et Richard Neville, toujours obscène depuis qu'il a gagné son fameux procès.

« How do you say, in french, to suck a cock?
— Faire une pipe.
— Yes, yes... that's it! »

Désolé, Father, un verre de Mouton-Rothschild pour me faire pardonner de tels amis. Vous le boirez ce verre, sans un commentaire, sans jugement, avec amour.

Car il y a eu amour entre ce père jésuite et moi.

Je lui apportais mon plaisir de vivre en dépit de tout, à lui qui n'avait qu'une idée, mourir. Je le sentais dans son indifférence totale par rapport à son état ou aux blagues irlandaises de ses confrères.

« Eh, Father, alors le docteur a dit que dans quelques jours, vous pourrez réintégrer l'équipe de football de la paroisse... »

Ce genre d'humour ne semble rencontrer que mépris chez le père. Non, le père veut mourir. Le soir, avant de mourir, je le soupçonne de prier son Dieu de l'appeler à Lui. Si je lui apporte ma frénésie de vivre, il m'apporte sa sérénité. Je le vois comme un personnage de lumière. Vous vous en foutez des progrès du moignon. Pire, vous vous laissez entraîner chaque jour à la rééducation sans y participer. Pour la circulation des jambes, il ne faut pas que vous restiez allongé des heures dans votre lit.

Un matin, je fais déposer une papaye sur le plateau de son petit déjeuner, pour lui rappeler les îles Philippines où pendant plus de quinze ans il enseigna le latin.

« Oh! Dios, una papaya!... »

Je l'entends murmurer : *una papaya...*

Sans parole, nous avons étrangement bien communiqué.

En un mois, il s'adressera trois fois à moi.

La première fois, il me demandera :

« Pour vos yeux, est-ce momentané ou définitif ?

— Pour le moment, c'est définitif.

— Je prierai pour vous. »

Merci, Father.

La seconde conversation aura lieu une dizaine de jours plus tard. Je dormais et, tout à coup, suis réveillé par la voix étrangement ferme du père jésuite qui appelle :

« Nurse, nurse !...

— Eh, Father, qu'est-ce que vous voulez ?

— Je veux mon petit déjeuner, il est déjà dix heures passées et personne n'est venu.

— Il est dix heures du soir, Father, ce n'est pas l'heure du petit déjeuner.

— Etes-vous sûr ?

— Regardez par la fenêtre, Father !

— Ah ! bon. Ah ! bon, vous avez raison. »

Et il se rendort, un peu confus.

La troisième conversation viendra quand il part pour une maison de retraite, un mouroir, et je dois perdre un compagnon d'une telle qualité.

Pendant qu'on le roule vers la porte, il me dit :

« Well, Hugues. Au revoir. Ç'a été un vrai plaisir de partager ma chambre avec vous.

— Je regrette de ne pouvoir dire la même chose. Mais vous avez été si odieux que mon unique consolation, c'est de penser à ce que vous ont fait les Japonais. »

Il doit être surpris que je sois au courant de cet épisode de sa vie. Il a été interné et torturé par les Japonais, durant trois ans.

J'entends son rire pendant qu'on le roule dans le corridor.

6

Les nuits sont monotones, longues.

Makassar est sorti de mes nuits d'insomnie, de peur et de souffrance. Makassar qui n'a pas plus de réalité qu'un rêve, une utopie. Quand j'en aurai fini avec l'hôpital, j'irai à Makassar. Je ne connais rien de cette ville, si ce n'est les dires des marins Bugis et une côte blanche sur la ligne d'horizon.

Pendant huit jours, nous nous sommes battus contre les vents sur ce bateau de ramasseurs de tortues. J'ai vu des îles sauvages avec des femmes aux dents d'or et des sexes comme des anémones de mer. J'ai vu une île chauffée à blanc où des lépreux mangent les requins. J'ai vu des îles noires qui se cachaient dans la nuit, envoûtées dans leur magie. Mais c'est le vent qui me pousse car moi je ne voulais pas voir la nature nue, la sauvagerie crue, l'homme sans espoir, les os blanchis dans les lagunes, les enfants qui s'abîment, la jeune fille à mille roupies, le requin qui pourrit en regardant le lépreux et toutes les épaves de nos rêves éventrés dans la crique sans retour.

En fin de chaque journée Pa-Sūni, le capitaine, tend son poing vers la ligne floue de la terre et dit « Makassar! » puis commande la manœuvre qui nous éloigne dans une nouvelle bordée. Sa voix, lorsqu'il prononce le nom de Makassar, prend une intonation qui contient toute la ville, les bars, les bordels, les coups de poignard, les *prahū*s qui arrivent des quatre coins de ce pays liquide, de cette nation flottante, de ces quatorze mille îles jetées entre l'archipel de Java, Bornéo, Célèbes et Philippines.

Mais Makassar est mythe dans la tête du capitaine, comme dans la mienne ce soir. Jamais je n'arriverai à Makassar, jamais je n'atteindrai Makassar. Pas plus que nous ne l'avons atteint avec le bateau. Des vents, des courants, un typhon s'unissent pour me tenir à distance du mirage. Il me faut apprendre la patience. Après ces journées de lutte inutile avec le vent pour atteindre Makassar, le vieil Abdul Jemal dit : « Quand votre vie dépend du vent, un grand calme descend en vous. »

Quel besoin ai-je de ce mirage, si ce n'est de calmer la peur, la claustrophobie, la petite vie d'infirme pensionné à cent pour cent ? Mais le mensonge ne m'abuse. Le lit de fer coule immédiatement dans cette traversée d'espoir. La voile de mes rêves se déchire et me laisse échoué sur mes draps. La souffrance physique est supportable, c'est l'autre qui me fait transpirer. Je suis foutu, foutu !

Je cherche la poire de la sonnette. Neuf minutes s'écoulent, puis un pas traînant.

« Yes !

— Je souffre, faites-moi une piqûre de Démorol.

— On ne peut pas vous en donner régulièrement, vous ne pourriez plus vous en passer. »

Ou quelquefois, ils me l'administrent sans discuter. Tout se relâche, je suis bien, j'ai chaud, mes membres s'allongent, ma nuque se libère, le courage ne me manquera pas. Je souris, j'aimerais que quelqu'un soit là pour le plaisir d'une bonne discussion sur les carnets de voyage de Stendhal par exemple, ou les poèmes de David Maloof.

Makassar... le défi ne me semble plus nécessaire. J'accepte sans souffrance le verdict du vent contraire et du cyclone qui m'a démâté. La drogue coule fluide dans mes veines, comme une tendresse et je m'y abandonne sans remords, sans peur. Je ne suis pas une graine de *junkie*, je ne crains pas de me laisser « accrocher ». Repose-toi dans ce cauchemar dont tu ne peux sortir. Mozart, dans les écouteurs, se charge de mon corps et l'emporte dans un monde de sensations sans paysage.

Si l'on me refuse la piqûre, je ne dis rien, l'orgueil, la curiosité de voir jusqu'à quelle profondeur je vais couler. J'écoute les bruits des grands fonds, je guette l'apparition des monstres froids, aveugles. Je coule. La pression augmente. Mes poumons ne se gonflent plus. L'obscurité est totale, liquide, palpable. Elle m'entre dans le nez, les oreilles, la bouche, elle enveloppe mon corps, le pénètre. Je la respire par ponctions saccadées. Je sais que je vais craquer. Mais quand? Ce soir? J'écoute l'approche des monstres. Le plus tôt, le mieux. Une force animale entretient et entretiendra ce que j'appelle pompeusement l'état de grâce.

Je mange comme un soldat, non pas pour me nourrir mais pour l'endurance. En deux mois, je prends dix kilos. Mon corps change déjà. Un corps d'aveugle lourd, lent, peu flexible. La métamorphose me fait horreur. Seules les mains se sont amincies, déliées. « Tes mains ont changé », me dit un docteur.

Je casse peu, renverse rarement. J'apprends l'usage du dos de mes doigts, l'analyse instantanée du message reçu, la discrétion dans mes affleurements afin qu'ils deviennent imperceptibles. Même travail qu'à cheval, la main et la jambe semblent immobiles. Vanité ? Non ! Refus de l'avilissement, simple respect pour l'homme. Ma dignité est celle des autres, dont une part m'est confiée.

La nuit va s'effondrer, à quoi bon cette chorégraphie ? Je suis foutu. Le mensonge résonne dans ma tête. Je ne pourrai jamais atteindre Makassar. Tu te mens. Tu échappes dans l'irréalité. Makassar est une ville mythique. Pour toi, il n'y a plus de Makassar possible.

Au matin, je dirai à mon ami Patrick, qui connaît ces régions et ce que l'on y trouve :

« Quand j'en aurai fini avec l'hôpital, je fous le camp à Makassar !

— Oui, pourquoi pas ? Bonne idée ! »

Je suis étonné de son manque d'étonnement. Il y a quelque piège là-dessous. Peut-être me dit-il cela, comme on répond à un aliéné :

« Mais oui, mais oui, tu es Napoléon ! »

Ce qui est évident, c'est que l'aventure créatrice de liberté et de réponses à mes curiosités ne peut plus être menée de la même manière. Et de toute façon, pour aller plus loin, il fallait bien que je change. L'aventure, c'est la possibilité de s'indigner, de ne pas se résigner, le contraire du cynisme. Par aventure, j'entends tout ce qui s'oppose à la perte de considération pour la vie.

Aucune avarie n'est irréparable, si ce n'est le désespoir de Judas. La liberté, c'est être le moins possible un produit manufacturé par une époque, une race, une civilisation, une religion, une caste sociale et son propre psychisme. Une sorte de démission de l'individuel au profit de l'essentiel. Chaque personnage de la Bible en lui-même a une réalité, une histoire mais c'est leur ensemble, la Bible, qui est révélateur. Ce qui m'est arrivé est arrivé à l'humanité tout entière et ce qui est subi au Cambodge et dans les prisons d'Argentine est subi par moi, individu. Mais cela ne sera que lorsque j'aurais pris totalement, très humblement, toute mon ampleur d'homme. Atteindre son ampleur d'homme est le but même de l'aventure, l'aboutissement du chemin.

Le vieil Abdul Jemal, sur le bateau Bugis, me disait :

« Peu importe le port, puisqu'il faudra toujours repartir. Seule la traversée compte. »

7

JE me sens beaucoup plus aveugle qu'il y a quelques jours. Je perçois de moins en moins de lumière. Mon obscurité est plus opaque. Les yeux font mal. Elancements, apoplexie, ils sont comme deux sacs de plastique pleins d'eau et prêts à tomber sur le sol lorsque je me penche. La brûlure est si profonde, m'a dit le docteur T., qu'il craint une perforation d'un instant à l'autre.

Avant même que le docteur m'apprenne la nouvelle nauséabonde, j'avais remarqué un changement chez les infirmières. Une nuance sérieuse dans la voix, une nuance grave qui se cache derrière des propos qui se veulent insouciants. Les infirmières des autres services viennent également me voir et cette attention soudaine a alerté l'animal en moi. Il a flairé la menace, le danger. Maintenant qu'elles savent que je suis au courant et qu'elles voient que mon comportement ne change pas, elles se décontractent et je n'entends plus dans leur voix la gravité du secret.

Nous attendons que le week-end du 4 juillet, fête nationale, passe. C'est l'un des week-ends les plus meurtriers de l'année et la Banque des Yeux aura surabondance de matériel. Le docteur T. attend afin de pouvoir choisir les tissus les mieux adaptés pour faire les greffes-rustines qui empêcheront, on l'espère, l'œil droit d'éclater.

Aho est mort et je ne le savais pas. C'est le coup de téléphone d'un ami africain qui m'a prévenu. Il est mort il y a quelques semaines, nous ne savons pas la date exacte. Aho est pourtant là durant ces jours d'attente, installé au pied de mon lit. Je l'interroge :

« Tu es mort ? »

Il fait un geste de la main, comme pour chasser une mouche.

« Ça n'a pas d'importance. Le monde des morts est pareil au monde des vivants.

— On va m'opérer et me retirer l'œil gauche.

— Tu as besoin de force et de courage. (Aho regarde avec mépris la nourriture de l'hôpital.) On dirait un poulet albinos. Ce qu'il te faudrait, c'est du cœur et du pénis de lion, comme en vendent les chasseurs Nagos du marché d'Abomey, mais dans cette ville d'esclaves ils ne savent rien. Le pénis, c'est le chemin de Dieu. »

J'écoute cet homme dont on a dit en Afrique qu'il m'avait envoûté. C'est vrai, Aho m'a envoûté d'amour. Sa voix me calme, me rassure et m'ouvre le monde invisible. Je prends une cigarette et renverse mon cendrier pour la troisième fois de la journée. Mon moral en est atteint. J'ai envie de lancer la carafe d'eau contre le mur ou de pleurer, mais son rire qui vient de l'estomac, non de la gorge, m'apaise et me gagne.

L'interne est venu me chercher comme chaque matin et me pousse dans un fauteuil roulant vers la salle de soins. Une petite fille, qui vient également chaque jour soigner une infection de la cornée, crie au docteur :

« Pourquoi tu me mets du poivre dans l'œil ? »

Cette fois-ci ce n'est pas le docteur T. qui m'examine. J'entends la voix masculine d'une femme qui se dirige vers moi. Puis une main me relève la tête en poussant sous le menton, une lumière s'allume dans mon œil gauche, puis le droit.

« Pouvez-vous nettoyer ces ordures ! » dit la femme docteur d'un air dégoûté. L'interne, sans mot dire, me dirige vers la table sur laquelle est posé cet appareil dur, que je connais bien maintenant. J'introduis ma tête lentement, avec précaution et pose mon menton sur la mentonnière, et de nouveau la lumière jaillit. A l'aide d'un fin instrument d'acier, l'interne coupe les filaments de chair, bourgeons qui chaque nuit poussent, reliant l'œil à la paupière. Travail de patience pour lui et pour moi. Il verse un liquide dans l'œil, essuie avec ce qui me semble être un cotex, puis continue à couper. Au début, je supportais difficilement ces séances quotidiennes, et puis j'ai mis au point un système de respiration qui endort mon cerveau. Je m'absente en quelque sorte.

Quand enfin le nettoyage des ordures est terminé, l'interne me ramène vers la femme docteur, la petite lampe se rallume.

« Voyez-vous de la lumière ?
— Oui. »
Elle déplace la lampe.
« Et maintenant ?
— Oui, et maintenant, oui. » Il me semble que c'est la centième fois que je passe l'examen. Mêmes questions, mêmes réponses. Ou peut-être est-ce là la même séance qui ne s'est jamais arrêtée, qui se prolonge indéfiniment. Je ne m'y intéresse même plus. Je réponds mécaniquement.

Elle me cache l'œil gauche. « Et maintenant ? — Oui. » Elle me cache l'œil droit. « Et maintenant ? — Oui. » Elle s'adresse à l'interne, et explique d'une voix péremptoire que je m'abuse, qu'en fait je ne vois rien de l'œil gauche mais que j'imagine voir la lumière. Je l'interromps :

« Non ! Je vois la lumière avec l'œil gauche, réellement.

— You believe you see the light, mais c'est faux. C'est d'ailleurs une réaction normale. »

Je sens la moutarde me monter au nez. Tous les jours dans ma chambre, je fais subir à mes deux yeux des tests pour me rendre compte si la sensibilité à la lumière a tendance à baisser ou non. Je sais que je vois de la lumière avec l'œil gauche.

Tout en continuant de parler, elle pousse sous mon menton pour me faire lever la tête et me fourre, par inadvertance, son doigt dans l'œil. Je me mets la tête dans les mains en poussant un gémissement de douleur.

« Hold on ! » dit l'autoritaire.

Mon quart de sang irlandais ne fait qu'un tour.

« Hold on ? »

Je me dresse brusquement du fauteuil.

« Dites donc, quand vous rentrez les doigts dans l'œil de quelqu'un, vous ne dites pas « Hold on ! » Je ne sais même pas qui vous êtes, vous ne vous présentez pas, vous m'examinez comme un bestiau de foire. Vous traitez mes yeux de poubelles et quand vous me foutez finalement le doigt dans l'œil, vous ne vous excusez pas. Alors, vous me fichez la paix. Qu'on me ramène dans ma chambre ! »

Je me rassois dans le fauteuil roulant. Il y a un moment de silence, puis j'entends ses pas qui s'éloignent, une porte claquer et des rires étouffés. L'interne qui me roule rapidement vers la chambre me confie que la femme docteur est chef des internes du département d'ophtalmologie. J'entends à sa voix qu'il est ravi, mais je ne décolère pas. « The bitch, the fucking bitch... », je me répète pour me soulager.

Dans ma chambre, Idanna est là qui attend. Je lui raconte ce qui s'est passé. Nous finissons par rire de toute la scène.

« En tout cas, si tu penses qu'ils se trompent et que tu vois réellement la lumière avec l'œil gauche, pourquoi ne demandes-tu pas de faire un contre-examen? On m'a donné le nom d'un docteur très réputé ici à New York. »

Quand plus tard dans l'après-midi le docteur T. passe, je lui demande s'il ne voit pas d'inconvénient à ce que je me fasse examiner par un confrère. Il hésite, puis sa voix neutre me demande :

« Pensez-vous à un docteur en particulier?
— Oui, au docteur Muller.
— Non, je n'y vois aucun inconvénient, je connais bien le docteur Muller, nous travaillons souvent ensemble et c'est un ami. Je le contacterai moi-même si vous voulez. »

Le docteur Muller est un homme jeune, sportif, très dynamique. La communication est facile. Il est venu dès le lendemain matin. Il n'y a pas de temps à perdre. De nouveau la petite lumière. « Et maintenant? — Oui. Et maintenant? — Non... Oui... oui... non », etc. On cache un œil, puis l'autre. Finalement, j'entends le déclic qui signifie qu'il éteint définitivement la torche électrique.

« Vous avez parfaitement raison. Vous voyez de la lumière avec vos deux yeux. C'est bon signe pour le nerf optique et de plus, même si c'est peu de chose, c'est important d'essayer de préserver au moins cela. Votre œil gauche est effectivement en très mauvais état et risque de se perforer à tout instant et de se vider. Dans ce cas, il n'y aura rien d'autre à faire qu'à le retirer. Je recommanderai dans mon rapport que l'on essaie, dans la mesure du possible, de conserver l'œil gauche puisqu'il voit parfaitement bien la lumière. »

Soleil! Soleil! le cauchemar de l'orbite vide, de l'amputation, de l'huître gobée, d'une partie de moi jetée dans une poubelle sur Greenwich Avenue et emmenée au petit matin vers les décharges gigantesques de New York, s'éloigne. Stupide! Qu'est-ce que cela change réellement? Rien et beaucoup. Ce n'est pas logique, c'est animal. Même morts, je veux garder mes yeux. Je veux mourir au complet.

Plus tard, je rétorque au docteur T. qui a lu le rapport de son confrère et m'indique que les chances de sauver l'œil gauche restent minimes :

« Ecoutez, je m'en fous de repasser même trois jours plus tard sur le billard parce que cela n'aura pas tenu ou que l'œil se sera perforé, mais il faut tenter. »

Il rit, je ne sais pourquoi.

Voilà qui change tout. A bas la résignation! La défaite n'est pas obligatoire. La lutte continue. Il y a ce suspense maintenant. Cette opération n'est plus uniquement un vilain travail sanitaire. Un suspense d'espoir. Oh! pas grand-chose, mais un arrêt possible dans cette dégradation, ce pourrissement qui s'est poursuivi lentement, inexorablement, depuis que l'acide a giclé dans mes yeux.

Ma main serre celle d'Idanna, ma fidèle alliée, Idanna qui ne se résigne pas et se bat pour moi centimètre par centimètre, qui a passé des heures à parler avec des avocats, des docteurs, des organismes d'assistance. Il faut payer les notes qui, maintenant, deviennent exorbitantes. Elle a découvert cet organisme du *Crime Victims Compensation Board* qui paie les frais médicaux des victimes innocentes de crimes commis dans l'Etat de New York. Il faut prouver l'innocence. Elle passe des après-midi dans les bureaux de la police pour réunir le dossier, épluche les rapports du détective Mazola et conteste. Elle connaît maintenant les faits aussi bien que moi mais même elle, je le sens, n'est pas convaincue. « Plus tard... plus tard », me dis-je, quand je m'irrite de cette incrédulité.

Mes paupières brûlées ont tendance à se rétracter en se retournant vers l'intérieur. Le frottement des cils, ou plutôt de ce qui en reste, sur le globe oculaire, devient une torture chinoise. Je m'énerve, baigne l'œil, tiens les paupières écartées avec mes doigts.

La journée avance, il fait chaud. Cette irritation peu à peu m'envahit tout entier, obsédante, incessante. Je cherche à me calmer, sans succès. Finalement, je demande des capsules contre la douleur, mais j'ai attendu trop longtemps et elles ne me font aucun effet. Je réclame le docteur. C'est samedi, l'interne de service est déjà rentré chez lui. J'essaie de joindre le docteur T. aux différents numéros de téléphone qu'il m'a donnés en cas d'urgence. Un *answering service* me répond que le docteur est parti pour le week-end participer à un congrès à Dallas.

La nuit est un de ces tunnels sans fin. J'attends

le matin, j'attends l'arrivée de l'interne. Je grignote les secondes. L'infirmier de nuit a refusé de me faire la piqûre de Démorol que je lui demandais en disant que ce n'est pas prescrit dans mon dossier. Enfin, le matin arrive avec l'interne.

« Je ne vois qu'une solution, dit le jeune docteur, c'est de couper les cils. »

La douleur ne se tient que dans l'œil droit puisque, pour ce qui est de l'œil gauche, le bord des deux paupières, inférieure et supérieure, a été complètement mangé par l'acide et que les cils ont disparu.

« Coupez, faites n'importe quoi du moment que cela stoppe la douleur. »

On coupe. Des gouttes pour calmer l'irritation. Mes nerfs se détendent. Mon dos, ma nuque se décontractent.

A midi, je suis une boule de feu. Cet interne est un imbécile. Maintenant le globe oculaire, au lieu d'être irrité par de longs cils souples, est gratté par une série de cils coupés, durs comme des dards. Ma cervelle, après quelques heures, bout de douleur. Je fixe un sparadrap qui écarte les paupières.

Je passerai les quatre jours qui me séparent de l'opération à coller les sparadraps qui, à cause de la chaleur, glissent et se distendent. Mais là encore, je remarque que l'on peut s'habituer à tout. Cette douleur peu à peu devient normale, s'intègre à la réalité quotidienne. Elle ne disparaît pas mais le cerveau s'organise pour l'absorber, la canaliser, la digérer.

8

INDEPENDANCE DAY est passé depuis deux jours.

Un infirmier est venu ce matin me faire une prise de sang. J'attendais cela comme signe précurseur à l'opération. Ce sera pour ce soir ou demain. Je suis prêt, un peu nerveux. Nous attendons les tissus frais de la Banque des Yeux. Quelque part, on découpe un cadavre pour moi. Nous attendons, les infirmiers et moi. Je me prépare comme un torero, cheveux lavés, rasé de près, rafraîchi d'eau de Cologne. J'arrange mes vêtements pour ne pas qu'ils ressemblent trop à ce qu'ils sont : des pyjamas d'hôpital fendus dans le dos pour aller à la toilette plus facilement. J'ai toujours détesté les visites à l'hôpital, principalement à cause du laisser-aller de la plupart des malades. Les hommes surtout. Je ne suis pas malade, mais accidenté, le reste du corps est en pleine forme.

Chaque matin, en me douchant à l'eau froide, j'espère chasser les lassitudes qui m'assiègent avant même que la journée commence. Chaque matin, au sortir de mes rêves, seuls moments au cours desquels ma vision est restaurée, j'ai la déception de la réalité. Indéfiniment, chaque nuit, je rêve que je me suis trompé, que les autres se trompent, que j'ai failli, que j'ai cru être aveugle.

Je vois ! Je vois... la joie est immense. Je fais surgir des champs de fleurs sauvages bousculées par le vent. Comme la Terre est belle ! Des frissons de plaisir courent sous ma peau. Mon cœur se dilate de soulagement. Mais non, je ne suis pas aveugle ! Je vérifie, je regarde la maison où je suis né, je vérifie chaque détail. Une seule chose me trouble, c'est que les autres ne semblent pas s'apercevoir que je vois. Ils ne semblent pas avertis que c'est une erreur, que je ne suis pas vraiment aveugle. Ils font des choses devant moi qu'ils ne feraient pas s'ils savaient que je les voyais. Ils échangent des mines à mon sujet, des expressions de pitié ou autres. Je suis gêné comme si je commettais, en les observant, une indiscrétion.

Au réveil, j'ai quelques secondes d'incrédulité. Oui, je sais... il est arrivé quelque chose, je n'y vois pas bien... j'ai des difficultés... mais pas à ce point ! Pas le noir complet, pas cette absence totale d'images.

Régulièrement, Idanna vient m'aider à me désankyloser et à marcher dans les couloirs. C'est un tel coup de frein sur mon organisme. Je sens ce corps qui se transforme, pour ne pas dire qui se déforme. J'ai bien essayé de me déplacer seul, mais la progression est rendue difficile par des patients qui se promènent avec leur goutte-à-goutte suspendu à une potence à roulettes. Après que j'en ai embouti un certain nombre, emmêlé leurs tuyaux et finalement renversé leur élixir de vie, les infirmières me rattrapent et m'interdisent toute circulation seul, hors de ma chambre. Je ressors aussitôt, avec la potence du père jésuite à laquelle j'ai accroché une bouteille de bordeaux bien français. Après tout, il n'y a pas de raison.

Idanna a découvert une terrasse quelques étages plus bas. Il y fait assez frais. Un après-midi, nous y trouvons un jeune médecin tenant la main d'un garçon assis dans une chaise roulante. Il le regarde amoureusement. Idanna, qui connaît ma curiosité, me décrit la scène avec son humour florentin. Le docteur, qui a dû remarquer notre intérêt, se lève et se dirige vers nous. « Would you like a joint? » dit-il en tendant la mince cigarette qu'il était en train de fumer. New York! New York! Décadence ou liberté d'esprit. De toute façon, une ville incroyablement vivante. Sur cette terrasse éclaboussée par le soleil de juillet qui inonde d'or ma cervelle fatiguée dès que je retire le bandeau noir, des bouffées de vent apportent le parfum de l'océan. Au bout de la terrasse, une porte donne dans la chapelle. Elle a l'odeur de toutes les chapelles, cire et encens. Nous nous asseyons sur le banc de bois. La chapelle est vide, moi aussi. Je ne ressens qu'une absence. A tout hasard, je réclame un peu de courage. La tentation religieuse n'éveille aucun écho dans mon âme. Il y fait un silence qui me convient pour le moment. Je me demande si Idanna prie et n'ose me lever pour partir.

D'Europe, j'ai reçu deux bouteilles d'eau miraculeuse, l'une de San Damiano et l'autre de Lourdes. Cette dernière est particulièrement intéressante. C'est un flacon de plastique représentant la Vierge. La tête se dévisse pour laisser couler l'eau. Une des femmes de ménage jamaïcaine n'y résistera pas et me la volera. Soulagement réel lorsque je découvrirai la disparition car enfin, au fond de moi, il y a cette tentation : Et si ça marchait? Tu n'as rien à perdre. Rien à perdre? Pourtant, au contraire, je sens que j'ai quelque chose d'important à perdre. Je sentais la même chose lorsque les prêtres vaudous m'offraient des objets de protection, des gris-gris. Aho disait : « Mes gris-gris sont dans mon ventre. » Oui c'est en nous qu'il faut bâtir nos forces, nos protections. Je sens également que si je me laisse envahir par l'irrationnel, je peux y basculer tout entier, m'y perdre, y perdre la raison. Le geste de verser un de ces deux flacons au choix ou en cocktail, je n'arriverai pas à le faire. Manque d'humilité ? Non, quelque chose qui serait à l'encontre du respect de la condition humaine. Je ne puis me permettre de jouer avec l'espoir. Maintenir en harmonie ce vieux couple de la connaissance et de la praxis. En Afrique, j'ai observé des Blancs qui, par amusement, s'adonnaient à des pratiques magiques. Ils y perdaient toujours quelque chose et finissaient par être la proie de manipulations très efficaces. Ils s'affaiblissaient alors qu'ils pensaient acquérir des pouvoirs. La magie n'est certainement pas la plus haute forme de dialogue avec le monde spirituel. J'ai pour elle une sorte de répulsion instinctive en même temps qu'une interrogation passionnée. De ces mois de recherche sous la conduite d'Aho, j'ai acquis la conviction que son monde magique n'était pas ce qu'ordinairement on appelle le monde magique. Il avait pour ce dernier une méfiance extrême, en connaissant parfaitement les phénomènes de retour, l'effet boomerang. Il n'y faisait appel qu'en recours ultime, lorsqu'un effet rapide s'imposait.

Depuis cette prise de sang, l'attente est plus aiguë. Le plus vite, le mieux, je me répète.

Il y a aussi ce docteur qui vient me voir régulièrement. Un cancérologue, il refuse de s'asseoir et reste silencieux. Je me sens observé, ce qui me rend mal à l'aise. Aujourd'hui, il a rompu le silence pour dire :

« Je détesterais que ma vie soit une tragédie car, après tout, je n'en ai qu'une.

— Moi aussi », a dit, en écho, Idanna.

Je reste silencieux car ils ont raison. Je me sens déprimé. C'est ma vie et même aveugle je l'aime et ne reconnais à personne le droit de la déconsidérer.

Je me méfie en ce moment des intellectuels. Ils posent des questions, analysent, veulent que j'analyse et, en définitive, jugent.

Un ami journaliste me dit : « Tu as joué ta vie et tu as perdu ». Je retourne la phrase dans ma tête et ne lui trouve aucun sens, aucune réalité.

Aho, qui écoute, bougonne :

« Laisse parler les malins et les bavards. Ils prétendent tout savoir, surtout l'inconnaissable. »

Un représentant du gouvernement français vient me voir, absolument par devoir, et tient une conversation mondaine divertissante.

« Mais vous savez, les gens font à l'heure actuelle des actes dont ils ne mesurent même pas les conséquences. Votre cas, bien entendu, en est un exemple tragique mais regardez ce qu'ils ont fait à Versailles ! » faisant allusion à la bombe qui a éclaté, il y a quelques jours, dans le palais du Roi-Soleil.

Me voilà bien honoré d'avoir mes yeux comparés aux plafonds du Roi-Soleil. Oh ! Alfred Jarry.

Hier soir, l'interne est venu me voir. Je somnolais, il touche mon bras. Je sursaute violemment et découvre ainsi que j'ai peur. Il est venu me prévenir que l'on m'opère demain matin, dix heures. Il me fait signer un papier dégageant la responsabilité du chirurgien en cas d'accident.

Dès le réveil, c'est l'attente. Dix heures et demie. Ils sont en retard. Onze heures. Le roulement du chariot dans le couloir m'avertit, la chambre est envahie. Bruits de fer. Je me hisse sur la couchette étroite et dure. Ils referment une toile épaisse sur mon corps. Dans le corridor les infirmières me souhaitent bonne chance. Il y en a une qui pleure, ce qui me laisse peu d'espoir quant à mon œil gauche. Je me demande si l'on m'a caché quelque chose.

Idanna marche derrière ma tête et me caresse le front. On est en retard, les infirmiers font rouler la table rapidement. Des portes se referment derrière nous. L'anesthésiste me serre la main, se présente, enfonce une aiguille dans mon bras gauche. Il rigole, parle français :

« J'ai fait une partie de mes études à Paris. Ah ! c'est pas comme ici ! »

J'entends un bruit qui me semble bien être une claque sur une fesse. Et l'infirmière, en français.

« Obsédé !
— Hello, monsieur de Montalembert ! »

Le docteur T. vient d'entrer. Il fixe un appareil sur ma tête. Je me sens partir.

« Docteur, je crois qu'on peut commencer », dis-je avant de sombrer, mais je ne sombre pas et la voix du chirurgien me répond, toujours correcte :

« C'est fini, monsieur de Montalembert. »

Je ne comprends pas. Je ne comprends pas qu'entre le moment où je me suis senti partir et ma phrase un peu stupide, il s'est écoulé cinq heures.

Je ne sens aucune douleur et suis parfaitement éveillé. C'est derrière moi, c'est derrière moi ! je me répète avec soulagement.

On me roule jusqu'à la chambre. La voix d'Idanna me dit très bas, à l'oreille :

« Il a gardé l'œil. On ne te l'a pas enlevé. »

9

Un pansement me couvre la figure du front à la lèvre supérieure. Plus tard, le docteur T. passe me voir. Sa voix reflète la fatigue mais j'y décèle autre chose.

« Vous semblez content de vous, docteur. »

Il rit. Les explications qu'il me donne de sa voix professionnelle sont trop savantes pour que je les comprenne, mais j'écoute la voix pour y déceler un peu d'espoir, pour y lire mon futur.

Les drogues de l'anesthésie s'évaporent peu à peu et des aiguilles m'entrent dans les yeux. Bientôt deux oursins seront installés dans mes orbites et mon cerveau flambe. Au milieu de la nuit, une infirmière inventive emplit de glace deux gants de caoutchouc qu'elle ferme hermétiquement et fixe sur mon visage, pansement pour décongestionner la blessure.

Au matin, Idanna rit en entrant dans ma chambre.

« On dirait que l'on t'a greffé un pis de vache sur le visage ! »

Les doigts pleins de glace fondue se dressent sur mes joues.

Un peu plus tard, un interne viendra me porter le compte rendu de l'opération. Un ami qui est là me lit le document. De nouveau, la vérité se cache derrière un vocabulaire scientifique incompréhensible. Mais il y a cette dernière phrase. « Les chances de recouvrer la vue sont bonnes. »

Des trompettes éclatent dans le ciel, mon cœur se gonfle d'actions de grâce « The prognosis for restoring the vision is fair ».

Fair! Je m'attache à ce mot. Dans sa précision et sa prudence, le docteur T. ne l'aurait pas employé sans fondement. Et même, vu le pessimisme de ce chirurgien, le mot se dépouille de toute incertitude. Je reverrai, c'est sûr! c'est une question de temps et de mener à bien la lutte.

Quand Idanna repasse, je lui annonce la bonne nouvelle et lui fais lire la phrase. Elle ne semble pas partager mon enthousiasme, ni mon espoir. Elle essaie même de me faire croire que *fair*, en anglais, n'a pas du tout ce sens optimiste que je lui prête. Je suis étonné, énervé de cette réaction. Je ne sais pas encore que Michael m'a menti et que ce n'est pas *fair* qu'Idanna lit avec embarras, mais *poor.* Les chances de recouvrer la vue sont *minimes.*

Je m'accroche à tous les espoirs. J'analyse chaque parole. Chaque mot a une signification. A la visite suivante, je pose des questions au chirurgien qui, de sa voix atone, me parle d'atrophie : « ... Peut-être dans deux ans, une prosthokératoplastie donnant à l'œil droit un recouvrement partiel de la vue. C'est trop tôt pour se prononcer. » *Fair* n'avait décidément pas le sens que je pensais.

Et je songe — si dans deux ans, grâce à cette prosthokératoplastie, je revois... quel choc que d'être confronté au monde et aux visages, avec cette saute du temps imprimée en pleine face. Ainsi, après deux ans d'Asie, j'étais retourné dans le café où, à une certaine époque, j'allais chaque matin prendre mon café-crème-croissant. Le garçon, un beau gars à moustache noire et yeux rigolards, était devenu un ami. Grand coureur de jupons, il me racontait ses aventures : « Une petite blonde juteuse... Un grand crème, oui, monsieur!... juteuse je te dis... »

Quand je me suis assis au comptoir, il avait le dos tourné, affairé qu'il était avec le percolateur. Il s'est retourné et j'ai reçu en plein le visage de la mort. Non il n'était pas malade, loin de là, mais l'éclat des yeux était plus terne, le visage avait grossi, des lignes s'y étaient inscrites, à travers les cheveux on voyait maintenant la peau du crâne. Il sourit en me reconnaissant. Je me rendais compte qu'il ne savait pas qu'il avait changé, que tous les jours le doigt de la mort avait modifié un infime détail. Il ne savait pas, comme celui qui regarde les aiguilles de la montre n'en voit pas le déplacement.

Il fait très chaud et la douleur ne me rafraîchit pas.

Pour la vie, aveugle pour la vie. Quelle vie ? Je suis là, jeté sur ce lit comme un poisson échoué. Par la fenêtre, j'entends la rivière de la vie, la rumeur de New York. Je sens mon corps alourdi par deux mois de lit, de gestes prudents, freinés. Ma nuque est raide et mes épaules nouées.

Pour la vie... quelle vie ? J'ai peur du pourrissement, pourrissement moral, pourrissement physique. L'abandon.

Un aveugle rentre chez lui, un soir d'hiver, avec un gros accordéon noir et sa canne blanche. Son logement est pauvre et solitaire. Pas de famille, de tendre femme et d'enfants roses. Il n'allume pas l'électricité et, dans le noir, ouvre une boîte de conserve. Puis il va se coucher et se masturbe sous la couverture pour se donner un peu de tendresse.

Cliché hérité du misérabilisme du siècle précédent. L'argent, la famille, l'amour, la solitude ! Ces visions, ces craintes, ces angoisses sont les mugissements de ce monstre qui habite là-bas, dans les ténèbres.

Sur ce lit où j'ai peur, je ne sais pas encore qu'un instinct vital intact allait me donner la force de le combattre.

Ce matin, le docteur est arrivé beaucoup plus tôt que d'habitude, vers six heures.

Le petit déjeuner n'a pas encore été servi, j'ai du courrier en retard et j'écris en suivant le bord d'un carton que j'ai découpé. Pour alléger la tension de ce travail délicat, j'ai allumé un petit cigare du Honduras et me suis versé un verre de rhum de Haïti, lorsque j'entends la voix du docteur :

« Bonjour, monsieur de Montalembert... qu'est-ce que vous faites ?

— J'écris, docteur... j'écris. »

Ma voix se fait parfaitement naturelle, mais la vérité est que je suis fort embarrassé de l'image de joyeux viveur que je dois offrir en cette heure matinale. Sans compter que tout alcool est proscrit dans cette sainte maison.

Il ne répond rien, repousse la table et s'assoit sur le lit. Je sens ses doigts qui décollent doucement sur mon front un coin du pansement et, d'un seul coup, il m'arrache les yeux, ce n'est pas possible, il a dû bousiller tout le beau travail de l'opération. La lumière me fait mal.

« J'ai fermé vos paupières avec des points de suture. On peut espérer que cela empêchera l'œil de se dévitaliser, puis de s'atrophier. Les petits vaisseaux sanguins qui alimentaient vos yeux ont été brûlés. En laissant les paupières hermétiquement fermées, elles vont, en quelque sorte, greffer leurs vaisseaux sur le globe oculaire et ainsi les irriguer. Quand les paupières supérieures et inférieures se seront soudées entre elles, je retirerai les points de suture. »

Le pansement soulageait la tension en tirant le haut du visage vers le bas et le bas vers le haut. Maintenant que le docteur l'a enlevé, je sens de nouveau les aiguilles s'enfoncer dans mes yeux, surtout le gauche. Je le lui dis et il m'explique :

« Le bord des paupières de votre œil gauche était trop brûlé pour y arrimer les points de suture. Il a fallu que je recoupe. Etant donné que les paupières de l'œil gauche sont réséquées, il est normal que cela tire un peu. »

Il me faut écouter les détails de cette nouvelle réalité : cornée, pupille, iris, lentille, tout est brûlé et après cette opération, j'y vois plutôt moins.

Après m'avoir accablé de détails scientifiques, le docteur T. part en emportant mon verre de rhum haïtien qu'il désapprouve probablement, du moins pour le petit déjeuner.

Le téléphone sonne et j'entends dans le lointain la voix de mon ami Patrick :

« Tu m'as l'air bien loin.

— Mais non, pas tellement, Santiago de la Paz.

— Et tu téléphones pour me dire bonjour !

— Non, mais je suis bien embêté, j'avais rendez-vous avec un ingénieur français et il n'a pas supporté l'altitude, apparemment il est mort. C'est pas sérieux ! Nom de Dieu, les affaires c'est les affaires, altitude ou pas. On ne peut compter sur personne ! »

Je ris. Cela fait quinze ans que Patrick sillonne l'Amérique du Sud avec sa gueule de sang-mêlé, alors qu'il est né tranquillement à Saint-Loup-du-Dorat, en cul de Basse-Normandie à quelques kilomètres d'où, moi-même, je suis né. A dix-sept ans, il traversa d'un trait le quadrilatère des sécheresses, poursuivi par les quatorze frères d'une jeune Brésilienne qu'il aurait compromise. Il prétend n'être jamais monté auparavant sur un cheval.

Il y a des gens qui font la fine bouche sur le téléphone. Moi pas. Dans cet hôpital, prisonnier du noir, il m'apporte l'espace et la possibilité d'aller vers les autres. Le téléphone, c'est pouvoir regarder par la fenêtre. Toute diversion est bonne car, dans ce face à face, je m'épuise. Voilà des jours et des jours que je suis coupé de la vie. Ma libido s'exaspère, à tout moment des images érotiques apparaissent. Au milieu d'une conversation une vision s'installe. Le sexe d'une fillette, gonflé, coupé net avec cette sorte de lunule ronde à l'extrémité supérieure de la fente, sans poil. Très beau, mais dérangeant.

Le docteur George, cancérologue et propriétaire du restaurant l'Elephant Castle, me fait porter tous les soirs un dîner par la gérante, Carole.

« Elle a un très beau cul et elle est très belle », m'a-t-il confié.

— J'ai envie de la toucher mais n'ose pas. »

J'ai peur, j'ai peur de faire peur. Un soir, pendant que je dîne, elle s'installe au pied de mon lit, bousculant sans le savoir Aho qui grogne en disant que les femmes des Blancs ne savent pas rester à leur place.

« Tu ne voudrais pas qu'elle se mette à genoux et touche trois fois de son front le linoléum, comme tes femmes la poussière de la cour.

— Ça, c'est l'Afrique, tu n'y comprends rien. Tais-toi ! »

Et il sort, mais reviendra au premier appel.

Je sens le poids de la femme sur le pied du lit et son odeur de sueur et de cuisine. Elle s'est attardée bien au-delà de l'heure habituelle, sans doute avec la complicité tacite des infirmières. J'étends la main. C'est le corps robuste d'une fille du Middle West. Les cuisses sont musclées, les seins petits, les pointes retournées vers l'extérieur. Les cheveux courts et durs encadrent un visage ukrainien. Pommettes saillantes, arcades sourcilières allongées, le nez un peu relevé, la douceur du lobe de l'oreille, la cruauté de l'anneau d'or qui le perce. J'effleure tout ce puzzle de femme, ne m'y reconnais pas toujours. Les côtes de la cage thoracique avancent comme une proue de bateau, elle m'assure qu'elle est normalement constituée. Je touche à nouveau, essayant de trouver ses côtes normales. Le ventre est déjà moins plat que celui d'une jeune fille. Elle doit avoir passé la trentaine.

Sa bouche sur la mienne, épaisse. Cette étrange sensation d'embrasser dans le noir. Cet abandon que je sens peser dans mes bras. Une infirmière entre.

« Aah! Excuse me, je voulais simplement vous frotter le dos avec de l'alcool... »

Il y a du rire dans sa voix.

« Ne vous en faites pas, répond Carole, je m'en charge. »

Et tout le monde rit, sauf le père jésuite derrière son rideau, mais je ne serais pas étonné s'il souriait.

Ma tête est confuse. Je me sens observé. Chacun de ses gestes me surprend car je ne peux les prévenir ou les arrêter. Je craignais de faire peur, mais je sens que c'est elle qui craint de m'effrayer. Je suis soulagé de la voir partir mais il y a le tumulte qui s'est déclenché en moi. Il y a quelque chose de doux qui chante.

10

« On vous retirera les agrafes dans une quinzaine de jours. »

Trois semaines ont passé mais les paupières trop brûlées de l'œil gauche refusant de se souder, il m'a fallu repasser sur la table d'opération.

C'est une femme, le docteur Rowland, qui m'a opéré. Elle a mis au point des agrafes qui me font moins souffrir. De petites éponges y sont fixées, et je me retrouve à nouveau la face enfermée dans un masque de pansements, avec les pis de vache.

Le docteur T. vient me voir et, toujours aux aguets des mots, je lui demande si le docteur Rowland a pu observer l'évolution du travail qu'il avait fait, lors de la première opération.

« Ça a l'air d'aller, it's *healing*, ça se cicatrise. »

Abusivement, j'en déduis aussitôt que les deux yeux se cicatrisent, ce qui est beaucoup plus réconfortant que ce qu'avait répondu son assistant à la même question, une heure auparavant :

« Il semble que l'œil droit aille bien et que le gauche is just *holding*, se maintienne. »

Healing... Holding... voilà le genre de sémantique pathologique à laquelle se livre tout malade traqué par le langage médical.

« Dans quelques jours vous pourrez rentrer chez vous », me dit le docteur, et mon impatience à quitter l'hôpital fait place à une indifférence sous laquelle se cache la peur. D'ailleurs, je n'ai plus de chez-moi.

Une amie, qui part pour l'Europe et qui m'avait offert de sous-louer son appartement, se rétracte au dernier moment. Elle avouera par la suite que l'idée que je puisse vivre chez elle la bouleverse. A ce point, je suis au-delà de tout étonnement et d'ailleurs ma tête lessivée par cette deuxième anesthésie n'enregistre pas vraiment. J'observe, retranché en moi-même, toutes ces réactions annonciatrices de ce qui m'attend. Il me faut découvrir qui je suis pour les autres, quitte à corriger leur point de vue s'il est trop blessant.

« Demain, si vous voulez, vous pourrez quitter l'hôpital. »

Cela fait plusieurs jours que j'attends cette autorisation et maintenant qu'elle est là devant moi, je ne sais trop qu'en faire. Sortir ! sortir vers quoi ? Vers quel futur ? J'ai beau envisager toutes les possibilités, dans ces conditions, aucun futur ne m'attire. Je vois une sorte de route longue, terne, sur laquelle j'arriverai à avancer si j'en ai le courage, mais je ne vois pas la possibilité de joie, je ne vois pas la possibilité d'aventure de ma vie, principale source auparavant de ma joie. J'ai des images qui me traversent l'esprit, je me vois dans une rue tâtonnant un mur, traînant les pieds, marcher lentement.

Horreur ! J'avais trente-cinq ans, la pleine force de mon âge d'homme, un corps maigre et jeune, et je me vois, je vois cette boursouflure, le paquet d'obscurité, le locuste rampant. J'ai peur. J'ai peur de sortir et de rassembler mes courages pour, au bout du compte, devenir cela.

Entré le 25 mai, l'hôpital me recrache deux mois plus tard, six agrafes à chaque paupière, infirme, aveugle, handicapé, avec la nausée de la vie, pour la vie. En disant cela, je n'essaie pas de noircir le tableau pour faire pleurer Margot, j'essaie d'expliquer le plus clairement possible la peur et la souffrance morale de ceux qui, comme moi, se font poignarder en plein cœur de leur vie.

Officiellement, je suis heureux de quitter l'hôpital. Je téléphone à quelques amis pour annoncer la nouvelle et me persuader ainsi que c'est un événement dont il faut se réjouir.

« Finalement ! fantastique ! tu dois être content !

— Oui... très content, bien sûr. »

Idanna vient me prendre et, après les adieux aux infirmières, nous voilà dans la rue. Mes jambes sont en coton et je suis déjà exténué. Le bruit de la ville me tombe dessus et enferme ma tête dans un sac, les voitures semblent se diriger droit sur moi et vont m'écraser. Impossible de m'orienter dans ce quartier que je connais pourtant par cœur, dans le moindre détail : Greenwich Avenue, 11ᵉ Rue, Christopher's Street. Les lignes de direction et les points cardinaux dansent dans ma tête. Un homme en passant me crie : « Attention à la marche ! » Je m'arrête, en retenant le bras d'Idanna. « Il n'y a pas de marche », me dit-elle, et je me sens vulnérable à la folie de ceux qui peuvent faire des plaisanteries aussi cruelles. Je reconnais la voix, y traîne la même folie qui m'a jeté l'acide au visage. L'animal en moi veut se terrer au fond du terrier. Idanna ne parle presque pas, juste les indications indispensables pour atteindre l'Elephant Castle. J'ai de nouveau le sentiment de honte et d'injustice vis-à-vis d'elle. Il n'est pas juste de lui imposer une telle souffrance, je la sens blessée, comme exilée du soleil. Elle est piégée. Elle ne peut s'échapper sans être condamnée. C'est injuste, séparée de ma vie, pourquoi doit-elle soudain en partager le malheur. J'ai envie de lui dire : « Pars! cela ne te concerne pas ou, plus exactement, je ne veux pas que cela te concerne. Si les gens disent quelque chose, je les ferai taire. Je veux entre nous autre chose que le drame. »

Le sac pèse au bout de mon bras et je le pose avec plaisir sur le plancher de l'Elephant Castle. La salle est fraîche et pleine de l'odeur de Carole qui est l'odeur de la cuisine. Un café, un cheesecake, j'embrasse toutes les serveuses que Carole vient me présenter. Nous rions, échangeons des blagues, mais la réalité, c'est que mon cerveau est de bois, que j'agis et parle comme un robot programmé, bonne humeur et humour, et que je ne rêve que d'aller me jeter sur le lit d'hôpital que je viens de quitter.

Plus tard, je dépose le sac dans un appartement sous-loué pour moi dont je ne comprends pas l'ordonnance. J'y rencontre Désirée, une Haïtienne qui me déchargera de tout souci. Idanna m'emmène dîner japonais dans le West Side. Je suis exténué mais prétends le contraire car déjà, instinctivement, je combats cette torpeur. Idanna est une bonne alliée car elle n'est pas en proie à la pitié et a une idée beaucoup plus élevée de mes limites, ce qui m'oblige au maximum. C'est vendredi soir, le restaurant est comble et le serveur est japonais et homosexuel, tout cela est contenu dans sa voix. Mes oreilles déversent dans ma tête tout ce qui est sonore, sans sélection. Suivre la conversation à travers la table m'est impossible. Idanna s'absorbe dans une discussion avec une amie venue nous rejoindre. Elle a en poche un ticket pour Honolulu et m'a avoué : « Je suis contente d'aller me jeter dans les bras de la mer. » Derrière moi, une femme dit « Delicious ! » ce à quoi la voix alcoolisée d'un homme répond « Delicious ! Delicious... t'as même pas goûté ! L'emmerdement avec toi, c'est que tout est toujours delicious, it's not delicious... c'est dégueulasse ! » Je ne sais pas pourquoi j'entends cette conversation plus clairement que celle qui m'est adressée mais, très vite, elle sombre elle aussi dans le chaos, les rires, les bruits d'assiettes et le ronflement des mots. J'écoute béant. Je ne les vois pas mais j'ai l'impression que c'est eux qui ne me voient pas.

11

Je sens mon corps mou, mes articulations raides, il faut arrêter la détérioration, téléphoner à ce centre de rééducation qui a promis de me prendre rapidement et qui ne donne plus signe de vie.

« Lighthouse, good afternoon ! »

J'explique, je réclame, j'insiste de service en service.

« On vous envoie quelqu'un dans quelques jours pour vous évaluer. »

Trois jours plus tard, Mrs. Rosenblat, monitrice en *Mobility and Orientation*, sonne à ma porte. Elle a apporté une canne pliante et nous descendons dans la rue.

« Essayez de marcher par vous-même. »

Le fracas de la circulation à double sens de la 86e Rue inonde ma tête et, instinctivement, je marche vers le mur des buildings pour m'éloigner du danger. « Mon Dieu, comment peut-on marcher seul sans y voir ? » J'ai peur du bruit des voitures, du trou et du poteau.

« Prenez mon bras. »

Nous marchons. J'entends la ligne des immeubles s'interrompre. Ma tête est si brutalement envahie de soleil que je flotte dans la lumière. Nous venons de quitter l'ombre de la 86e Rue. Je suis totalement désorienté. A travers mes paupières soudées, je vois. C'est peut-être bien peu, mais lorsque je vois l'ombre de ma main entre le soleil et moi, j'en ressens autant le plaisir que l'absurdité. Il me semble être séparé du monde par une feuille de papier à cigarette et qu'il suffirait d'un rien pour la déchirer.

J'écoute l'immense couloir de Madison Avenue.

« Où sommes-nous ? teste-t-elle.

— Au coin nord-est de Madison et la 86e Rue.

— Non. Nous sommes au coin sud-ouest de Park Avenue et de la 86e Rue. »

Je ne comprends pas et refais le trajet dans ma tête. Simplement, j'avais placé à priori mon immeuble côté nord de la rue, alors qu'il est côté sud. Cela me prendra plusieurs semaines pour me débarrasser de cette erreur, je crois même ne m'en être jamais tout à fait débarrassé. Ainsi, j'apprends quelque chose qui se reproduira maintes fois : en orientation, l'information s'imprime en caractères indélébiles dans ma mémoire. L'avantage, c'est que j'enregistre un lieu, une maison, un appartement, un trajet, pour toujours. Je peux y revenir bien longtemps plus tard et sans réfléchir, m'y diriger. Par contre, si par distraction je fais une erreur, elle se répète sempiternellement.

« Quels points de repère auraient pu vous faire déceler votre erreur ? »

C'est comme un jeu, je sens mon esprit qui s'alerte.

« J'entends que l'avenue est plus large que Madison et qu'il y a deux courants de trafic, alors que Madison n'en a qu'un seul.

— Pourriez-vous m'indiquer la couleur des feux de circulation ? »

Facile ! J'écoute attentivement. Le flot des voitures coule devant moi, s'arrête et sur ma gauche démarrent les voitures qui descendent la 86e Rue.

« Feu rouge sur Park Avenue, vert sur la 86ᵉ Rue.

Nous attendons d'autres changements de feux que je perçois sans difficulté.

« Cela vous permettra de choisir le moment de traverser une rue ou une avenue. Nous tournons autour du block. Où sommes-nous ?

— Coin nord-est de 85ᵉ et Madison.

— Ecoutez la ligne du bruit du trafic, c'est ce qui vous aidera à marcher en ligne droite. »

J'écoute mais je ne comprends pas comment le vacarme m'aidera à marcher droit. En fait de ligne, le bruit me semble un gros pâté d'encre et d'ailleurs, maintenant je n'ai qu'une envie, c'est de rentrer dans le silence de l'appartement, d'échanger la voix professionnelle de Mrs. Rosenblat pour la voix créole de Désirée.

« Vous devriez apprendre rapidement, dit-elle, vous avez un bon sens d'orientation et d'observation. La prochaine session commence en octobre, il y a une liste d'attente, mais je recommanderai que l'on vous prenne immédiatement. »

Cette première confrontation avec la possibilité de me déplacer sans rien avoir à demander à qui que ce soit m'excite, fait battre mon cœur, chasse la fatigue et la stagnation de mon cerveau. Le fait est que j'ai compris le jeu. J'arrive à interpréter les informations sonores et à les transformer en espace, hauteur, largeur, parallèles et perpendiculaires, mouvement et direction. Mais je ne conçois pas bien ce qu'elle a voulu dire par « Pour marcher droit, vous vous appuierez sur la ligne de trafic ». J'ai eu beau écouter, je n'ai pas pu tracer cette ligne. Pourtant, le fait d'avoir étudié le dessin, la perspective, d'avoir organisé l'espace et peint des tableaux, m'aide dans cette représentation du monde extérieur.

Revenus à l'appartement, Mrs. Rosenblat me montre comment utiliser la canne d'aluminium qu'elle a apportée. Je m'essaie autour des pièces, tape les meubles avec vigueur, pénètre des coins que je ne connaissais pas, découvre une cheminée dans le salon, un cabinet baroque hispano-quelque chose.

Maintenant, j'ai une meilleure idée visuelle de l'endroit où je vis. Dans ma lancée, je décide d'aller visiter Claire, une amie qui habite trois étages plus bas. Je referme la porte d'entrée en laissant Désirée, éberluée. L'ascenseur arrive, j'entre rapidement, dirige ma main là où je sais être les boutons, mais mes doigts rencontrent quelque chose qui n'a rien à voir avec ce que j'espérais. Trois secondes de tâtonnement et l'image s'impose, embarrassante : c'est un nez. Aucune réaction en face de moi. J'éclate de rire, ce qui m'empêche d'émettre les excuses de circonstance, et nous arrivons au rez-de-chaussée sans autre communication. La porte automatique de l'ascenseur s'ouvre et le pas d'une femme s'éloigne. Je me renseigne auprès du doorman.

« C'était Mrs. Simpson, du sixième étage. »

Chaque jour je m'attache à parcourir l'appartement sans toucher les murs, sans buter dans les meubles. Un fauteuil au milieu du couloir ! Comment cela se fait-il ? Peut-être Désirée en faisant le ménage l'a-t-elle déplacé et a oublié de le repousser. Je le contourne et bute dans une bibliothèque que je ne connaissais pas. Je tâtonne, des murs m'entourent, je retourne sur mes pas pour buter sur un autre mur. Je suis enfermé dans un espace sans issue. J'ai beau tourner en tous sens, je rencontre des meubles, des rideaux, des bibelots qui tombent sous mes doigts, mais aucune ouverture. A se demander à travers quel miroir je suis passé. Mon cœur bat trop fort d'un sentiment animal qui n'est pas de la panique, je n'ai rien à craindre. Un téléphone sonne. Je suis donc dans le bureau. Je localise l'appareil grâce à la sonnerie incorporée. Une voix prononce le nom des gens à qui j'ai sous-loué l'appartement. J'informe et raccroche. Je sais où est la porte par rapport au bureau central et ressors facilement dans le couloir. Je viens d'expérimenter sans le savoir un des problèmes majeurs que j'aurai à combattre, j'ai une fâcheuse tendance à virer à gauche. Sans m'en rendre compte, j'ai passé la porte du bureau en diagonale. Si une telle erreur peut arriver dans un espace aussi réduit et connu, je réalise que les promenades dans Central Park ne sont pas pour demain.

Chaque jour, j'essaie de grignoter le temps avant de m'effondrer sur le lit. Il me faut trouver des occupations : faire un carnet de téléphone sur cassette car Désirée ne sait pas lire, elle ne sait qu'épeler lentement; écrire mon courrier mais je m'épuise vite; enregistrer des cassettes pour ma famille en France.

Chaque après-midi, à l'heure de l'écroulement, je ne peux constater que le peu de choses accomplies, le peu de progrès faits. Pourtant le matin, je me réveille entre quatre et cinq heures tellement empli d'énergie, d'optimisme et d'appétit pour la journée qui s'ouvre mais chaque soir, il y a ce sentiment de défaite; je me sens vaincu, jour après jour. Allongé, désœuvré sur mon lit, je fais télévision. Mon cerveau produit des images, des films, des histoires qu'il va chercher je ne sais où. C'est une drogue, une fuite nécessaire. Il faut que je continue à créer des images, à visualiser ce qui m'entoure. Le docteur T. me l'a bien dit. « Les cellules du cerveau dévolues à la vision risquent de s'atrophier. »

Grâce à mes insomnies, je découvre la radio, une radio très particulière qui ne se pratique que tard la nuit. Dans un studio, un téléphone, parfois un thème d'émission et, tout autour, New York et sa grande banlieue, le New Jersey, et le Connecticut. Qui veut appeler appelle... C'est l'anonymat, la possibilité de se confier sans être vu. Un soir, le thème est *cruising*, la drague. A la question « Quel est votre meilleur atout ? », aussi bien les femmes que les hommes répondent « le regard ». Ce que j'entends, c'est aussi leur solitude qui, dans les yeux de l'autre, peut se briser. « Au hasard des regards qui se croisent, je te connais. » Cette communication, presque accidentelle, m'est désormais interdite. Ces rencontres ne se feront jamais, mais je sais déjà que, pour cette même raison, d'autres ont eu lieu.

Désirée pendant des heures s'assoit, immobile, en face du lit. Elle ne fait rien, elle me regarde. Je sens ce regard, mais j'ai renoncé à lui dire qu'elle peut sortir ou vaquer à ses propres affaires. Elle dit « oui » et ne bouge pas.

Un matin, elle déclare : « Il faut acheter un cabaret. » J'accepte, interloqué. Un cabaret ! J'ai envisagé bien des solutions pour le futur, mais pas celle de cabaretier. Après de longues explications en français mêlé de créole, je finis par comprendre que « cabaret » est un plateau semblable à celui du petit déjeuner, qu'elle trouve trop petit.

Désirée, en bonne Africaine, se déplace toujours nu-pieds et ce plateau, c'est sans un bruit que le premier matin, elle le dépose sur le lit. Résultat, je m'assois en plein sur la cafetière et me brûle le derrière. Peut-être pour me rafraîchir, je vais prendre un bain et, dans le silence de cet endroit paisible, je songe. Soudain je crie : une main m'a saisi la jambe. Toujours silencieuse, Désirée me savonne comme elle doit récurer son évier, calmement, avec soin.

Désirée parle peu. Désirée est triste parce qu'elle pense à ses six enfants chez la belle-mère, là-bas dans les montagnes d'Haïti. Désirée est triste parce qu'elle pense à la « pouffiasse » qui lui a pris son mari, « ce n'est pas sa faute à lui, il est faible », elle l'aime, je l'entends dans sa voix navrée.

Dans l'appartement que j'ai sous-loué à des Brésiliens partis en vacances, j'ai découvert une pile de disques de samba. Samba! Samba Désirée... et nous voilà en train de danser, je l'entends qui se trémousse sur le parquet qui craque en cadence. Samba! au diable les nurses anglo-saxonnes! J'en ai interviewé une qui avait les cheveux violets et la voix pincée. « J'ai l'habitude des handicapés. »

Samba Désirée! Oublions tes enfants orphelins et mes yeux d'où coule un liquide puant. Mais la tête me tourne rapidement et ne pas voir le sol me donne le vertige.

Loin sont les nuits du « Cosmos », Cotonou,

Dahomey, danse toute la nuit, orchestre Lupa-Lupa, chanteurs Zaïrois ou Nigériens, odeur surchauffée. Jeunes filles douteuses qui vous regardent comme des princesses et dansent avec la musique, jamais avec vous pour affirmer leur indépendance. Jeunes voyous, miracles d'élégance ! indifférence de maquereaux, lunettes noires et chaussures à talons et pas de travail, même en perspective.

12

EN septembre, par un de ces hasards dont New York a le secret, un financier inconnu met à ma disposition une suite au Carlyle.

C'est donc devant ce palace qu'un matin un taxi me prend et me dépose 59ᵉ Rue, au Centre de rééducation, la Lighthouse, le Phare. Il est neuf heures. Le hall résonne de voix stridentes. Les aveugles, je le comprendrai plus tard, utilisent leur voix non seulement pour s'adresser à leur interlocuteur, mais aussi pour signaler leur présence à l'éventuel compagnon aveugle qui viendrait à passer.

L'atmosphère n'est pas triste et pourtant mon estomac est crispé. Il y a quelque chose de forcé dans ce hall. Une tension. Absurdement, il me semble que la violence peut éclater d'une seconde à l'autre. Cliquetis de cannes qui s'emmêlent, escrime, escrime pour s'éviter. Le bruit des cannes est affreux à mes oreilles. Des chiens secouent leur harnais. Ils ne jappent jamais, sauf un cri bref lorsqu'un aveugle leur marche sur la patte. Au fond, j'entends la voix des opératrices du standard :

« Good morning ! Lighthouse... »

Le chauffeur du taxi m'a planté là et s'en est allé sans dire un mot. Je ne sais que faire, suis bousculé, vacille sur mes pieds. Toujours ce vertige. Je me sens comme à ma première rentrée au collège, plein d'expectative, l'envie de foutre le camp et l'absolue conviction qu'il faut rester. Et cette nausée qui monte... Tout comme au collège, je sens que je n'appartiens pas, que je ne veux pas appartenir. J'écoute les complaisances comme autant de dangers. La voix d'une monitrice :

« Bonjour mon cœur, comme vous êtes beau ce matin ! Je l'entends répéter la phrase « Good morning sweet heart ! How good looking you are this morning ! » exactement la même, exactement le même ton, un peu plus loin. Quelle honte !

La perte de mes yeux m'oblige à recommencer une toute nouvelle éducation sans l'aide d'une famille, d'une mère, d'un père, mais d'institutions gouvernementales plus concernées par l'efficacité que par l'amour. Des fonctionnaires me prennent en main. L'amour, dans un tel processus, est même déconseillé, il ne pourrait qu'entraver l'action de ce recyclage. La frustration des rééducateurs, la colère et la violence des rééduqués sont palpables dans ce building comme un mauvais brouillard.

« Hello, monsieur de Montalembert ! Je suis Kate Goldstein. Je suis une assistante bénévole et vous guiderai pour cette première journée. Prenez mon bras, s'il vous plaît. »

L'ascenseur est plein, des mains frôlent. Un rire d'idiote. J'apprendrai qu'il y a un département de malades mentaux aveugles — des gens vraiment gâtés dans la distribution générale.

De temps en temps, une voix enregistrée résonne : « Deuxième étage, appuyez s'il vous plaît sur le bouton de l'étage que vous désirez. »

Je n'ai de désir pour aucun étage et ne sais

d'ailleurs où je vais. Fifth floor... Nous tournons à droite et pénétrons dans une petite pièce enfumée. On m'indique un fauteuil. Nous sommes huit aveugles autour d'une table, cinq hommes et trois femmes. Un moniteur nous demande de nous présenter les uns aux autres, brièvement. Un homme refuse de parler, de dire son nom ou quoi que ce soit. Par contre, à quatre-vingt-deux ans, une vraie Mama noire, sur un rythme cadencé, se lance dans un récit circonstancié et plein d'humour de sa récente vie d'aveugle et termine en disant « qu'au fond, ça lui est bien égal car tous ses enfants sont en bonne santé et gagnent suffisamment d'argent pour l'aider. »

Quand vient mon tour, je dis simplement : « Je m'appelle Hugues, je suis français et aveugle depuis cinq mois. Accident. »

Le directeur du département de rééducation fait un exposé sur les possibilités offertes. Un avocat aveugle nous dévoile ensuite les droits des aveugles : réduction dans les bus, sur les tarifs postaux, pour certains cas tickets alimentaires, droit de conserver le fidèle toutou dans les lieux publics. Je sens une sébile me pousser dans la main. Puis viennent des explications de droit fiscal, de caisse de secours qui ne me concernent pas, n'étant pas américain. Je sens bien que la pièce n'a pas de fenêtre et cela me dérange un peu. Me dérange un peu tout ce nouveau monde sans fenêtre. Droit aveugle, building aveugle, compagnons aveugles, je veux un monde avec des fenêtres.

Kate Goldstein m'emmène déjeuner au restaurant self-service. Plateaux qui s'entrechoquent, les aveugles avancent le long du comptoir. Il y a beaucoup de monde et la pièce est très bruyante, toujours pour cette raison que l'aveugle révèle sa présence par la voix et peut ainsi être localisé par ses amis aveugles. Dans un coin, des sons étranges, des rires suraigus — les malades mentaux. Ceux qui mettent plusieurs années pour acquérir les notions de haut et bas, dessus et dessous, horizontal et vertical. J'écoute ce bruit d'enfer, de damnés.

Après le déjeuner, je suis reçu par le responsable de mon emploi du temps. C'est un brave homme qui cache son incapacité à discerner qui je suis, par un ton paternaliste. Né, marié, vivant depuis quarante-huit ans dans la communauté juive de Brooklyn, il m'observe dans son bureau, comme si j'étais un Indien de Patagonie.

« Donc, monsieur de Montalembert, ayant lu dans votre dossier que vous peigniez, je vous ai inscrit à l'atelier de poterie et de sculpture. »

Cela va de soi, et moi, j'en reste éberlué.

Mr. Miller a fait des études de psychologie qui lui ont permis d'accéder à ce poste et je découvrirai qu'en fait, il a raison. Ça marche dans presque tous les cas : vous faisiez de la photo, donc je vous ai inscrit à la poterie.

« Vous connaissez beaucoup de grands sculpteurs aveugles ?

— Pardon ? Il n'y a pas de grands sculpteurs aveugles. Ça n'existe pas. On peut tripoter la terre et se faire plaisir, mais c'est tout.

— La peinture était beaucoup plus pour moi que de me faire plaisir.

— Vous vous trompez. Il vient de s'ouvrir une exposition des artistes aveugles très, très bonne au Metropolitan Museum.

— Oui je sais, probablement au troisième

sous-sol. Ils feraient mieux d'exposer dans un cirque, ce serait plus franc. Inscrivez-moi en piano.

— Ah! bon, je ne savais pas que vous faisiez de la musique.

— Je n'en ai jamais fait mais j'ai envie de commencer. J'y vois plus de possibilités que dans les arts visuels. En musique, au moins, je peux entendre mes fausses notes. Pour moi la peinture, la sculpture c'est trop sérieux pour me contenter de tripoter et cela ne développerait que des frustrations. La musique c'est nouveau, ça ne me rappellera rien.

— C'est intéressant! Je n'avais pas envisagé la question sous cet angle, donc je vous inscris en piano, une leçon et trois heures de pratique par semaine. Et comme autre activité?

— Le braille, la dactylo, je ne sais pas taper sans regarder mon clavier, le cours de cuisine et d'art ménager. Je veux simplement pouvoir être capable de vivre seul et indépendant, s'il en est besoin. Par exemple, coudre un bouton. »

Mr. Miller sent la sueur.

« C'est très bien, vous savez ce que vous voulez et c'est très encourageant. »

Je tends presque la main pour recevoir les bons points.

« Laissez-moi pourtant vous conseiller les cours de communication. Vous apprendrez à vous servir de la bibliothèque; les publications sont en braille et certaines sur disques souples. Ah! il y a également Mlle Wallenstein qui, après vous avoir parlé à l'hôpital, vous a fait admettre ici. Elle aimerait vous voir une fois par semaine. Et puis il y a notre département récréation...

— Non, je prendrai mes récréations dehors, mais d'accord pour communication et Mlle Wallenstein.

— Nous avons un bowling...

— C'est pire encore que la sculpture ! »

Il prend le parti de rire. Je suis l'Indien de Patagonie. J'entretiendrai d'ailleurs de très bonnes relations avec ce type au fond très bon mais totalement dénué d'humour. Il me passera toutes mes fantaisies et surtout mes absences prolongées et répétées, lorsque je n'en pourrai plus de la routine et des naufrages de l'espoir.

Un peu plus tard une femme, sur un ton de par cœur, me présente des machines compliquées. Des pointes s'enfoncent dans la paume de ma main. Suivant leur position, elles correspondent aux lettres d'un livre placé devant un œil électronique. Mais il y en a surtout une admirable. Elle y introduit un livre et une voix spatiale, saccadée, uniforme, lit « Les oiseaux s'envolèrent au-dessus du blé qui ondulait au soleil et... tournez la page s'il vous plaît. »

J'éclate de rire.

« Je ne vois pas ce qu'il y a de tellement drôle », dit-elle d'un ton un peu pincé.

Confus, je m'excuse.

« Non, non ! J'imaginais simplement un livre d'amour, érotique même, lu de cette manière. En tout cas, ça peut rendre service. »

En tout cas, la machine coûte six mille dollars et, pour ce prix-là, vous pouvez engager une lectrice avec intonations, sentiments, et qui tourne elle-même les pages.

Toutes les machines que cette technicienne me montre, calculateurs parlants et autres, se situent bien au-dessus de mes moyens et de ceux des aveugles en général. Donc, après m'avoir alléché d'une voix électronique, la femme remballe son matériel et disparaît avec.

Elle est partie me laissant seul dans cette pièce,

pas mécontent d'être à moi-même pour quelques instants. Le bâtiment est silencieux, des voix dans des bureaux derrière des portes. Le timbre de l'ascenseur qui s'arrête à l'étage — aigu pour indiquer qu'il monte, grave qu'il descend. Les portes coulissent automatiquement et la voix de ténor travaillée annonce « Fifth floor » et les portes se referment. Silence. Puis timidement, avec hésitation, le tapotement çà et là d'une canne sur le sol du couloir; le tapotement devient régulier, l'aveugle a trouvé le mur et le suit avec sa canne.

Tap... tap... tap... tap... tap... Le bruit de cette canne, ce n'est pas humain. J'entends les hésitations. Je me demande ce qui se passe dans le crâne de cet aveugle. Vers quoi se dirige-t-il, t-elle? On ne peut s'empêcher, en entendant ce tapotement, de ressentir une solitude. Tout ce courage pour aboutir à quoi? L'aveugle rebrousse chemin, il se rapproche, trouve la porte de la salle où je suis et entre.

« Hello!... » Il a dû sentir la fumée de ma cigarette... « Qui êtes-vous? Je suis Jack. »

C'est une belle voix de basse. Il s'assoit, nous parlons. C'est un homme dans la cinquantaine. Routier, il a passé vingt ans à conduire des camions de la côte ouest à la côte est et vice versa. Il a perdu progressivement la vue d'un œil, n'a rien dit et a continué à conduire son camion. Il explique cela simplement, très calme. Puis il y a un an, l'autre œil a commencé à se détériorer : « Cela valait aussi bien. Conduire avec un œil me fatiguait tellement que j'aurais fini par avoir un accident. Et j'ai pu travailler jusqu'à ce que mes enfants s'établissent. » Dieu soit loué!

« Et maintenant?

— Oh! maintenant, je reste tranquillement à la maison. Ma femme est contente de m'avoir un peu à elle.

— Vous lisez ?
— Un seul livre ! Parce que je trouve tous les autres livres dans celui-là. Livre d'amour, de philosophie, de poésie, roman policier, roman d'aventures.
— Vraiment ? Comment s'appelle donc ce livre ?
— La Bible ! »
Curieux routier. Il me dit cela sur le même ton qu'il indiquerait la pression des pneus de son camion. Jack est un des rares aveugles sereins que j'aie rencontrés au Centre.

Il est cinq heures et je suis épuisé.
Dans l'entrée, la main de Désirée se pose sur mon bras, je lui dis avec impatience :
« Viens ! »
Derrière moi, j'entends murmurer :
« Toute ma vie, j'ai attendu que quelqu'un me dise *Viens* ! avec la voix de Charles Boyer. »
Je me retourne, c'est la standardiste.
« Pourquoi avec la voix de Charles Boyer ?
— Parce que, darling, c'est une voix horizontale. »

Enfin, je pénètre dans le hall du Carlyle, ce sera le dernier effort de la journée. Les conversations s'arrêtent et, point de mire, je traverse le silence. Désirée fait sensation avec son chapeau à fleurs et ses allures de villageoise africaine. C'est avec soulagement que j'entends la porte de l'appartement se refermer.
Insonorisée, feutrée, luxueuse, la suite du Carlyle fait un heureux contraste avec l'environne-

ment fonctionnel et glacé de la Lighthouse, avec ces voix qui ne sonnent pas comme les autres dans les corridors, le tapotement des cannes d'aluminium, les odeurs de sueur.

Assise en tailleur sur la moquette du salon, Désirée épluche des épinards, très occupée à penser à ses enfants. De la cuisine, émane un fumet de tajine qu'elle a préparé pour le dîner. Je n'ai pas faim, trop fatigué, trop contracté. Un bain chaud aide les muscles à se détendre. Immobile dans l'eau, actionnant les robinets avec mes pieds pour contrôler la température, je réfléchis. Ça va être dur! Je n'aime pas la Lighthouse, mais ces gens-là ont tout ce dont j'ai besoin et, si je les utilise à fond, j'en serai vite libéré. Mes yeux me font mal. Comment se fait-il que l'on ne m'ait pas encore retiré les agrafes? Chaque semaine pourtant, je me fais examiner par le docteur T. Apparemment, mes paupières ne se soudent pas. Je vais avoir besoin de patience. La question que je tourne et retourne dans ma tête, c'est cette rééducation... combien de temps? Je l'ai posée à Mr. Miller.

« Oh! cela dépend de chaque cas particulier. On ne peut rien dire à l'avance.

— Je comprends, mais enfin pour l'aveugle moyen, il faut compter combien de temps?

— Voyez-vous, cela dépend de ses aspirations, ou disons de ses ambitions. »

Blablabla, j'ai compris, ils ne veulent pas me donner de réponse. Page 36 du manuel du bon instructeur : « Ne pas donner de limite de temps aux clients afin qu'en cas de difficulté, ils ne se découragent pas. » C'est ainsi que je vais mener cette rééducation tambour battant, avec l'impression d'être lent et peu doué. N'ayant aucun critère de références, et de naturel impatient et orgueilleux, j'en arriverai à l'épuisement de mes nerfs. Des picotements à l'extrémité des doigts m'empêcheront de lire le braille : je suis sûr que c'est la goutte ou quelque maladie du cœur, de la circulation. « Vous y allez trop fort, il faut ralentir. Vos nerfs sont fatigués. Take it easy, slow down, relax... » répètent les moniteurs.

Mais une force vitale m'entraîne jusqu'à l'écroulement. Rejet irraisonné de la Lighthouse. Ecole buissonnière qui durera parfois une semaine. Si je compte les interruptions, j'ai utilisé le Centre de rééducation pendant une dizaine de mois.

Le plus passionnant, parfois le plus déprimant, mais un vrai *challenge,* ce fut la *mobility.* Je n'ai pas le sens inné de la ligne droite, ce dont je m'étais aperçu dans la conduite de ma vie, mais pas encore dans mes déplacements. La première fois que j'expérimente ce phénomène à l'extérieur, c'est un matin à la campagne, chez mon amie Claire.

Réveillé comme à l'habitude vers cinq heures, j'écoute les oiseaux par la fenêtre grande ouverte. J'avais oublié... Peut-être ne les ai-je jamais écoutés aussi intensément. Peut-être n'ai-je jamais demandé autant d'espoir aux oiseaux. A travers les paupières, le soleil du matin me dore la cervelle. Je me sens plein de joie et de confiance.

Rassuré par cette campagne qui m'entoure, l'élément naturel dans lequel je suis né, j'ose sortir seul pour la première fois. Et je décide d'aller au bord de la piscine, écouter les nouvelles sur mon transistor. Je m'intéresse à l'élection du pape et observe avec admiration ce système politique, ni démocratie ni dictature, qui encaisse sans grincer la mort successive de deux papes en l'espace de quelques jours.

La maison dort. J'ouvre la porte. Un buisson effleure ma main. Il est tout mouillé. Sous mes doigts, je reconnais la petite feuille dure et ronde, je l'écrase entre le pouce et l'index et l'odeur s'exhale : c'est du buis. Je contourne les massifs à l'aide de cette canne que Mrs. Rosenblat m'a donnée. Il y a un contraste entre l'air sec de la maison de bois et l'atmosphère mouillée de rosée du dehors. Le moteur du filtre ronronne et, mettant le cap sur ce bruit, j'arrive à la piscine. Je la contourne, jusqu'au fauteuil que je voulais atteindre. Je pose la radio sur une table, tire le fauteuil... et tombe dans la piscine. Oh ! Charlie Chaplin !

Trempé, je décide de rentrer me changer. La maison est à cent mètres. Avec ma canne, j'imprime dans ma tête le rebord de la piscine, pour prendre la perpendiculaire qui bute sur la maison. Je ne trouve pas la maison. Cent mètres, c'est pourtant court, mais une simple déviation de dix degrés, au bout de cent mètres, donne une erreur plus longue qu'une maison. Le petit côté de l'angle droit est égal, etc.

Je recommence dix fois et, dix fois, je rate la maison. Mon moral qui n'avait pas été atteint par la chute dans la piscine, au contraire cela m'avait fait rire, commence à s'effriter. Le soleil est plus chaud et, malgré les vêtements mouillés, je transpire. Je ne transpire pas uniquement à cause du soleil. Au début, je me suis dit : « Louper une maison, vraiment ! » Heureusement le moteur de la piscine ronronne calmement et il m'est facile de revenir au point de départ. Je recommence sur la même perpendiculaire, avance régulièrement. Eh bien, non ! La maison a disparu. J'écoute pour entendre sa masse. Rien. Je recommence. Ce n'est plus un jeu et il y a quelque chose qui monte de mon estomac. Maintenant, je suis si enragé que je ne retourne même plus au bord de la piscine pour me resituer. Je tape dans les buissons, bute dans des arbres, me perds et me désoriente tout à fait. Je m'assois par terre et m'oblige à calmer les battements de mon cœur et à réfléchir.

Les oiseaux chantent toujours et les feuilles chauffées par le soleil odorifèrent. Un plan germe dans ma tête. De nouveau, je me dirige vers le moteur. J'ai la surprise d'aborder la piscine par un tout autre côté que celui prévu arbitrairement.

Je me réaligne sur la margelle que je sais faire face à la maison, compte cent pas et respire lentement par le nez. Douceâtre, un peu amère, une odeur de buis filtre dans mes narines. Le soleil a transformé les feuilles du buis mouillées de rosée en un buisson d'encens. Le parfum vient de la droite. Je me laisse mener par le nez et atteins, sans encombre, la porte.

Je remonte l'escalier vers ma chambre, retire les vêtements déjà presque séchés par le soleil et m'allonge sur le lit. Mes membres tremblent d'énervement.

Un peu plus tard, lorsque la maison s'est éveillée, je descends à la cuisine m'asseoir à la table du petit déjeuner. « Un pape polonais a été élu », dis-je. La nouvelle est de taille mais pendant qu'elle est commentée, je pense à autre chose. Une vie secrète parce qu'incommunicable.

13

Depuis mon installation au Carlyle, Désirée repart chaque soir dormir chez son beau-frère, au fond de Brooklyn.

Quand la porte capitonnée de cet hôtel se referme sur mon premier soir solitaire, je reste longtemps immobile, les pieds dans la moquette, le front appuyé sur le mur, à l'écoute de cette panique. Panique à peine retenue par le fragile barrage de toute ma volonté. Je sens que le moindre mouvement de mon corps pourrait briser la digue et que cette chose que je ne veux même pas définir déferlerait en moi comme trente mille barbares au galop et me laisserait dévasté. J'entends parfaitement les bruits de mon corps, ma déglutition, la circulation de la vie puis, peu à peu, les bruits de la ville par la fenêtre, les sirènes de l'hôpital voisin, toute cette violence new-yorkaise qui m'a fasciné, comme une permission à visiter l'enfer.

Quel sens donner à ce qui m'est arrivé ? Cette question m'obsède. S'il n'y a aucun sens, alors c'est terrible car il n'est pas pire punition. Une telle agonie, un combat de vingt-quatre heures sur vingt-quatre pour briser la peur. Mon courage m'étonne mais ce n'est pas le mien, c'est le courage de cette espèce vivante, l'être humain. Il y a une force en moi qui ne m'appartient pas mais qui est celle de tous; de même ma faiblesse, mes névroses et ma fatigue ne m'appartiennent pas, ni mon désespoir qui n'est jamais bien loin. Quelquefois, je ne sais même pas si je prétends être ce que je suis ou si je suis vraiment cela.

Certains trouvent une signification à ce qui m'est arrivé. Un professeur de méditation transcendantale, venu enseigner dans une usine, me dit :
« C'est une bénédiction de Dieu !
— Non ! n'insultez pas Dieu. »
Je serre ma canne, que j'ai franchement envie de lui casser sur la tête.
« Depuis que je suis aveugle, je suis devenu bien meilleur, déclare dans une conférence à la Lighthouse un type qui a perdu la vue dans un accident.
— Coupe-toi les jambes, ce sera encore meilleur ! » lui crié-je de ma chaise.
Seul un Hindou aveugle, récemment arrivé de Bombay, se marre. Les autres pensent que j'ai des problèmes. Je quitte la conférence avec Jet, l'Hindou qui rigolait.
Probablement existe-t-il chez les aveugles une tentation, celle de croire que leur état leur donne automatiquement droit à un statut spirituel plus élevé. Souvent même leur entourage les y incite. Sincèrement, je refuse cette farce. Des prêtres me parlent et j'entends dans leur voix une complicité à priori, quelque chose comme la communion dans la souffrance de Jésus sur la croix, notre crucifixion commune. Je n'en suis pas là et tiens à le dire. Comme Aho me l'a enseigné, je ne veux pas perdre contact avec ma propre réalité. La

perte de la vue est un accident mécanique et non un état de grâce ou une conséquence spirituelle.

Au fond de moi, il y a ce soupçon que tout cela n'a aucun sens. Cette pensée grandit peu à peu, m'apaise et m'angoisse tout à la fois. On ne balance pas dans l'athéisme après plusieurs siècles et toute une enfance d'endoctrinement, sans souffrance et sans un sentiment d'insécurité et d'exclusion. Je sais que cela peut me couper de l'amour de ma mère et me faire expulser de ma tribu. L'homme n'aime pas être seul. En groupe il se sent plus fort. Et j'ai peur, comme tout autre, des nuits dans les steppes, sans toit ni foyer pour m'accueillir.

Dans cette chambre d'hôtel trop capitonnée, je ressasse ces pensées qui seront corroborées plus tard par mon père lorsqu'il me dira :

« Je suis triste car je pense qu'après ma mort, je ne verrai plus la plupart de mes enfants. »

« La plupart » qu'entend-il par là ?

« Je veux dire que certains d'entre eux n'iront pas au ciel. »

Quelquefois mon âme est lourde d'un certain héritage et mon courage a tant besoin d'autrui. Seul, je ne puis rien. Si je perds ma tribu, je dois en trouver une autre pour m'accueillir. L'homme ne peut errer seul, sans toit ni feu, ni corps qui se presse contre lui pour dormir.

Le téléphone est là sur le bureau style Louis XV. Je me détache du mur et vais le palper pour en ressentir les possibilités. J'essaie d'imaginer sa sonnerie et, immédiatement, montent en moi des crispations de désir. Je ne peux appeler moi-même, bien trop peur de déclencher la pitié. Plus tard, j'atteindrai des degrés où même cette barrière sautera, l'orgueil ne jouera plus. Que le téléphone sonne, ou je vais crier ! Allô !... J'imagine ma voix répondant « Allô ». Est-ce que l'autre, dans son écouteur, entendra ma peur ?

Allô ! ma voix sonne étrange, étouffée par la moquette et les rideaux. Je me force à bouger, allume la télévision, visite la chambre. Le lit est plus large que long ; il y a une coiffeuse grotesque, enjuponnée de gaze. Dans la salle de bain, un téléphone à côté des toilettes. Une minuscule cuisine où personne n'a jamais fait la cuisine.

Une clef triture la serrure. Deux femmes de chambre entrent. A leur voix, je les sais noires. Elles vont dans la chambre, dans la salle de bain. J'espère qu'elles vont me parler mais non, elles partent.

« Good night.
— Thank you », je réponds.

C'est la fin de la journée de travail. Elles sont pressées. Elles vont rentrer sous leur toit, auprès de leur feu, à portée des corps, des mains qui les aiment.

« Good night. » La porte se referme.

Un coup de poing dans le coussin du sofa. Réagis, bon Dieu !

Mais il n'y a rien à faire, je me sens une épave, la gorge se serre et me voilà à pleurer comme un idiot, sans bruit. Il est huit heures du soir, les restaurants sont pleins, Carnegie Hall et le Metropolitan Opera lèvent leur rideau. Les cafés de Soho grouillent. Il est huit heures du soir, New York s'amuse après la plus colossale journée de travail du monde. C'est l'heure des femmes, elles brillent. Septembre, la saison s'ouvre : concerts, galeries, théâtres. Un nouveau vent souffle sur la ville.

Réagis, bon Dieu ! il y a Bobby Short qui joue du piano ce soir au bar, sept étages plus bas. Sonne ! quelqu'un de l'hôtel t'y amènera et, à force de prétendre t'amuser, peut-être t'amuseras-tu. Fuir à tout prix ! Fuir ce face à face. Non, il faut aller jusqu'au bout. Après, si tu ne tombes pas fou, tu pourras te désensabler et quitter ce rivage.

Les clients de l'hôtel prétendu le plus aristocratique de New York sont cependant fort divers.

Un matin, alors que je rentre d'un tour dans Central Park, deux types échangent des blagues qui les font tellement rire qu'ils ont tendance à s'allonger sur le plancher de l'ascenseur. J'imagine Désirée remontant ses sourcils sous son chapeau. Quand ils sont sortis, John le liftier dit :

« Ce sont ces messieurs Jack Nicholson et Dustin Hoffman. Il paraît qu'ils écrivent un scénario ensemble mais, ce matin, ils n'ont pas l'air dans leur assiette ! Et on dirait bien qu'ils ne se lavent pas. »

C'est vrai qu'ils ont laissé une odeur acide derrière eux.

Un autre jour, nous avons l'honneur de voyager, toujours dans l'ascenseur, avec Mick Jagger. Pas un mot, silence. Il est huit heures du matin. En veste de velours cramoisi, la vedette du rock rentre se coucher. John, qui devient de plus en plus familier : « C'était Mr. Mick Jagger » puis, en baissant la voix, « un vrai salaud arrogant et si vous voyiez ses poignets couverts de piqûres ! »

Désirée, confrontée avec le grand monde, ne perd pas la tête sous son chapeau. Pour dire la vérité, elle semble complètement indifférente. Moi cela me distrait. Je descends au bar. J'écoute les conversations, on y parle toutes les langues. Des femmes iraniennes se plaignent de ne pas trouver de domestiques à New York. Il y a aussi des femmes nicaraguayennes qui ont les mêmes problèmes, mais en espagnol et parlent de l'ingratitude de la Nation pour Somoza. Il y a ces conversations arabes sans voix de femme. Il y a des Texans qui parlent trop fort. Cliquetis de chaînes ou de bijoux, parfums de ces dames qui se mélangent à celui des Martini et des cigares.

Peu à peu, je découvre qu'il m'est plus facile de communiquer avec les femmes qu'avec les hommes car, socialement, les hommes ne se touchent pas entre eux. Les femmes n'hésitent pas à ponctuer leurs paroles de gestes bien précis. Lorsque je suis assis, elles me touchent d'abord les genoux qui sont un terrain neutre, puis les avant-bras et enfin les mains.

Je me force à sortir. La première fois que je me retrouve aveugle au milieu d'une foule, c'est au cocktail d'adieu d'un ami journaliste. Après quelques minutes, abasourdi, je m'assieds sur un sofa. A ma droite, une femme. Elle commence à me poser des questions, à s'emparer de mes genoux, à me serrer les avant-bras, à me presser les mains, à récupérer son briquet tombé entre mes jambes, tant et si bien que je commence à m'émouvoir. Un doute me traverse l'esprit : « Elle doit être laide et voit en moi une chance. »

Lorsque finalement elle me lâche pour aller chercher un drink, je m'empresse de questionner un homme que je sais être à ma gauche.

« Comment est-elle ?
— God ! C'est la plus belle fille de la soirée ! »
Au même moment, j'entends la voix féminine :

« Je vois que vous avez fait connaissance avec mon mari ! »

Il y a aussi ce Français qui se présente :
« Nous ne nous connaissons pas mais j'ai entendu parler de vous par...
— Nous nous connaissons très bien, il y a quatorze ans, nous étions à la fac de droit ensemble. »
Il s'étonne, s'en souvient puis me présente sa femme, je ne sais pourquoi, sous son nom de jeune fille. Elle aussi :
« Nous ne nous connaissons pas, mais j'ai entendu parler de vous...
— Nous nous connaissons très bien, nous avons dansé ensemble il y a quinze ans. »
Et tous deux de s'exclamer :
« Quelle mémoire vous avez !
— Pas du tout, mais je suis très physionomiste. »

En tournant trop vite, du couloir dans ma chambre, je me suis cogné contre le chambranle de la porte. L'arcade sourcilière s'est fendue. J'ai la hantise que quelque chose entre dans mes orbites qui ne sont plus défendues par le regard. Ces deux trous, points d'extrême vulnérabilité de mon corps, par où l'on pourrait pénétrer jusqu'à mon cerveau. Pour suppléer à la défense absente de mon regard, je me fais découper dans une lame d'acier ce qu'il est convenu d'appeler des lunettes. Cette lame reflète les lumières de la ville, le regard des autres — miroirs aux alouettes. Elle couvre d'une arrogance brutale ma peur, ma blessure. Cette lame tranche la pitié.

Mes tibias sont couverts de bleus à force de buter dans la table basse du salon, les fauteuils ou le pied du lit. Il faut que j'apprenne à me ralentir et à bouger avec plus de douceur. Les femmes de chambre jamaïcaines qui m'observent proposent de pousser la table contre le mur. Je refuse catégoriquement. Autant apprendre tout de suite à s'adapter au monde tel qu'il est et non pas adapter le monde à ma situation.

Un matin en prenant ma douche, je laisse tomber le savon et, sans réfléchir, me baisse pour le ramasser. Je m'enfonce l'un des robinets fixés au mur dans l'œil gauche, le plus fragile. Deux agrafes sautent. Le docteur T., que je vais aussitôt voir à son cabinet, me dit que l'œil n'a pas souffert du choc mais que, de toute façon, une réintervention est nécessaire, car mes paupières ne veulent pas se souder. Il faut donc en recouper le bord, trop brûlé, et mettre d'autres agrafes. Ce qui m'ennuie, c'est de subir une autre anesthésie générale. Pour les opérations de la tête, l'anesthésie est particulière et mon cerveau en sort fatigué, vide, comme lavé.

A l'hôpital, dans la chambre, je trouve un homme qui a eu l'arcade sourcilière et le nez brisés par le poing d'un inconnu, dans la rue.

« J'habite, dit-il, le New Jersey, mais tous les ans pour l'anniversaire de notre mariage, nous allons avec ma femme danser dans un club sur la 6ᵉ Avenue. Oh! rien de grandiose, mais une petite boîte avec de la bonne musique. Imaginez! et je me fais casser la gueule là, en pleine rue, en sortant. Le type en me croisant m'a lancé son poing en pleine poire et a continué son chemin. Shit! il ne s'est même pas arrêté. Personne non plus n'a essayé de l'arrêter.

— C'est pas de chance.

— Eh bien, vous n'y êtes pas du tout, c'est même tout le contraire! Les trois semaines que je viens de passer là sont les meilleures de ma vie. Les infirmières ont été aux petits soins, elles m'ont chouchouté et tout le monde m'a foutu la paix. Vous voyez, pendant trente-huit ans, j'ai travaillé dans une banque, oh! pas à la direction ou fondé de pouvoir. Non, petit employé aux titres. Est arrivée la retraite. Les enfants sont établis et, à la maison, je me fais chier. The fucking house! the fucking dog and the fucking wife! Nous décidons d'aller visiter l'Europe, l'Italie surtout parce que ma femme suit des cours d'Art. Shit! j'étais pratiquement le seul type de ce groupe, rien que des bonnes femmes qui s'intéressaient à l'Art avec l'argent du pauvre mec qui, la plupart du temps, était crevé. Venise le dessin, Rome la sculpture, Sienne la peinture, Florence je me suis taillé, c'était l'architecture. Je me suis installé seul dans une petite pension. Une chambre avec un balcon. Voilà, je me suis mis sur le balcon et j'ai fait ce que je n'avais jamais eu le temps de faire j'ai regardé les gens vivre.

« Dans la chambre à côté il y avait une Danoise, une belle femme blonde, elle était vétérinaire. Et moi qui n'avais jamais trompé ma femme, j'y avais même jamais pensé, me voilà à soixante ans en train de coucher avec la vétérinaire. Vous croyez que je me sentais coupable? Pas du tout. Shit! Je me suis senti drôlement vivant. J'ai rien dit à ma femme mais j'ai décidé, tous les ans, de prendre un mois de vacances seul. Au diable the fucking house, the fucking wife and the fucking dog. Cette année, j'irai en Espagne sur la Costa Brava et je trouverai une petite chambre avec un balcon. Et s'il y a une dame blonde dans la chambre à côté, tant mieux ! »

Plus tard dans l'après-midi, sa femme viendra le chercher. C'était son dernier jour à l'hôpital.

« Hello ! hello ! Darling. Tu dois être content de rentrer enfin à la maison. Si tu voyais le chien, il ne tient plus en place, il sait que c'est aujourd'hui que tu rentres. J'ai préparé un vrai dîner de *Welcome Home.* »

La voix est aiguë, artificielle, comme la couleur des cheveux sans doute. Elle n'est rien de particulier, rien d'autre qu'une des molécules de cette immense classe moyenne américaine. Si elle appartient à la majorité silencieuse, elle-même ne l'est guère et le type me dit, mezza voce, « vous voyez ce que je veux dire ? » Et il s'en va tout à fait désolé.

L'opération a eu lieu hier. C'est une opération mineure qui, pourtant, a duré assez longtemps à cause de la minutie du travail. J'ai de nouvelles agrafes et ne souffre pratiquement pas, ça tire un peu, c'est tout. Le cerveau fonctionne et ne semble pas trop lessivé. Je décide donc de retourner chez moi et fais mon balluchon. Les infirmières tentent de me dire que je ne peux pas partir sans l'autorisation du docteur mais, contrairement à mon voisin, je n'en peux plus de l'hôpital.

« Dites au docteur que j'irai le voir à son cabinet. »

Paralysée par l'arthrose des hanches, ma mère n'a pu venir me voir à New York. Il faut donc que je me porte vers elle et désamorce le chagrin que je sens dans ses lettres enregistrées sur cassette. Parfois, je n'ai pas le courage de les écouter et attends plusieurs jours avant de les insérer dans mon magnétophone. J'entends sa voix navrée, elle m'y parle des petits événements de la famille et finit toujours par me conseiller de m'adresser à la Sainte Vierge Marie, bien qu'elle sache mon scepticisme. Elle m'y pose des questions, mais la voix tombe sur le point d'interrogation au lieu d'y monter. Elle ne demande pas vraiment de réponse, c'est une autre question qui l'obsède, informulable et que je n'arrive pas à discerner. Instinctivement, j'ai la crainte des questions qui rampent dans les silences de la bande enregistrée. Il y a comme une sorte de reproche. Pour elle aussi, je sens que ma vie en ligne brisée fait de moi le coupable, dans ce drame où il m'a été donné, également, le rôle de la victime. La morale judéo-chrétienne ne reconnaît pas le hasard. Il n'est pas exclu que, dans les silences de ma mère, je projette ma propre culpabilité à la faire souffrir, car enfin qui veut être pour celui qu'il aime un objet de douleur ? C'est ainsi que je le ressens, moi qui n'ai aucune mission rédemptrice à accomplir et par conséquent, aucune bonne raison de plonger un glaive dans le cœur de ma mère comme sur les statues de plâtre dans l'église du village.

Déjà je divisais les Pietà en deux catégories, alors que je découvrais tout en me mariant la Toscane. Les Pietà où la Mère du Créateur, abîmée de douleur, regarde son Fils et lui dit : « Que m'as-tu fait ! » — et les Pietà où, les yeux tournés vers le ciel, elle dit au Père : « Regarde ce que tu m'as fait ! » Non point que je me compare au crucifié, mais simplement, je me tourne bien souvent vers le texte de l'Evangile pour comprendre ma situation. Comme dit Jack, ce livre contient tous les autres livres.

Mais la Vierge, cet être parfait, ne dit-elle pas au Père : « Regarde ce qu'ils lui ont fait ! », ce qui est l'acquittement du Père et du Fils, impliquant le verdict « coupable » aux hommes... aux hommes qui m'ont éclaboussé les yeux d'acide.

Après délibération avec mon jury intérieur, je me sens aussi coupable, puisque tout a commencé un certain jour des années 1830, dans le petit port de Ouidah, sur la côte des Esclaves, grâce à la complicité du Sacha de Souza, trafiquant de chair d'ébène, et du roi Ghezo, avec la complicité des Anglais, des Portugais, des Français, avec la complicité de l'humanité tout entière, moi y compris. Disons que sur ce bateau ou sur un autre, en cette année ou quelque autre, se trouvaient dans cette cargaison puante, malade, terrifiée, deux hommes suffisamment robustes pour supporter les conditions du voyage et la panique morale qui donnait à certains la force de se suicider en avalant leur langue. Du ventre de ces deux hommes vendus aux enchères dans quelque plantation, est sorti le ghetto de Harlem. Et comment expliquer, sans me faire traiter d'esprit détraqué, que les monstres sortis du ghetto font partie de moi-même. Ce sont ces deux hommes mêmes qui sont venus m'attaquer.

Une équipe de la télévision française est venue me demander une interview. Mon premier réflexe est de refuser, échaudé par l'article d'un magazine féminin où je me suis retrouvé, dégoulinant de sang, sur la scène du Grand Guignol. Finalement, j'accepte car c'est le meilleur moyen d'aller à la rencontre de ma mère. Je leur demande de venir filmer une journée à la Lighthouse.

C'est la première fois que je suis reconfronté à la caméra, mais de l'autre côté.

Instinctivement, je participe à la mise en scène, au repérage du lieu de tournage, visualisant à travers l'œil de la caméra le message que je veux adresser. Je m'intéresse tellement aux détails techniques, particulièrement à l'éclairage et à l'orientation des spots que finalement, lorsque le moment est venu de m'exprimer, je n'en ai presque plus la force. J'ai bien peur qu'à travers ce message, ma mère ne perçoive que l'épuisement.

Par la suite, des chauffeurs de taxis, des promeneurs dans les squares et d'autres inconnus me confieront m'avoir vu. Il semble que, ce soir-là, seule ma mère n'ait pas regardé la télévision.

14

Le monde est devenu comme Dieu invisible, et pourtant il est réel. Et Dieu ? L'âme va toujours de l'ombre vers la lumière. Seuls les êtres désespérés recherchent, comme les animaux malades, l'obscurité. Ce qu'il y a de plus dur, dans le labyrinthe obscur où je me trouve enfermé, c'est de continuer à croire à la lumière. Pour la recréer, il faut concentrer toutes ses forces dans ce combat de l'ombre, tout d'abord à l'intérieur de soi, pour qu'enfin elle devienne un halo. Dans cette quête, je suis le couloir qui s'enfonce dans le noir comme une fêlure, fêlure obscure de mon propre craquellement. Au fond de moi clapote la pourriture des eaux dormantes, pourriture de tout ce qui est immobile. Le torrent de ma vie s'est trouvé brutalement noyé dans des marais glauques. Mon cri se brise dans les dédales rompus du labyrinthe et le chant des oiseaux semble enseveli sous l'Everest. Dans ce face à face, je n'ai même pas la ressource des divertissements pascaliens, ni même des héroïsmes nietzschéens. Et la nuit mystique est totale, à peine dérangée par la présence sulfureuse du Minotaure, là-bas, au cœur de l'ombre.

Ce matin, j'appelle la mort et j'ai honte car je le fais par désir de disparition et non de plénitude. Et je ne suis même pas sûr que la mort soit une disparition. Suicide ? non. La consigne est de vivre bassement, péniblement, scrupuleusement. Chaque jour, je travaille à ma solitude. J'y œuvre et ne peux constater que l'absence de ma vie, une vie liquide. J'ai été interné à l'intérieur de moi-même, internement intérieur, et soumis à la tentation de l'invisible. Et matin après matin, le soleil se lève et la radio annonce : « Aujourd'hui, bonne visibilité... clear visibility. » Chaque matin, ils me mentent.

Et puis il y eut Valouchka. Celle-là qui vint s'asseoir auprès de moi un soir, était la sœur d'Ariane au labyrinthe. Elle n'avait besoin du fil de sa sœur car elle était porteuse de lumière. Elle était Lucifer et, par la seule force de cette lumière, elle creva le labyrinthe d'ombre et parvint jusqu'à moi. Alors que la douleur me racontait au cours de mes insomnies des histoires de Mille et Une Nuits, alors qu'en aucun cas je ne voulais accorder d'importance à cette souffrance car la brûlure ne signifie rien — ce qui importe ce sont mes yeux morts, alors que je m'abats moi-même à coups de hache d'alcool, alors que j'ai la tentation du néant pressenti par les ténèbres dans lesquelles je suis jeté —, sur ce sofa, un soir, elle vint s'asseoir à côté de moi.

« Je reviens de l'Ile... je sais que vous y avez habité longtemps, j'aimerais vous en parler. »

Sa voix ouvre l'ombre comme la flûte douce transperce la nuit.

Elle m'a pris par surprise. Je vois l'Ile, toute l'Ile, les volcans, les rizières. Tout à coup, je suis très loin, confronté à l'immobile splendeur, jonction eau, terre, soleil, et la nuit vaincue par l'aura des volcans. Dans les collines, l'obsédant rythme des gamelangs menace les flûtes mélancoliques de bambou. La mer, étincelante de reflets, m'éclabousse, inattendue. Au-dehors, dans les artères de New York, j'entends les hurlements des sirènes de police — au fond du labyrinthe noir, le mugissement du Minotaure. Comment ose-t-elle me parler à moi de ce moi-même disparu ? de ce moi-même ivre d'émerveillement devant le spectacle de ce paradis reflété dans la mer, ivre de solitude et pourtant envahi par chaque particule du monde ?

« Ne me parlez pas de l'Ile, je vous en prie, ne m'en parlez pas. »

Si je dois rester enfermé au labyrinthe d'ombre, il faut que je garde le souvenir du monde. Mais l'Ile, c'est autre chose, il faut l'oublier. Les cornes du Minotaure me déchirent l'estomac. Pour fuir la tentation de souffrir, la tentation de l'évocation, je me suis reculé plus au fond du labyrinthe où l'obscurité est plus épaisse, où personne ne peut me rejoindre, et surtout pas cette voix si féminine... si féminine que déjà elle me manque, si porteuse de poésie que déjà je suis blessé.

Et lentement, malgré moi, l'Ile continue de surgir, de si loin, d'une autre vie. Les femmes en sarong multicolores, dans les rizières transparentes, d'un geste lent avec de longues palettes de gaze, attrapent des libellules. Cet enfant rencontré en haut de la montagne Batu-Api, au pied du temple, et dont le regard se posait tellement au-delà de l'horizon. L'Ile, reflet inversé du paradis dans la mer, se renverse dans les yeux des enfants.

Là, sur ce sofa, je me laisse envahir par les nuits où tout éclate, la musique, les tempêtes et les volcans, où l'Ile est secouée des grondements de colère de la planète. Des nuits où les esprits et les forces se livrent des batailles effroyables, où les humains, terrés comme fourmis, chantonnent dans leur sommeil, pour se donner courage, les épopées du Ramayana. Trois danseuses de douze ans, au centre d'un cercle de torches, dans l'arrière-cour du palais de Gianyar, disloquent la nuit de reflets d'or qui se meuvent au rythme d'une musique presque endormie de douceur. Et nous assistons à l'aube, sur une plage, au coucher de la nuit dans une splendeur de mauve, de pourpre, de violet, de vermeil qui révèle au-delà de la mer, pour quelques secondes, immense, fabuleux, mythique, le volcan de Lombok.

Il a suffi à cette voix de me dire « Je reviens de l'Ile. » Comment ose-t-elle ?

« Ne me parlez pas de l'Ile ! »

J'aurais voulu le lui dire doucement, mais ma voix s'est faite rauque pour lui répondre.

Il y a un silence et un peu moins de poids sur le coussin du sofa. Elle est partie.

Autour de moi, il y a toute une théorie de conversations, sans que rien ne se distingue. A Claire venue m'apporter un verre de vin, je demande :

« Qui était là il y a un instant ?
— Valouchka.
— Où est-elle ?
— Ici.
— Je sais, mais où ? »

Claire, baissant la voix :

« Mais là, à côté de toi, assise sur le tapis. »

Mon cœur devient gourd. Je me penche vers Claire et murmure.

« Que fait-elle ?
— Elle te regarde. »

Et j'ai entendu « Elle t'aime ».

Je tends la main et mes doigts effleurent un nuage de cheveux que je sais déjà blonds. Au milieu de ces gens, ton immobilité est un élan. Je te regarde et à travers mes lunettes de fer, ton regard me transperce. Je vois tes yeux noirs, allongés, un peu tristes. Refoulé en moi, mon regard ressort par chaque pore de ma peau, mes lèvres deviennent paupières. Je te regarde de mon plexus, de mon ventre, de tout mon corps. La plainte du Minotaure est inaudible. L'ombre déjà recule. Les murs du labyrinthe se fendillent. Très bas, je demande :

« Tu es là ? »

Et sa voix me dit toute l'évidence et l'acceptation :

« Oui. »

Et j'ai entendu « Je t'aime ». Et j'ai entendu « C'est un amour interdit ».

L'air est coupé du reste de la pièce. Il passe directement de sa bouche à la mienne, que je ressouffle en la sienne. Autour de nous, ainsi que me l'a enseigné Aho, je trace le cercle magique que personne n'osera franchir. Nul ne transgressera les limites du labyrinthe où elle pénètre lentement, en tremblant.

Nos têtes sont immobiles, rivées par ce regard absent. Mon corps est exténué dans cette lutte où je l'appelle et la repousse tout à la fois. Si elle pénètre plus avant, elle sera prise de peur et va se mettre à hurler. Je brise le cercle, me lève et m'en vais. Dans certains cas, il est plus facile d'être inhumain, et seul. Elle ne sait peut-être pas à quel point son regard me fait souffrir. Non ce n'est pas son regard, c'est son amour. Lorsqu'elle m'a répondu « Oui », elle s'est entièrement donnée, offerte et pour rejoindre son cœur, le mien s'est arraché de ma poitrine par une déchirure qui ne se ferme pas. Tu t'étais délicatement, ce soir-là, parfumée de tubéreuse.

Je m'en vais, avec ce coup de lance au côté, cette blessure que je ne veux savoir. Je m'en vais, fort de cette illusion absurde et orgueilleuse que je suis maître de ma vie, libre d'interdire l'amour. Amour doublement interdit car toi tu n'es pas libre, Valouchka.

15

L'automne, saison ouatée sur la côte est des Etats-Unis, s'est soudainement imposé par un flamboiement d'érables. Lorsque je vais chez Claire à la campagne, je respire une odeur croupie sous les feuilles. Maintenant je vis dans cet appartement un peu taudis sur la 1re Avenue. Chaque matin, je dois dépoussiérer mon visage recouvert d'une fine couche de salpêtre tombée pendant la nuit. La baignoire se trouve dans la cuisine, un couvercle de zinc la transforme en table durant la journée. C'est un lieu triste qui sent l'émigrant début de siècle. Un coiffeur homosexuel en a commis la décoration. Miroirs et angelots de stuc. « Un bordel marocain », me dit Jallen, une amie née à Tanger.

Désirée s'est rendue malade à nettoyer, mais il n'y a rien à faire. La crasse de toute la ville est incrustée dans cet appartement-wagon, comme on les appelle. Mes doigts rencontrent des surfaces gluantes. Tout est douteux. Les pièces sont en enfilade. Le salon sur l'avenue, avec deux fenêtres que les camions font trembler. La chambre, pas de fenêtre. Le bar, pas de fenêtre. La salle à manger, pas de fenêtre. La cuisine-salle de bain, enfin une fenêtre. C'est une éprouvette pour culture du bacille de Koch.

Mais cela me laisse indifférent, il faut gagner du temps. Pour fuir cet endroit sinistre, je sors le plus souvent possible avec Jallen. Un après-midi, nous allons prendre l'air à Central Park. Au retour, le bus se fait attendre. Quand enfin je perçois le soupir pneumatique des portes qui s'ouvrent, je jette ma cigarette et monte. En m'asseyant, j'entends Jallen pouffer à mes côtés.

« Qu'est-ce qu'il y a de drôle ?
— Presque rien... sinon que tu as jeté ta cigarette dans le sac à main d'une dame qui descendait et que, maintenant, elle marche avec une grande traînée de fumée derrière elle.
— Elle ne s'en rend pas compte ?
— Non, elle a le vent contre elle. »

La rééducation, commencée il y a à peine deux mois, est lente. Malgré une excellente « vision faciale » comme ils disent, qui me permet de détecter les obstacles, j'en suis toujours à m'exercer dans le couloir du cinquième étage de la Lighthouse. Sherryl, la monitrice à laquelle j'ai été consigné, m'apprend à régulariser l'arc de ma canne. J'avance le pied droit, la canne touche à gauche devant moi. J'avance le pied gauche, la canne décrit un arc et vient toucher à droite. De la régularité de cet arc dépend la ligne droite de ma progression. La monotonie de ce travail n'est même pas atténuée par le sens de l'humour. A la fin d'une de ces séances, ayant oublié mon magnétophone sur le bureau de Sherryl, je retourne à toute vitesse sur mes pas, la main ouverte tendue en avant, pour localiser le rebord de la table. Entre-temps, une monitrice, penchée par-dessus le bureau, faisait des confidences à Sherryl. Dans mon élan, je lui mets ce qu'on appelle très exactement « la main au cul ». Au lieu de retirer vivement cette main et de m'excuser, je tâte, tâtonne et constate : « Ce n'est pas mon magnétophone » et quitte la pièce dans un silence de mort.

Et donc chaque jour, durant deux heures, je m'entraîne dans ce couloir qui aboutit au département de musique. J'entends des pianos, des flûtes, mais surtout des voix qui chantent l'opéra d'une façon abominable. Les aveugles sont très musiciens — pas tous, pas tous.

J'apprends également comment procéder sans danger dans les escaliers. D'ailleurs, j'utilise maintenant le moins possible l'ascenseur depuis le jour où un aveugle, parce que je me trouvais sur son chemin pour sortir, m'a empoigné et jeté dehors.

Les rires étranges, le cynisme et les odeurs auraient d'ailleurs suffi à me détourner de cette boîte. Les journées se suivent, monotones. J'évite aussi la cafétéria et préfère jeûner dans un studio insonorisé du département de musique. Je travaille mes gammes et m'essaie à des improvisations simplistes. Je n'ai pas de mémoire musicale, le seul air dont je me souvienne est un morceau de gamelang entendu pendant des nuits et des nuits dans les villages de l'Ile, cinq ans plus tôt. Je ne sais jouer que cela et le joue donc indéfiniment, jusqu'à la nausée. Le professeur, une fois par semaine, m'apprend de petits morceaux faciles qui m'ennuient par leur côté « Ah ! vous dirai-je maman... »

Il m'arrive de passer trois heures dans cette pièce sans air. J'en sors un peu vacillant, mais apaisé. Le piano, c'est mon Valium; c'est aussi ma diète, ce qui n'est pas un mal car je ne me sens pas à l'aise dans ce corps qui s'épaissit, qui se tasse sur lui-même. Plus jamais, je ne m'élance.

Mon professeur de solfège en braille, une

femme aveugle mariée à un aveugle, dit toujours « Nous » et « Eux », ce qui déjà m'énerve. Elle essaie de m'entraîner dans le monde des aveugles. Elle manque aussi totalement d'humour. En somme elle est très aveugle.

Cette voix d'aveugle, très haute, très dure, elle s'en sert non seulement pour s'exprimer, mais pour se diriger comme au radar, par réflexion contre les murs. Son chien, qui ne bouge pas sous le harnais, redevient normal quand on le lui enlève et vient vous lécher les mains. Quand il a le harnais, je l'entends rêver sous le piano, en poussant des gémissements.

D'une main, je dois lire le solfège et de l'autre, jouer la note correspondante sur le piano. Je lui fais remarquer :

« Tout ça c'est très bien, mais quand on doit jouer un morceau à deux mains, ce n'est vraiment pas pratique. Pensez-vous qu'avec un certain entraînement, on pourrait s'asseoir sur la partition en braille et ainsi la déchiffrer en jouant des deux mains ? »

Indignée, elle est allée porter plainte auprès du directeur du département de musique et refuse de continuer les leçons !

Pendant ces mois de rééducation, je passerai plusieurs centaines d'heures au piano, dans une sorte d'absence à moi-même et à la vie.

J'aime l'odeur du piano et le contact physique avec tout l'instrument. Aucun autre instrument de musique ne m'attire mais je suis, en culture musicale, totalement ignare. J'achète des disques, les vingt-quatre Etudes de Chopin par Samson François, Mme Davidoff, et je compare. L'oreille s'éduque et le mot interprétation prend un nouveau sens.

J'assiste à quelques concerts : des hystériques du piano comme Cecil Taylor. Je vais au Village Gate et surtout au bar de West Boondock, où les buveurs sont souvent plus professionnels que le pianiste. Que des Noirs, si ce n'est une serveuse hollandaise, from Amsterdam.

Henry le barman que je connais depuis trois ans, quand il me revoit pour la première fois, me serre la main et, d'un ton péremptoire, décrète :

« It does not matter. »

S'il le dit ! Il m'offre un verre de rhum 055 que nous appelons, je ne sais pourquoi, Water Proof. Deux verres et on oublie son adresse.

Je reconnais l'atmosphère qui colle à ma peau. Ce soir, il y a une contrebasse excellente, que le pianiste massacre. Le bar est bondé. Jallen, qui m'accompagne, ne se sent pas à l'aise. Je glisse ma main sous son bras et presse la sienne qu'elle a enfouie dans sa poche. Je la caresse doucement, pour la réconforter. C'est à ce moment-là que j'entends sa voix, venant du côté opposé :

« Arrête de donner le bras au monsieur ! »

Nous rentrons, 17ᵉ Rue sur les docks de l'Hudson, le quartier est désert. Il se fait tard et il faut trouver un taxi. Dehors, il fait si froid que même les assassins doivent être restés chez eux. Je la sens soulagée quand, 14ᵉ Rue, un taxi s'arrête en glissant sur la neige.

« Tu es fou ! Pourquoi dois-tu aller dans ces endroits après ce qu'ils t'ont fait ?
— Qui, ils ?
— Les Noirs.
— Ce ne sont pas les Noirs. »

Je vais me buter à cette généralisation et me rebuter. Il n'y a rien à faire : Harlem, Vaudou, crime, nègres, tout cela fait un tout indissociable dans leur tête.

C'est vers cette époque qu'à l'occasion d'un week-end, je retrouve Bandigo. Bandigo est un cheval bai-brun que j'avais monté dix ans auparavant, dans la forêt de Shelter Island. Au hasard des ventes, il est arrivé dans cette région de l'Etat de New York.

Je me souviens très bien de son caractère impulsif mais franc et décide de le remonter. Un homme me met en garde :

« Il a un sale caractère. Il y a deux mois, il m'a jeté contre un arbre et m'a cassé la jambe. »

Je demande qu'on me laisse seul dans le box et, très doucement, lui parle en lui soufflant dans les naseaux, pour qu'il respire bien mon odeur et me connaisse. Je le regarde dans les yeux, à tout hasard, pour qu'il comprenne mon absence de regard.

Dehors, d'un saut, je suis en selle et c'est comme si c'était hier. Mais dès qu'il bouge, qu'il se met à danser piqué par le froid, je suis pris de vertige. J'ai perdu tout contact avec la terre, je flotte comme un astre.

Sous mes fesses, l'animal me parle de liberté, de galop, d'espaces dévorés, de tout ce qui, désormais, m'est interdit.

Les murs de la prison n'ont pas volé en éclats avalés par l'espace.

Avec soulagement, je quitte le wagon à poussière pour un appartement sur Park Avenue. Dans ma sous-location sont inclus Ernestine et le chat.

Ernestine est une minuscule Bretonne de soixante-quinze ans. Tout en faisant le ménage, elle me parle d'un certain Monsieur Marcel.

« Oh! là! là, monsieur Marcel! Dès qu'il me voyait, il sifflait. »

Un jour, elle me dit, d'une voix navrée :

« Quand on est née bêête, c'est pour la vie! Ce matin, j'lis dans le journal que des dessins à Monsieur Marcel ont été vendus pour des milliers de dollars. Eh ben, il m'en avait donné, lui! et je sais pas où ce que je les ai mis. Je crois ben que j'ai enveloppé des chaussures avec. Quand on est née bêête... »

Je demande des précisions.

« Il s'appelait comment, Monsieur Marcel? »

Elle me répond, comme si c'était évident :

« Ben, M. Marcel Duchamp! qui était ami avec M. Scott Fitzgerald, où j'ai été en place pendant bien des années. C'est moi qui ai élevé leur fille, Mlle Scottie. Alors, M. Duchamp je l'ai bien connu! C'était pas comme M. Emainoué (Hemingway), un vrai brutus celui-là! mais le plus gentil de tous, c'était M. Dos Passos. »

Le chat, lui, n'a rien à raconter. Il est même odieusement silencieux. Il a pris l'habitude de s'endormir sur le fauteuil du bureau où je travaille. Et quand je vais pour m'y asseoir, il y a une furie de griffes et de crachements sur mon fond de culotte, qui me font bondir le cœur entre les dents. Le chat est probablement le seul animal qui, dans un appartement, peut devenir complètement irréel pour quelqu'un qui ne voit pas. Il se déplace sans bruit et s'installe dans des endroits incongrus. Celui-ci passe du parquet au dossier d'une chaise, d'où il saute sur une étagère au-dessus de mon lit — et reste là, à me regarder. Lorsque j'étends la main pour saisir une cassette de musique ou un livre enregistré, mes doigts plongent dans cette chose chaude et poilue. Ce chat fut un problème. Et puis, petit à petit, je me suis aperçu que je l'entendais et suivais ses déplacements. Mon oreille s'est aiguisée, s'est éduquée à écouter le chat — qui n'avait rien à dire.

Dans cet appartement, comme toujours, je suis réveillé par mes insomnies très tôt le matin. Au rythme du grondement des trains souterrains, je sais l'heure qu'il est. Cette déglutition commence vers cinq heures trente, s'accélère jusqu'à huit heures puis s'apaise. Monstre métropolitain, Megapolis anthropophage... un flux d'esclaves passe sous Park Avenue. J'entends la rumeur de cet avalement, de cette digestion déféquée à Grand Central Station. Et pourtant nous voulons tous être tributaires de la tribu. Participer peut-être même à l'esclavage. Or mon lit est comme une berge immobile au fleuve qui passe.

Quelqu'un m'a parlé de la résignation chez Vargas, l'écrivain péruvien. Et je dis qu'il n'y a aucune résignation car quelqu'un qui écrit cinq cents pages sur la résignation, c'est déjà une preuve de révolte. C'est d'ailleurs le rôle de l'artiste de lutter contre la soumission. La grande banlieue de New York est pleine de résignation. Que le doute nous habite, mais pas l'abdication.

Chez Vargas, on sent, bien vivantes, sa propre colère, son indignation et sa frustration. Et tout cela débouche sur la créativité, qui est l'opposé de la résignation.

On sent la passion de son regard sur les autres, sur la vie. La dernière phrase de son livre « Nous mourrons tous » n'est même pas pessimiste car la liberté, c'est la connaissance de la mort.

16

J'AI préparé mon coup, aidé en ce mois de novembre par le plus beau des étés indiens. Après trois jours de piscine, en haut d'un gratte-ciel de la 85ᵉ Rue, j'arriverai à Paris bronzé, en pleine forme, cuirassé contre la pitié gluante. Rien d'une victime.

A Kennedy Airport, je découvre qu'il est plus facile, aveugle, de voyager que de rester chez soi. Un employé de la compagnie d'aviation me prend en charge. Je m'accroche à son bras comme à la balancelle d'une chaîne d'usine. Je deviens un produit en cours de manufacturisation. Tamponné, fouillé, pesé, tout se fait mécaniquement. C'est automatiquement qu'au comptoir, une jeune fille me demande :

« Préférez-vous être assis près d'un hublot ? »

Désabusé, je lui réponds :

« On vole tellement haut maintenant qu'on ne distingue pas grand-chose. »

Sept heures plus tard, Charles de Gaulle. Les employés de l'aéroport m'ont préparé un fauteuil roulant dans lequel je refuse catégoriquement de m'asseoir. Ils insistent, assurant que dans mon cas, c'est l'usage. Mais rien ne me fera asseoir dans ce fauteuil, plutôt ramper dans les couloirs. Je suis aveugle, pas paralysé — un client difficile.

Ils sont allés chercher une hôtesse d'accueil, martiniquaise. Je m'accroche à la balancelle de son bras. En allant à la douane, je me cogne la tête contre un poste de télévision, placé trop bas.

« Regardez ce que vous faites ! » dit-elle sur un ton de reproche.

Je m'émerveille d'entendre tant de gens parler français et se sentir omniprésente l'odeur de la Gauloise, même sur mon père qui, en ces circonstances spéciales, me donne l'accolade.

La clef farfouille dans la serrure, ce simple bruit m'est familier, comme la claudication de mon père, blessé à la guerre.

« Passe d'abord. »

J'entre d'un pas assuré par la parfaite connaissance des lieux et me heurte au corps mou de ma mère, ce corps ramolli par l'inactivité des jambes. Muette, elle se tient debout, appuyée sur ses cannes anglaises. Doucement, je l'embrasse.

« Il faut faire du bruit, sinon je risque de vous renverser. »

Elle balbutie. Je m'impatiente car, je le répète, je ne veux pas être un objet de douleur pour ma mère, même pas de pitié. Elle qui, malgré un surnom à consonance japonaise, Yo, est la mère irlandaise par excellence. Elle à qui, à chaque retour de voyage, Asie, Amériques, Afrique, j'ouvrais ma tête pleine de souvenirs, d'anecdotes, d'aventures, comme le marin ouvre son coffre pour faire rêver sa bien-aimée. D'elle surtout, je ne veux pas de pitié. Je me dégage de ses bras et tente de passer entre elle et la console de bois doré. Ma canne d'aluminium froisse sa canne d'aluminium. Et c'est là que le vieux sang irlandais aide, car l'humour noir de la situation lui apparaît aussi instantanément qu'à moi, elle éclate de rire. Je la soutiens et elle me dirige vers le salon dont je connais le chemin si bien que je pourrais courir.

Plus tard, quand nous sortons tous les trois dans la rue, elle avec ses deux cannes anglaises, mon père avec sa canne en bambou, et moi avec mon antenne, elle dit :

« On dirait un mille-pattes qui part en promenade. »

J'observe avec curiosité toutes les réactions, essayant de ne pas juger, mais plutôt de découvrir ce qui m'attend et ce que j'aurai à combattre. Des amis disparus depuis plus de dix ans refont surface, prévenus par je ne sais quel tam-tam. Hubert a fait Navale, officier de marine, nos vies ne se sont pas recroisées. Il vient me voir, sonne. Je vais ouvrir moi-même.

« Salut ! »

Pas de réponse, mais un drôle de bruit. Il me semble bien que... Je me baisse doucement, la main tendue devant moi et le trouve évanoui sur le paillasson. Il se relève aussitôt ; affirme que ce n'est rien, juste un léger malaise — et retombe sur le paillasson. La situation est embarrassante et, quand il se sent mieux, je lui avoue que je viens de perdre un peu de confiance dans notre belle marine nationale.

Le contact avec ma mère Yo ne s'établit pas. Nous essayons, mais j'ai peur de son émotion et elle a peur de ma dureté.

« Tu ne préférerais pas porter des lunettes normales ? Cet acier, c'est un peu cruel.
— Je sais. »
Nous essayons, tant nous nous aimons, ma mère Yo et moi, de retrouver cette complicité aimante que nous avions construite dans ma maison de Capri. Déjà à moitié paralysée par l'arthrose, je l'avais fait monter du port sur le chariot électrique du marchand de Butagaz, après y avoir placé un fauteuil de rotin. C'était l'hiver, il n'y avait pas de touristes et les Capresiens comprennent ces choses-là. Dans ce nid à mouettes perché au-dessus des Faraglioni et la mer, nous avions bâti, non sans tumulte, cette connaissance de l'autre. « Je n'ai plus besoin de mère », c'était faux et c'était vrai et il fallait le dire pour casser les tabous établis. Il fallait construire l'autre mère, celle que l'on choisit. Plusieurs fois elle dit : « Comment oses-tu me parler ainsi ? » Mais c'était le seul chemin pour que nous parlions vraiment.

Peu à peu, la situation se dédramatise dans ma famille et je m'y insère. Dans le salon mon père, perché sur un escabeau et aidé de mon jeune frère Thibault, accroche un tableau. Le cadre est lourd et le travail malaisé. Lorsque enfin ce portrait de saint Pierre est fixé au mur, j'observe :
« Je le trouve un peu bas. »
Mon père défend son point de vue, du haut de l'échelle.
« Crois-tu ? Moi, il me semble bien là. »
Je poursuis avec délectation, pendant quelques secondes, cette conversation absurde, jusqu'à ce que mon père réalise.
Thibault me lit des livres d'aventures qui nous divertissent tous deux avec la même intensité et c'est ainsi qu'un soir nous tombons sur l'histoire

réelle de ce capitaine de felouque, sur la côte yéménite. Atteint de maladie, il perdait peu à peu la vue. C'était un des meilleurs capitaines de la mer Rouge et diriger le navire était toute sa vie. Effrayé à l'idée que le reste de l'équipage pourrait s'apercevoir de sa cécité, il fait venir à bord son fils aîné et, sous prétexte de lui enseigner le métier, lui dit : « Fils, décris-moi la côte que tu vois. » Et ainsi, à travers les yeux de son fils, il peut prolonger pour quelque temps sa vie de marin.

Il est entendu que, dorénavant, j'entends bien continuer à vivre ma vie, que je ne suis ni désespéré, ni brisé, ni meilleur hélas! Je n'ai pas changé, la grâce du Seigneur ne m'a pas touché. Il y a presque dix ans que je ne suis pas revenu en France. Je ressens une certaine crispation générale; chacun défend ses idées, ses valeurs, comme un chien accroché à son os, alors même qu'il n'y a plus rien à sucer. Je me trouve dans la situation d'un Africain dont les idoles vont être renversées par quelque père blanc. Dans tout cela, il y a un manque de respect. L'autre jour, sur les ondes courtes, j'ai été soulagé d'entendre le pape s'excuser, en se tournant vers la Chine, du comportement irrévérencieux de certains missionnaires des siècles passés. Il y a eu des martyrisations qui ne furent que justice. Comme dit Aho : « On ne s'est pas méfiés et ils ont tout cassé. »

Pour ne rien arranger, cette amie qui vient me chercher un soir. Cheveux frisés à l'Afro, rouge à lèvres cruel, longues jambes moulées de cuir noir sur talons aiguilles. L'abomination des abominations, le péché! Je sens la consternation. Je ne sais pourquoi évolution spirituelle équivaut à émasculation. Grâce à cette jeune femme, je reste en contact avec les courants de pensée actuelle. Le malentendu peut être immense et je ne serai pas cru car ma vie est loin d'être celle d'un saint, il y a des précédents qui ne parlent guère en ma faveur. Je ne puis que répéter ma phrase provocatrice :

« J'ai beaucoup reçu et beaucoup donné par le péché de la chair. »

Ce à quoi il m'est répondu :

« Malheur à celui par qui le scandale arrive. »

17

« Non, vraiment je ne crois pas... trop fatigué. »

Je suis arrivé il y a deux jours de Paris et viens de déménager à nouveau. En huit mois, j'ai déménagé sept fois, ce qui a eu une incidence positive sur ma rééducation. Deux solutions, m'immobiliser dans un endroit organisé ou conserver la mobilité dans la désorganisation.

Au téléphone, la voix de Claire se fait pressante. Mais vraiment, ce soir, je ne veux voir personne.

« ...Bach à la guitare !... pendant deux heures, c'est peut-être un peu long. »

Elle insiste :

« Tu ne peux me faire ça. J'ai promis à Valouchka que tu serais là.

— Que veut Valouchka ? Je ne comprends pas. Elle...

— Ne sois pas idiot ! Ce n'est pas du tout ce à quoi tu penses. Elle veut simplement parler avec toi.

— Dans ce cas, je viens. »

Le guitariste est fadasse et Bach, sous ses doigts, répétitif. Tu es assise à côté de moi et écoutes en silence. Tu n'as pas prononcé un mot, mais dans le hall d'entrée pour te dire bonsoir, j'ai saisi tes longs doigts minces, déjà si souples entre les miens. Et puis tu m'as pris le bras pour que je te conduise jusqu'aux fauteuils. En cela tu as fait ce qui, pour toute autre, eût été une erreur. Car miraculeusement, sans un trébuchement, en parfaite danse, nous sommes arrivés en silence jusqu'au douzième rang de l'allée de droite.

Malgré la monotonie de cette musique, tu sembles écouter attentivement. Je ne sens rien, ni la musique, ni toi. Ce que tu m'as dit en silence il y a deux mois, j'ai dû le rêver. Lorsque tout à coup sous mon oreille je sens un souffle tiède :

« On s'en va. »

Mon cœur est à l'arrêt.

« Pardon ?

— Vous tenez absolument à écouter le concert tout entier ?

— Pas vraiment.

— Alors partons, j'ai préparé une petite salade, si vous voulez. »

J'acquiesce et nous partons, laissant les autres quelque peu stupéfaits. Nous allons chez elle.

En fait, elle a disposé sur une table un souper léger, froid et raffiné. « Comment pouvait-elle être sûre que je viendrais ? » Cette idée tourne dans ma tête et me dérange. Je me « barbèle » et reste en surface de moi-même, pour ne pas être entamé.

« Je voulais que vous veniez ici pour vous faire entendre quelque chose. »

Elle se lève. Quelques secondes plus tard son pas revient et, à la hauteur de ma tête, sonne un étrange glouglou.

« Qu'est-ce que c'est ? demande-t-elle.

— De l'eau.

— Quelle eau ?

— Je ne sais pas, dis-je en riant.

— Vous devez savoir. »

Elle approche l'objet de mon oreille et j'entends l'océan.

« C'est un coquillage, un coquillage qui a retenu la mer prisonnière.

— Quelle mer ? » dit-elle.

Et c'est ainsi qu'elle a cerné et fendu ma défense car en même temps, elle avait allumé des essences de l'Ile, de l'encens et du bois de santal. Ce coquillage avec un peu de la mer de Java, maintenant entre mes doigts, brille de toutes ses nacres et les volcans explosent. J'ai envie de pleurer parce qu'elle est si belle et qu'elle ose m'apporter l'Ile. Lorsqu'elle m'approche, je sens le frôlement de sa jupe et sous ma peau des armées de fourmis se mettent en marche, me parcourent en vagues successives de désir, jusqu'à l'imbécillité. Je ne sais que me répéter « Ne la touche pas... ne la touche pas... Je ne la toucherai pas ». Elle m'est une cité interdite. Il ne faut pas que j'approche ma main de sa lumière. Et aussitôt, mes doigts se posent doucement sur sa jupe de coton, au pli de la hanche. Absurdement passe l'image de je ne sais plus quel film où le pirate pose son brûlot sur le baril de poudre et fait tout sauter. Nous aussi, nous explosons. Explosent dans une déflagration de lumière les souterrains humides du labyrinthe. Ignoré, le Minotaure se tord d'agonie. Mon corps est devenu un gaz léger qui se promène entre l'ionosphère et la stratosphère. Elle est ma sœur incestueuse, nous sommes tellement tremblants de nous être retrouvés.

Déjà j'ai perdu la tête dans le nuage d'or irréel de tes cheveux et ton souffle se plaint.

« Pas ici... »

Et tu es revenue chaque soir chez moi où il n'y a qu'un grand parquet blond, une étroite couche à même le sol, une cheminée, un piano et un téléphone rouge, et puis un arbre que tu m'as fait porter plus tard.

Tu as cette grâce éblouissante, cette élégance irréfléchie des races anciennes. Je te vois cambrée, tendue vers le désir comme un arc-en-ciel. Mille couleurs chatoient sous ma peau et toujours, cette splendeur d'or qui t'entoure et que je voudrais aspirer. Sous tes bras, lorsque tu les tends vers moi, la peau a la douceur d'une aile de chauve-souris et ton haleine est le soupir d'un jardin intérieur. Je t'aime jusqu'aux viscères, j'aime tout de toi. Dans cette danse, jamais fleur ne fut plus ouverte et l'œil cyclopéen s'enfonce entre les paupières. En cet acte d'amour, elle me fait voir. Seule sa présence endormie à mes côtés annule par son propre miracle l'horreur de ce noir. Toute cette beauté étendue là, dans le nuage de ses cheveux blonds. Sa respiration que je respire, penché au-dessus d'elle pour la retrouver dans le monde si lointain de son sommeil. Son parfum, sa chaleur, le poids de son corps, tout cet amour. Tout à l'heure, elle m'a dit : « Ferme les yeux et dors » et je suis resté un peu stupéfait, avec mes paupières soudées. Si j'ouvre les yeux elle va disparaître, alors mieux vaut avoir les paupières cousues. Lorsque Valouchka baise mes paupières soudées, mon ventre se déchire. Je voudrais me laisser couler dans l'amour, écarter toute crainte, tout soupçon à priori, je voudrais lui accorder le bénéfice du sentiment pur.

18

DÉCIDÉMENT, cette rééducation américaine est très efficace et donne d'ailleurs lieu à des quiproquos.

Des passants m'arrêtent, dans Madison, et me demandent si je fais une expérience ou si je pratique l'entraînement des moniteurs pour aveugles. Ils ne veulent pas me reconnaître aveugle.

Je fais de telles enjambées qu'à la Lighthouse, on a eu du mal à me trouver une canne suffisamment longue. Cette canne, en fibre de verre, vibre entre mes doigts comme une corde de violon. Grâce à la précision des informations transmises, j'avance très rapidement. Des commerçants me crient : « Ralentissez ! Vous êtes fou, vous allez vous tuer ou tuer quelqu'un. » D'ailleurs ils ont raison ! Voilà plusieurs fois que je flanque des passants par terre. La technique, tout à fait involontaire, consiste à introduire l'extrémité de la canne entre les chevilles du quidam qui marche devant moi. C'est particulièrement efficace avec les femmes perchées sur des talons hauts. J'entends d'abord le sac à main qu'elles ne veulent pas lâcher, claquer sur le trottoir, s'ouvrir et se répandre. Immédiatement après viennent les cris des badauds, souvent couverts par les insultes du mari. Cette technique a un effet parfois inattendu sur les puritaines de Park Avenue. Une dame, entre les jambes de laquelle j'avais inséré ma canne, se retourne indignée et proteste. Pablo, un ami italien qui m'accompagnait, répond très digne :

« Madame, c'est toujours mieux que rien. »

Un autre jour, en sortant d'un bus, je sens un léger effleurement sur la canne que je tendais en direction du trottoir. C'était si léger que je n'y prête guère attention, lorsque j'entends le murmure d'une petite vieille, sous le bus, dans le caniveau, le menton à hauteur de mes chassures :

« Bravo young man, vous m'avez pratiquement tuée. »

Au même moment, une femme accourt en criant.

« J'ai tout vu ! J'ai tout vu. Ce n'est pas de sa faute. Il n'y est pour rien !
— Madame, là n'est pas la question. Empêchez plutôt le bus de repartir ! »

Mario, un ami cubain que j'avais perdu de vue depuis sept ans, est de passage à New York. Il s'arrête dans un bar et, très naturellement comme cela se fait dans cette ville, il engage la conversation avec son voisin. Le type est sympathique et Mario, au bout d'un moment, lui dit :

« C'est étrange, vous avez le même sourire qu'un de mes amis. D'ailleurs, il vivait à New York », et il lui raconte ce qui m'est arrivé. L'autre lui répond :

« Mais il vit toujours à New York ! Je peux même te dire où. D'ailleurs, il n'est pas aussi aveugle qu'il le prétend. »

En fait, c'est le boy friend de la fille qui habite au-dessus de chez moi, et tous les jours, il me voit dévaler à toute vitesse l'escalier de ce petit immeuble.

C'est ainsi qu'un beau matin, j'ai trouvé Mario devant ma porte. Comme tous les membres de sa famille, des Cubains exilés, Mario est un remarquable pianiste. Il s'empare du Steinway, plaque des accords, attaque Rachmaninov. Moi, je ne m'étonne même pas de le trouver là. Il est d'une famille dont on peut s'attendre à tout. La grand-mère, à Cuba, avait provoqué Hemingway en combat de boxe. L'écrivain, amusé, faisait des entrechats devant la vieille dame, lorsqu'elle lui appliqua un formidable uppercut. A cette époque, ces planteurs fabuleusement riches vivaient dans un schloss médiéval, au beau milieu des champs de canne à sucre. Ils avaient fait venir d'Asie des éléphants albinos, dont la couleur rose réjouissait les jeunes filles. Mais cette puissance, cette extravagance n'avaient pu s'édifier que par le sang et la cruauté. Lors de la répression d'une révolte d'esclaves, le chef de famille avait fait atteler la grande victoria, y plaçant sa femme et ses enfants vêtus de velours et de dentelles, tandis que sur les deux chevaux de flèche étaient étendus les corps noirs, sanglants, des deux chefs de la révolte. Cet étrange équipage fit le tour de la plantation sous le regard terrorisé des esclaves.

Ils arriveront en France, exilés par Fidel Castro, mais encore au sommet de leur puissance. Si grande est leur richesse que le ministre des Finances du moment leur demande de le prévenir de leurs investissements. Mais le sang des esclaves rejaillira deux générations plus tard. Tout commence par un saut éclaboussant — celui de la fille aînée, du haut de l'Arc de Triomphe. Puis les milliards disparaissent au fond d'une mine d'or de Corrèze, qui ne produira même pas une pépite. Trois cents ouvriers creuseront pendant dix ans. Tout ceci reste inexplicable, si l'on ne prend la mesure de l'orgueil impliqué. Voilà tout ce que j'écoute sous les doigts trop sensibles de ce garçon que le destin a jeté chez moi.

Huit jours plus tard, un soir, les mélodies deviennent de plus en plus tristes, de plus en plus étranges, comme en spirale. Je l'appelle :

« Mario ! »

Pas de réponse. J'insiste, mais il garde obstinément le silence. Et bientôt le piano se tait. Je me sens angoissé.

« Mario ! »

Je ne l'entends même pas respirer. Je commence à avoir peur. Suicide, destruction, folie, sang. Et s'il allait, sans que je l'entende, prendre un couteau dans la cuisine et nous détruire ?

« Mario ? »

Les mains tendues, je m'approche lentement de la banquette du piano. Il est affaissé, la tête contre le pupitre. Je lui touche l'épaule et il se met à sangloter doucement, comme ceux qui ont des chagrins qui remontent à très loin. Je le secoue avec gentillesse et il s'écroule par terre. Aucune réaction, aucune parole, je comprends que c'est grave. Il faut, d'urgence, l'emmener à l'hôpital. Je l'introduis dans son manteau et l'entraîne dans la rue. Il a des gestes saccadés et marche comme un automate au ressort déréglé.

Au coin de Madison et de la 63e Rue, je lui dis :

« Quand tu verras un taxi, dis-le-moi, je lui ferai signe. »

Pour la première fois, peut-être l'air froid aidant, il répond :

« Oui. »

Je reconnais à peine sa voix. Il est environ une heure du matin et je suis gelé. Je m'inquiète :

« Tu n'as pas vu de taxi ?

— Si, répond la voix atone.

— Je t'avais dit de me prévenir. Tu as bien compris ? Quand tu vois un taxi, tu le dis. »

Nous attendons encore dix bonnes minutes et cette fois, sans grande illusion, je lui demande :

« Pas de taxi ?

— Si. »

Excédé, je le lâche et me plante dans Madison Avenue, le bras levé. En trois minutes, un taxi s'arrête.

« Lenox Hill Hospital ! »

Nous roulons une dizaine de blocks.

Là, les médecins de garde me disent :

« C'est un maniaque dépressif. Il fait une crise aiguë. Il faut lui administrer une série d'électrochocs. »

Mario n'a toujours pas plus de réaction qu'un légume. Electrochoc pour moi, c'est hors de question.

Mount Sinaï Hospital est tout proche, j'empoigne Mario. La rue est déserte mais, dans cette affaire, qui va diriger l'autre, du fou ou de l'aveugle ? J'essaie d'utiliser ce qui reste de Mario.

« Tu marches tout droit, jusqu'au prochain carrefour. »

Nous marchons et, soudain, le ciel se referme. Les pas résonnent, visiblement — si j'ose dire — nous sommes dans un hall.

« Où sommes-nous, sous un building ?

— Oui.

— Tu as quelque chose à faire ici ?

— Non. »

Ce qui est arrivé, c'est que mon vieux défaut de virer à gauche, il ne l'a absolument pas contrarié, prenant pour des ordres impératifs cette tendance imperceptible.

Revenus dans la rue, je ne lui fais plus confiance. De fait, je me trouve carrément dans l'obligation de le conduire. En cet équipage, nous arrivons devant les médecins de garde de Mount Sinaï Hospital, département Psychiatrie. Ils demandent aussitôt à Mario ce qu'ils peuvent faire pour moi. J'ai l'étrange sensation, derrière mes lunettes d'acier, que des infirmiers vont me sauter dessus, avec une camisole de force, d'autant plus que Mario ne répond rien.

Les trois heures suivantes se passent allégrement à essayer de faire signer à Mario sa feuille d'admission. Excédé, le médecin me dit :

« C'est votre affaire ! »

Je proteste :

« Mais pas du tout ! »

Il quitte la pièce et me laisse seul avec Mario, que j'essaie de raisonner.

A quatre heures du matin, au changement d'équipe, un nouveau médecin arrive, plus âgé, plus dogmatique. Grâce au docteur Freud, il a tout de suite décodé son patient, du moins le pense-t-il.

« Mon ami, ce n'est pas la peine de vous bloquer, je suis là pour vous aider. Je ne suis pas votre père. »

J'entends un sifflement de mépris de Mario et le froissement de la feuille d'admission qu'il signe.

Sur son lit Mario geint :

« Je suis foutu, je suis foutu... »

S'ensuit un monologue cahotique. Soudain, j'ai l'impression que sa voix descend, descend, j'ai un doute.

« Mario, où es-tu ?
— Sous le lit.
— Qu'est-ce que tu fais là ?
— Je ne sais pas. Je me sens bien là, ça me protège.
— Si tu te sens bien là, tu as raison, restes-y. »

Et je m'assois moi-même par terre, pour être à son niveau. C'est évidemment à ce moment-là que la porte s'ouvre. J'entends le docteur freudien crier :

« Mais enfin, qu'est-ce qui se passe ici ? »

Et, de nouveau, je ressens la menace de la camisole de force.

19

Moi qui suis un être violent, il m'a fallu apprendre la douceur. La douceur avec les bords de trottoirs, la douceur avec les heurts, me cogner sans me mettre en colère. Il m'a fallu apprendre la patience. Mais cette violence qui était en moi, cette impatience, où est-elle passée ? Elle doit être là, tapie quelque part, intacte, inassouvie et frustrée. Je me suis mis à toucher la femme avec douceur au lieu de la prendre avec violence. Puisque je ne puis la voir et sa beauté m'apaiser, il n'y a plus de place en moi pour la brutalité. Seul le toucher de son corps peut me redonner la beauté. Je veux me tourner vers sa peau, la caresser, être caressé, c'est ce qu'il y a de plus proche de la vision. Il me semble avoir un œil au bout de mon pénis.

Certains soirs, vaincu de fatigue et d'alcool, de rééducation et de vie rampante, je m'endors tout habillé, parfois sur le tapis, sans avoir touché le dîner préparé avec soin par Désirée. Pendant quelque temps, ce genre de crise se renouvellera deux à trois fois par mois. Elles disparaîtront le jour de mai où, assis ou plutôt jeté sur ce banc de bois dans un corridor de la Lighthouse, le parfum que je connais depuis peu s'approche de moi. Je sens la présence mais ne suis pas sûr. Tout mon être est à l'écoute. Un papier fort m'est introduit dans la main, le carton est perforé de braille. Du bout des doigts, je lis :

« Je t'aime.

« La beauté convulsive sera érotique, voilée, explosante, fixe, magique, circonstancielle ou ne sera pas.

« André Breton : L'Amour fou. »

Elle s'est accroupie, je sens son souffle sur mes mains. Je prends sa tête entre mes paumes. Elle a un petit bonnet japonais qui lui couvre les oreilles et laisse échapper un flot de cheveux. Elle tremble. Elle s'est introduite dans la tombe, dans ce labyrinthe hivernal et me prenant la main, sans une parole, me ramène vers la vie en se laissant conduire.

Je l'emmènerai jusqu'au bord de l'océan, au bout de Long Island. Pour la première fois, j'entends le bruit de la mer sans la voir et je craque de toutes les journées, les nuits de solitude, d'obscurité. Il suffit que sa main se pose sur la mienne, que sa voix murmure à mon oreille, pour que la lumière m'inonde. Où est cette fatigue qui me jetait, comateux, sur mon lit avant même que le soleil se couche ? Le sentiment d'échec en fin de journée n'existe plus. Je suis lavé, ressuscité par l'amour. Quelle est cette force nouvelle ou que je croyais perdue à jamais ?

De son ongle, lentement elle suit la soudure de mes paupières. Je sens qu'elle le voudrait lame de rasoir pour ouvrir mon regard. La mer frissonne au bord de la plage et le soleil se chauffe aux longues cuisses de ballerine. Les mouettes font planer une note de détresse qui est là, entre nous, sans que nous en parlions. En cette première journée de printemps, le chant du monde est si pur. Devant nous, l'Atlantique immense est méditatif. Et sur le sable tiède ton amour comme une source fraîche. Tout cela libère mon cœur qui murmure cette phrase si simple, si dangereuse : « Je t'aime ». Si dangereuse, car te dire je t'aime, c'est te tendre le scalpel qui m'ouvrira béant à toi.

Sous mes doigts, ton corps se transforme et s'épanouit. Aussi ta voix est devenue plus mélodieuse, plus lente, elle a baissé d'un ton. Plus émouvantes tes hanches. Il y a un secret. Tu es russe. Ballerine chez M. Balanchine, à dix-neuf ans promise aux étoiles, tu as tout quitté. Il y a un secret et peut-être ne le connais-tu pas toi-même. Un jour que tu m'accompagnais jusqu'au salon désert et miteux de l'Ansonia Hôtel, ce vieux palace déclassé où je louais le piano quelques heures par semaine, nous sommes passés devant un immeuble de la 68e Rue, le Dorchester. Tu as voulu entrer dans la hall et, là, tu as pleuré.

« C'était là que j'habitais lorsque j'avais seize ans et que je dansais chez M. Balanchine. J'étais si seule, ne connaissais personne. Seize ans et seule à New York avec une Nany sévère et la danse. Nous ne devions être que des corps parfaits, anonymes, pas de visages — M. Balanchine n'aimait pas les visages — et vomir, pour rester minces. »

Mais ce n'est pas cela qui te fait pleurer, c'est la trahison de ta vie de danse, de musique, de poésie totale; les représentations, le public, les loges pouilleuses d'où tu sortais merveilleuse. Ce que tu pleures, c'est l'enfant trahie. Plus tard, tu me laisseras couler au fond de cette enfance.

Je t'aime, Valouchka, et cela me fait peur car tu

es la poésie même et je ne peux plus te montrer la beauté du monde. Et c'est bien à cette souffrance que font écho les mouettes. Avec ta sensibilité slave, tu as reniflé le Minotaure et je t'ai sentie frémir.

« Comment peux-tu accepter de rester ainsi ? »

Par cette phrase, tu as rompu la paix dorée de cette fin d'après-midi. Sur ce terrain je me sens mal à l'aise car moi aussi je me demande parfois si je n'ai pas trop bien accepté. L'absence de révolte ou d'effondrement, dans un cas semblable, me semble presque inhumain. Parfois, je me demande si cette brûlure, cet aveuglement, n'a pas été le chalumeau qui a soudé mes contraires, m'obligeant à m'harmoniser, un peu comme une nation s'unit devant l'ennemi. Mais en ces circonstances, comme à la vie en général, j'applique ce mélange de distance et de curiosité car je ne me sens rien d'autre qu'un témoin fugitif, venant de l'éternité et y retournant. Et toi, tu me bouscules de mon poste d'observation pour que je tombe dans l'arène. Je t'écoute, ce que tu veux me dire, c'est : « Comment acceptes-tu de t'organiser dans la défaite ? Peut-être est-ce ce que les autres appellent être raisonnable ou faire face à la réalité. Moi, ce que je propose, c'est de t'organiser dans la résistance, le retour vers l'espoir, l'acceptation de la pensée déraisonnable, de la folie. »

Et moi, comme au fond j'ai peur de cet espoir, je répète « Pour le moment, il n'y a rien à faire, le docteur T. me l'a souvent répété ». Mais ta voix siffle d'indignation : « Docteur T.! Il n'y a pas que le docteur T.! Je n'ai jamais entendu parler du docteur T.! » Comme s'il était naturel que tu connaisses tous les chirurgiens ophtalmologues des Etats-Unis. Tant de rationalisme slave m'enchante. Il y a en toi cette logique jusqu'au-boutiste que j'admire dans les héroïnes des romans russes.

Un soir tu me reproches :

« Tu ne peux pas dire « Je t'aime » et ne pas me prendre. Ce sont des mots qui ne sont pas suivis d'action. »

Ce matin elle est arrivée très tôt, un peu essoufflée, dans une sorte d'exaltation.

« Voilà ! et elle presse un papier contre mes doigts, c'est la liste des huit meilleurs chirurgiens ophtalmologues des Etats-Unis. L'un d'eux, le docteur K., exerce à New York, téléphone-lui tout de suite, voilà le numéro de son cabinet. »

Je suis un peu pris de court.

« A huit heures trente, il ne sera pas encore là.
— Evidemment que si ! Cet homme travaille énormément. »

Mais je n'obtiens que la secrétaire qui fait barrage et me propose un rendez-vous dans deux mois. Et Valouchka :

« Retéléphone ! insiste. Tu ne t'es pas expliqué, peut-être a-t-elle cru que tu voulais te faire faire des lunettes ! Tu ne sais vraiment pas te débrouiller. On aurait dit quelqu'un qui voulait consulter pour un orgelet. »

Et elle part dans un grand vent de la steppe qui claque la porte.

Le lendemain, en fin d'après-midi, le téléphone sonne et sa voix chantante et obstinée m'annonce :

« Tu as rendez-vous avec le docteur K. jeudi à neuf heures.
— Mais... » mais elle a déjà raccroché. Je la rappelle.

« Viendras-tu avec moi ?
— Evidemment ! »

Jeudi, nous sommes dans les bureaux du docteur K., un grand ponte, cela se sent. Va-et-vient de secrétaires, sonneries de téléphone répétées, décoration japonaise qu'expliquent peut-être des diplômes pendus au mur, décernés au docteur K. par l'université de Tokyo.

Nom, date de naissance et autres renseignements inintéressants sont introduits dans un ordinateur. Mais la secrétaire brouille trois fois l'orthographe de mon nom et il faut tout recommencer. Impatienté, je murmure « Elle est con comme un balai ! » Finalement, elle réussit l'opération et dans un français impeccable nous invite à passer au salon d'attente.

« Ah ! vous parlez français !

— Je suis canadienne, monsieur », répond-elle d'un ton pincé.

Valouchka est nerveuse, hypersensible. A chaque personne qui passe, elle me serre la main. Son anxiété est douloureuse à observer et me fait craindre le verdict. Je me sens neutre, je me veux neutre. Soudain sa main se crispe.

« Je le vois. Il vient de passer. Oh ! Hugues ! Il m'a fait très mauvaise impression. Il est affreux, avec des yeux globuleux, on dirait un gros boucher complètement insensible. Il a une ceinture de cow-boy. Partons, je t'en prie, partons tout de suite. I have such a bad feeling ! »

Toujours ce rationalisme russe auquel je ne comprends rien et qui a au moins l'avantage de m'étonner.

« Pars si tu veux, moi je reste.

— Il a l'air tellement insensible. »

Au même moment, la secrétaire appelle mon nom et nous entrons dans le cabinet du docteur K. Je m'assieds près du bureau tandis que Valouchka, sans un mot, se pose sur une chaise en retrait. Le docteur K. m'écoute en silence, puis me demande d'introduire ma tête dans cet appareil que je connais bien. J'insère mon visage entre le frontal d'acier et la mentonnière de bakélite. La lumière s'allume et je sens les doigts du docteur qui, doucement, essaient d'écarter mes paupières. Un cri retentit derrière moi, qui nous fait sursauter.

« Ne touchez pas à ses yeux ! »

Je retire la tête de l'appareil et dis, embarrassé et tout émerveillé à la fois :

« Valouchka, si tu es nerveuse, attends-moi dehors. »

Elle ne répond pas et l'examen reprend. Lentement, précautionneusement, à travers la fine peau, il tâte du bout des doigts mes globes diminués, constate une perception de la lumière puis éteint l'appareil. Je me redresse et sens les muscles de mon dos noués.

« Si c'était moi ou si vous étiez mon fils, énonce une voix calme et chaleureuse, j'irais voir le docteur A. à Barcelone. Il a mis au point et perfectionné une opération, l'odontokératoprothèse. Inventée par les docteurs Charleux, un Français, et Strampelli, un Italien. Je vous explique brièvement. Il s'agit d'insérer une lentille artificielle dans l'œil. Tout d'abord on vous arrache une dent, une canine en général, dont on sectionne la partie osseuse de la racine. Dans ce cône, on insère une lentille. Ainsi équipée, cette racine dentaire est enfouie au-dessous de l'œil. On l'y laissera trois mois, la racine et la lentille se seront recouvertes d'une fine pellicule organique qui atténuera les risques de rejet. Le tout sera alors implanté dans l'œil et si cela tient, vous obtenez une sorte de vision, dite en canon de fusil. Evidemment, réglée sur l'infini, votre vue percevra par exemple très nettement un numéro de rue à six blocs, alors que vous aurez du mal à lire un panneau placé devant vous. Cependant, dans certains cas, le patient arrive très bien à lire un livre. J'ai ici même d'ailleurs le film de cette opération sur vidéo-cassette. Si vous voulez, je peux vous le montrer et votre amie le commenter. »

Je ne me sens pas très intéressé par le film du docteur K., s'il n'est pas là lui-même pour l'expliquer, mais n'ose pas le lui dire.

« Pouvez-vous me donner l'adresse du docteur A. et comment le joindre ? »

La secrétaire apporte les renseignements et j'entends le docteur K. écrire.

Pour la seconde fois, la voix de Valouchka se fait entendre :

« Et écrivez lisiblement, s'il vous plaît ! »

Le stylo s'est arrêté et il y a un moment de silence puis la voix faussement aimable du grand ponte invite.

« Si vous voulez, madame, venez derrière mon fauteuil vérifier pendant que j'écris. »

Valouchka est déjà debout et se plante derrière son épaule. Je peux parfaitement voir son visage attentif et tout à fait étranger au rire que je sens monter en moi. Soudain sa voix reprend :

« Est-ce que c'est un « e », ça ? »

Et elle doit pointer le doigt sur le graffiti.

Mais le docteur a compris qu'il est devant un phénomène d'amour, que cette jeune femme de vingt-quatre ans a décidé de se battre pour moi, qu'elle n'a pas le temps de la politesse, ni de l'humour. Pour elle, chaque seconde de mon aveuglement est de trop et elle ne veut rien laisser au hasard. Et c'est même un certain respect que j'entends dans sa voix quand il lui répond :

« Oui, madame, c'est un « e » — Barraquer —

Clinique Barraquer, c'est à l'angle de la calle Montaner. »

Il lui explique posément et lui fait même un petit plan. Elle demande le numéro de téléphone.

« Vous le trouverez aisément.
— Plus aisément encore si vous me le donnez.
— Bien entendu. »

Et il appelle la secrétaire. Les questions de Valouchka sont précises, essentielles, pratiques. Toute sa fantaisie slave semble avoir disparu. Ils sont maintenant comme larrons en foire et je sens qu'elle pourrait lui demander la lune, qu'il essaierait de la lui décrocher. Elle dira plus tard :

« J'ai confiance. C'est un type spécial, d'une grande sensibilité, très intuitif. »

Ce retour à la logique russe me rassure.

Dans une petite salle, nous voyons le film de l'opération.

Le docteur K. reste plus d'une demi-heure à nous en détailler la première phase, jusqu'au moment où sa secrétaire le rappelle à l'ordre. Les commentaires de Valouchka, eux, se résument à « Quelle horreur ! » Un peu agacé, je lui demande de m'en dire plus long. « Je ne sais pas, dit-elle, je n'y vois rien, il y a du sang partout. » Puis, vers la fin du film, j'entends un drôle de bruit dans sa gorge.

« Qu'est-ce qu'il y a ?
— C'est affreux. Ils lui mettent une sorte de coquille d'œuf sur l'œil, sur laquelle il y a un œil peint.
— Comment, une coquille d'œuf ?
— Ne me demande rien... c'est affreux ! »

En sortant, je veux des explications. Nous nous glissons entre deux clients dans le bureau du docteur K.

« Excusez-moi, docteur, qu'est-ce que c'est que cette coquille d'œuf dont parle Valouchka, que l'on met sur l'œil ou dans l'œil à la fin de l'opération ?

— Oh ! ce n'est qu'une prothèse plastique, pour donner un aspect normal au globe oculaire. »

Et je réalise alors seulement que, derrière mes paupières, mes yeux sont devenus deux boules de chair rouge. Le vert-de-gris presque phosphorescent de l'iris, le noir de la pupille et le blanc bleuté de la cornée, cet assemblage inouï de couleurs, qui chez l'homme est plus beau que les plus beaux émaux, a disparu au profit du steak tartare — et j'en éprouve une tristesse intense. Naïvement, j'avais cru que derrière mes paupières, peut-être à cause de cette perception de la lumière, tout était là, encore intact. Un peu comme ces appareils-photo de mon enfance que je trouvais si beaux et dont on me disait qu'ils ne marchaient plus. Ils me semblaient atteints de quelque mystérieuse maladie. Mais s'ils n'étaient plus utiles, leur pouvoir de fascination et leur magie étaient intacts. En quelque sorte, on se sentait quand même regardé par cet objet mort.

Dans la rue, Valouchka à mon bras, je ne suis plus très sûr d'avoir envie que l'on m'entrouvre les paupières pour découvrir cette horreur. Je ne suis pas très sûr d'avoir envie de cette façade fixe derrière laquelle cette chose monstrueuse, empalée d'une dent, regarde. Et tout cela, pour obtenir un champ de vision grand comme un confetti. Je me mets presque à chérir mon obscurité et mes yeux un peu plus que mongols. Je ne veux pas devenir un objet d'effroi pour les autres. Pour une pastille de ciel bleu, je ne suis pas prêt à remettre en question mes rapports avec autrui.

J'ai trop souvent pensé à ce qu'aurait dû être ma vie si je n'avais pas eu le réflexe de me jeter sous l'eau froide. Etre aveugle et sans visage, ne pas pouvoir voir, ne pas pouvoir être regardé et ne pas vouloir être vu. De toute façon, d'après le docteur K., l'opération ne pourrait être tentée que sur un seul œil, le gauche. Celui justement que l'on devait me retirer. Il semble avoir mieux résisté que le droit qui s'est presque totalement atrophié.

« Un seul œil, c'est beaucoup mieux, dit Valouchka, avec un bandeau noir, tu auras un air tellement pirate.

— Et tu trouves que cela ira bien avec la cretonne de ton salon ! »

Elle rit puis, soudain sérieuse.

« Tu reverras. Et après l'opération, nous nous donnerons rendez-vous dans un café, à New York ou à Paris, ce sera extraordinaire. Tu me verras, tu verras mon visage et j'aurai peur de ne pas te plaire. Je veux tellement que tu me voies, que tu voies mes yeux. Je ne sais pas très bien utiliser les mots, la parole. Je suis danseuse et ne m'exprime vraiment que par le geste et le regard. Téléphone immédiatement à ce docteur A. »

20

La nuit, quand je ne dors pas tout en songeant à Valouchka, à cet espoir qui se noue à Barcelone, à cet affrontement face au Minotaure, j'écoute cette formidable rumeur de New York. La ville gronde et brille comme un météore lancé dans une course sans but. Folle et splendide. En ce début de juin, les fenêtres restent ouvertes sur la nuit chaude et chaque soir, on entend une femme jouir, toujours la même. Un chant étrangement solitaire au cœur de New York. Rien qui puisse rappeler la gazelle du Cantique des Cantiques, mais bien plus les hippopotames avachis que j'ai vus copuler dans les marigots d'Afrique. Depuis quelque temps, chaque matin un oiseau fou chante dans les arbres, sous la fenêtre de ma chambre. Chaque matin, à cinq heures précises, arrivant probablement de Central Park, cet hurluberlu commence une série de ricanements, de sifflements, de fous rires, comme s'il se moquait de tous ces humains endormis.

Une nuit, le téléphone sonne vers trois heures du matin et j'entends la voix pleine de larmes de Valouchka. Il s'est passé quelque chose que je ne comprends pas bien, mais son désespoir me semble aussi vaste et monotone que la plaine russe. Je voudrais la consoler, aller la prendre dans mes bras, la *cocoliner* comme elle dit dans un italianisme étrange. Mais la veille j'ai oublié d'aller à la banque et ne peux prendre un taxi.

Je raccroche sans avoir réussi à la calmer. Une rage me prend devant mon impuissance, mon emprisonnement. En d'autres temps, j'aurais couru les quarante blocks qui nous séparent tandis que ce soir, assis sur ce tapis, je suis ligoté par le noir. Soudain, j'entends cette voix intérieure qui me dit « Je suis sûr que c'est possible ». Saisi par l'énormité de la proposition, tout d'abord je la repousse. Sortir seul dans la rue, je ne l'ai encore jamais fait... et à trois heures du matin ! « Justement, reprend la voix, à trois heures du matin, il y a moins de circulation, moins de bruit, l'air est plur pur et tu analyseras plus facilement les sons. »

Je me sonde et trouve en moi toute la force nécessaire à cette entreprise. Un éclat de rire me monte à la gorge car je sais que cette force me vient de l'amour fou, de ce sentiment inouï qui vous jette hors de vous-même, comme cette nuit-là il me jette hors de ma maison, dans Madison Avenue.

La nuit tiède s'applique sur mon visage, sur mes mains. Je reste quelque temps immobile, la longue canne de fibre de verre tendue devant moi, tel un fleuret pour ce combat avec l'ombre. Immobile, je fais le vide, deviens animal de la nuit, panthère noire qui, en souplesse, doit se fondre dans le noir. La voûte du garage voisin résonne et m'aspire. Je résiste et garde la ligne droite. Puis il y a la banque qui, avec son mur de verre, fait le coin de la rue et de Madison.

Je traverse l'avenue dont je connais mieux le

trottoir ouest et, calmement, commence à remonter.

Lorsque ma canne fait sonner les trappes des caves, je fais instinctivement un écart pour ne pas poser le pied dessus. J'ai horreur de tout ce qui recouvre un vide.

A un moment donné, je m'arrête sans trop savoir pourquoi et découvre que mon cerveau reçoit le message « Danger ». J'avance lentement la main et, à trente centimètres de mon visage, touche un poteau de fer que ma canne inexpérimentée n'avait pas décelé. Quelques blocks plus loin, j'entends des voix, des rires et une radio. Ils viennent vers moi. A la musique Salsa, je les sais portoricains. Ils me semblent un peu ivres ou défoncés. De toutes les façons, il est trop tard pour changer de rue et le pire serait de montrer ma frousse. Je m'applique à marcher d'un pas régulier et à effectuer des arcs égaux avec ma canne. Pour dire la vérité, mes nerfs sont tendus à craquer. Arrivé à quelques mètres du groupe, les voix se taisent, seule la radio continue. Ils ont dû m'apercevoir. Je passe au milieu d'eux toujours silencieux lorsqu'une voix me dit :

« Hey man ! »

Je réponds :

« Hi ! It's a lovely night. »

Une autre voix dit :

« Yes sir ! »

Mais la tension a été si grande que j'en ai perdu le décompte de mes rues. Je ne sais plus si je suis à la 72e, à la 73e ou à la 74e Rue. Dans ce cas, la seule chose à faire est de retraverser Madison, prendre l'autre trottoir, et lorsque je sentirai sous mes pieds le tapis en caoutchouc de l'hôtel Carlyle, je saurai que je suis entre 76e et 77e Rue. J'avance de plus en plus vite, m'enthousiasme de cette liberté nouvelle. En fait, je suis en nage et ma main serre la canne comme si elle voulait se la greffer dans la paume. J'oblige mes doigts à se relâcher et constate qu'ils me font mal.

Arrivé à la 92ᵉ Rue, je cherche une cabine téléphonique que je trouve un block plus loin. La voix endormie, qui ne réalise pas, m'annonce qu'elle va beaucoup mieux, qu'elle dort et qu'elle m'apportera des croissants demain matin.

Tout cela est excellent et de toute façon, la nuit est trop excitante pour laisser une quelconque place à la déception. Soudain, j'entends la voix d'Aho « Tu croyais que l'important, c'était d'aller réconforter cette femme ! Tu oublies ce que t'a dit le vieil Abdul Jemal sur la mer de Florès — Peu importe le port, c'est la traversée qui compte ». Il y a longtemps que je n'avais entendu sa voix et comme toujours, c'est dans les circonstances extraordinaires qu'il réapparaît, comme si la monotonie du quotidien ne valait pas la peine qu'il dérange sa personne royale. J'entends son rire. Il est heureux et cela me concerne, et moi je me marre à l'idée d'Aho se promenant sur Madison Avenue en grand attirail. Drapé dans son pagne comme un sénateur romain, et dans ses sandales de chef, ses deux pieds noueux comme racines, tellement incongrus sur le macadam de la ville.

Une heure plus tard, je me jette épuisé sur mon lit, avec le cœur qui joue du tam-tam. Je m'apaise en écoutant les chœurs de la Neuvième de Beethoven, hymne vital emporté à plein galop par Furtwängler.

Dans l'après-midi, Sherryl, à qui j'annonce ces quatre-vingts blocks parcourus pendant la nuit, ne semble pas apprécier :
« Vous êtes fou ! Vous ne pouvez pas faire une chose pareille ! vous n'êtes pas encore au point. Il peut vous arriver un accident et New York la nuit est dangereuse, vous devriez le savoir mieux que tout autre ! »
Elle parle lentement, sérieusement et je sens dans le silence entre ses mots qu'elle ne comprend pas car, évidemment, je ne lui donne pas la clef : Valouchka.

Un après-midi, alors que je me promène avec Michael, nous décidons d'aller rendre visite à cet ami peintre qui, le premier, est arrivé le soir de l'attaque.
D'une cabine téléphonique, je compose le numéro. Un homme s'approche :
« Excusez-moi, me dit-il, je suis médecin ophtalmologue. Est-ce que vous portez ces lunettes pour mieux comprendre votre ami ? »
Etonné, je lui réponds :
« Pas du tout, et je ne vois pas en quoi cela pourrait m'aider.
— Enfin ! il est aveugle.
— Ah ? s'il est aveugle, je suis dans un beau merdier ! »
Et je réalise que, pour composer le numéro, j'ai laissé ma canne blanche entre les mains de Michael. J'éclate de rire. Ecœuré, le docteur se tourne vers Michael et, plantant son regard dans ce qu'il croit être deux yeux morts, lui demande :
« Il y a longtemps que vous êtes comme ça ? »

Michael qui par nature ne s'étonne de rien, et qui de plus souffre toujours de son glaucome, lui répond :

« Six mois.
— Mon pauvre ami ! »

Je ris de plus belle. Furieux, le docteur me jette :

« Vous n'avez pas honte de vous moquer ainsi du malheur de votre camarade ? »

Et nous le plantons là, sans qu'il puisse discerner qui, de Michael ou moi, guide l'autre.

Aujourd'hui, après cinq heures de cours, je suis exténué et sèche le piano. Je téléphone à Désirée, qui ne répond pas, et décide donc de rentrer à la maison par moi-même.

La vraie décision, c'est le passage de la porte qui sépare deux mondes. Celui protégé de la Lighthouse, et le monde normal, celui de la rue. Il y a sur cette ligne précise du seuil un moment de peur réelle comme lorsqu'on se lance du haut d'un plongeoir.

— 59e Rue. J'ai raté la balustrade qui entoure l'arbre devant la Lighthouse et qui, habituellement, me donne l'alignement de la rue lorsque je m'exerce avec Sherryl. Le bruit est assourdissant. 59e Rue et Lexington forment le carrefour le plus grouillant du monde. J'ai donc loupé ces barres mais, par contre, trouve le mât de fer auquel sont hissés des drapeaux, les jours de fête. C'est un peu comme un vieil ami, qui me remet dans la direction. La foule me bouscule et ma canne fourrage des jambes. Une dizaine de mètres, et je passe le fleuriste dont les pots de fleurs sur le trottoir attirent chaque jour, irrésistiblement, le fauchage de plusieurs centaines de cannes. Ce commerçant est l'une des rares personnes que j'aie rencontrées à n'avoir plus aucune compassion pour les aveugles. Une odeur de café et d'œufs frits, c'est le coffee shop, avec sa porte qui ouvre vers l'extérieur dont il faut se méfier. Enfin le bureau de tabac dont le parfum m'annonce que je dois tourner dans Park Avenue. Là, je triche et, de ma canne, suis le mur de l'immeuble, ce qui n'est pas la méthode enseignée.

— 60ᵉ Rue. Je traverse en écoutant le trafic, sans problème. Une voix crie : « The show is over ! » Le spectacle est fini ! Qu'a-t-il voulu dire ? Je suis derrière le rideau du théâtre. Le spectacle est fini, j'ai dérivé dans les coulisses. Je vois maintenant le monde avec ses ficelles, avec ses décors de carton. Me prend-il pour un acteur qui voudrait continuer la représentation dans la rue ? En tout cas, le rideau est tombé. L'obscurité s'est faite, et le spectacle est bien fini.

Maintenant je marche sans tâter le mur car des grilles m'en écartent et m'obligent à mettre en pratique l'arc de cercle. Le tapotement de la canne m'est insupportable. J'avance comme un crabe.

— 61ᵉ Rue. Une femme en manteau de fourrure m'aide à traverser. Elle est immense et je le lui dis... Pas de réponse.

— 62ᵉ Rue. J'ai dû virer et sortir des clous puisque je rencontre une voiture. Un homme m'avertit : « Attention ! vous avez dévié. » Il me rejoint. « Je suis docteur et je vous observais, vous ne vous débrouillez pas très bien. Vous avez dévié d'au moins quarante-cinq degrés. » Je ne dis rien mais trouve que quarante-cinq degrés me conviennent parfaitement, pour la première sortie.

— 63ᵉ Rue. Je me fais aider car il y a les excavations d'une ligne de métro.

— 64ᵉ Rue. La Con Edison fait des travaux, chauffage urbain probablement. Au moins trois moteurs à explosion éclatent dans mes oreilles et me désorientent complètement. Je n'ai pas à attendre longtemps pour qu'un coude vienne se planter dans ma main. Aucune parole, si ce n'est mon « Thank you » de l'autre côté de la rue. Je continue, mais à partir de là je redouble d'attention car c'est à l'oreille que je saurai que je suis arrivé. Enfin, j'entends le dais de mon immeuble. Je l'entends au-dessus de ma tête. « I am home. » Je crois bien que j'ai pleuré d'émotion, ni de joie, ni de tristesse mais d'émotion. Et aussi, parce que j'ai réalisé d'une manière plus aiguë encore que j'étais aveugle.

Lorsque je repense à cette première sortie seul dans le trafic de la journée, il me semble que mes deux yeux étaient là. Mon cerveau a vu le poteau de fer, les fleurs, les grilles, le manteau de fourrure... C'est une illusion, mais il est vrai que ma mémoire du monde visible est intacte.

J'en ai la confirmation lorsque je fais visiter New York à cette amie arrivée de France : World Trade Center, Chinatown, Petite Italie, Greenwich Village... Je me souviens de tout, je retrouve mon chemin. Je la guide.

Je la fais arrêter devant certains magasins qui m'avaient frappé. Celui de la poule qui danse pour un quarter.

La devanture de l'agence de voyage, datant des années 50 où, sur un fond de mer pâli, un palmier de carton, une chaise longue, un chapeau de paille et des lunettes noires invitent au soleil.

Mais tout s'est lentement, au cours des ans, recouvert d'une poussière grise.

Ou encore cette vitrine de Mott street où San Gennaio, le saint napolitain, un peu maffioso, éclate d'or et de pierreries.

Il y a aussi cette boulangerie peinte en trompe l'œil avec, en fausse vitrine, de belles miches comme on n'en fait plus.

Mercer Street, Center Street, Soho... Nous passons devant une galerie où je sais qu'un de mes tableaux est en dépôt. J'ai une irrésistible envie de le revoir. Nous entrons mais là, les choses se passent assez mal. Le type de la galerie me dit :

« Si c'est une blague, elle est de mauvais goût ! Foutez-moi le camp ! »

Je me fâche. Mon amie me calme.

« Tu sais, il n'a pas tout à fait tort, ça peut paraître étrange qu'un aveugle demande à voir un tableau. »

J'insiste :

« C'est un tableau que j'ai peint moi-même ! » mais je sens que je m'enferre et m'apprête à recevoir un coup de pied au derrière.

Tout s'arrangera, si ce n'est que sur cette surface lisse, mes doigts ne voient rien. Seule la mémoire...

Je suis allé ce soir au théâtre des handicapés entre Canal Street et Broadway. Depuis deux mois, je repoussais leur invitation.

Rick, le directeur, leur demande d'exprimer une émotion, n'importe laquelle, par un son. En quelques minutes, tout le théâtre se met à retentir. Ils sont comme des tambours; l'émotion de l'un résonne dans l'autre, il vibre des résonances intérieures de l'autre. Les sons se répondent, se font écho et parfois trouvent une amplitude commune. Certains cris sont repris, répondus par un autre, puis un autre, puis un autre... Très peu d'émotion de joie, beaucoup de souffrance, de colère, de désespoir. Aucun rire, aucun son de rire ou d'exclamation joyeuse. Douleur, tristesse, abattement.

Un aveugle, accidenté, hurle :

« Why me? Why me? Pourquoi moi? »

Cette frénésie infernale s'amplifie et retombe. Cela devient, pour moi, insoutenable. Si insoutenable que je concentre mon regard intérieur sur le visage de Valouchka.

Sur la scène, ils sont huit dans des fauteuils roulants, à demi paraplégiques. Plus deux aveugles et trois malades mentaux. Ces gens sont d'un tel courage, ont tellement de tripes! Certains, parmi les demi-paraplégiques, font plus d'une heure de route en conduisant eux-mêmes. Quand ils repartent, j'écoute le bruit de ces moteurs et me dis que, malgré tout ce courage, ils n'auront qu'une part bien mince du gâteau de la vie. Deux d'entre eux, pourtant, se sont mariés.

Rick m'explique. Ils ont été oubliés un soir dans un hôpital, dans la même salle. A l'aide des meubles, des tables, des tringles, des appareils qui étaient dans la salle, ils sont arrivés à s'extraire de leur fauteuil roulant et à se rejoindre. On les a retrouvés le lendemain matin, enlacés sur le sol. Et moi dans ma tête, je visualise ces deux corps dont la moitié inférieure est morte, qui se traînent l'un vers l'autre et se touchent, se caressent. Et je pense à la danse sauvage, tendre, harmonieuse, de deux êtres qui s'accordent, deux êtres normaux qui s'accouplent. Cette révélation de notre propre beauté animale, cette danse qui nous fond l'un dans l'autre... qu'en est-il advenu ce soir-là ?

Le lendemain, la séance de *mobility* avec Sherryl est un vrai désastre. Je n'ai jamais aussi mal fonctionné. Perdu, zigzaguant, me mettant en danger, allant à la rencontre des voitures sur les avenues, frôlant les bus... terrible ! Sherryl m'a renvoyé chez moi.

J'ai voulu rentrer seul, pour qu'au moins la journée ne soit pas totalement négative. Des gens m'agrippent et me tirent sur le côté car je passe près d'une trappe ouverte qui donne directement dans la cave d'un magasin, trappe au ras du sol, comme il y en a dans toutes les rues de New York. Ma canne ne l'avait pas décelée et j'en ai une sueur froide. Sherryl m'a prévenu, ces trappes ont déjà avalé un bon nombre d'aveugles.

Pourtant en dépit de ses dangers, la rue m'attire et je cherche même tous les prétextes pour échapper aux circuits connus. Je descends Madison, de pharmacie en pharmacie, à la recherche d'une bouillotte rose. Valouchka a mal au ventre et rêve d'une bouillotte rose. Je n'en trouve pas et sens d'ailleurs une réprobation chez ces apothicaires. Pourquoi un aveugle veut-il une bouillotte rose ? Vert, bleu, jaune, mais pas une seule rose. Il y a bien une bouillotte rouge *kind of pink*, presque rose, mais, dans la voix, il n'y a que du rouge.

Un jour, la direction de la Lighthouse fait une confrontation générale ; on demande à chacun de dire ce qu'il pense de l'établissement. Immédiatement les réclamations fusent. La piscine, le bowling et, ce qui me stupéfie, la couleur pour la télévision.

A un moment, le directeur s'adresse à moi :

« Qu'est-ce que notre jeune Français a à dire ?

— La Lighthouse n'est pas parfaite, loin de là et surtout qu'elle ne le soit pas ! Plus elle sera inconfortable et mieux ce sera.

— Que voulez-vous dire ?

— Plus cela nous donnera envie de retourner dans la rue. »

Certains y ont pris racine. L'un d'entre eux vient me trouver dans le studio de musique où je fais mes gammes.

« Je viens vous demander votre aide dans notre pétition pour obtenir de meilleurs pianos et des professeurs plus compétents. »

Il a à peu près mon âge et fréquente la maison depuis onze ans. Je lui réponds :

« Je ne lèverai pas le petit doigt pour améliorer la Lighthouse. J'ai un bon conseil à te donner. Fous le camp d'ici, retourne dans la rue, et le plus vite possible ! Get the hell out of here young man ! »

Une seule fois, j'ai voulu prendre une initiative. Au sous-sol se trouve, me dit-on, une splendide piscine inutilisée. Pourquoi ? personne ne peut me répondre. Je vais donc voir le responsable des sports.

« Hélas ! nous n'avons pas de moniteur de natation. »

Qu'à cela ne tienne ! Deux jours plus tard, je reviens avec Bob, le frère d'un ami, qui l'an dernier a reçu la médaille d'or des sauveteurs de Miami. De plus, il offre ses services presque gratuitement.

Le responsable lui demande : « Savez-vous faire

de la poterie ? » Interloqué, Bob avoue cette lacune. La piscine restera donc fermée puisque le budget exige un maître nageur potier. Ecœuré, je menace de fomenter une manifestation avec pancartes en braille.

De toutes les façons, braille, moniteurs, cannes, chiens et aveugles, j'ai bien envie de tout envoyer promener — mais pour cela, l'espoir c'est Barcelone.

21

Il y a dix ans, en traversant Barcelone, je me suis arrêté dans un petit restaurant de la banlieue ouvrière. La spécialité locale, m'avait-on expliqué, était la tête de mouton grillé. C'est avec un certain malaise que je me souviens maintenant de ce crâne fendu qui, dans mon assiette, me regarde de ses deux yeux exorbités, morts.

Je suis l'hôte de cette dame importante de Barcelone, les industries B. D'ailleurs, elle n'est pas là et c'est sa secrétaire qui vient me prendre à l'aéroport et me conduit dans un appartement des quartiers résidentiels.

Malgré une mi-août finissante, l'air est frais. Je renifle cet appartement. Les pièces ont un parfum nouveau, proche de celui des maisons italiennes, et ceci n'est pas une question d'huile d'olive, d'ail ou de cuisine, ce serait plutôt une odeur de cire et de naphtaline, de maison bien tenue. Sur le balcon, les senteurs de Barcelone ne sont pas celles de New York, ni de Paris. Les villes ont des odeurs différentes, de même qu'elles ont des mentalités, des architectures, des altitudes différentes.

Le rendez-vous avec le docteur A. aura lieu demain.

Il y a ce suspense au fond de moi, cette obsession et, en même temps, je suis excédé de devoir et ne pouvoir penser qu'à ma cécité. Impossible d'écouter de la musique ou de lire les quinze cassettes des voyages d'Ibn Batouta, cet Arabe qui est allé au XIVe siècle se promener du côté de Makassar.

Je suis obsédé par l'état de mon œil gauche. Que vont donner les tests ? et surtout, que sera cette nouvelle vision ? Je pense à cette coquille qui recouvre l'horreur d'un globe sanglant avec cette dent plantée dedans. Je pense à tout l'héritage poétique et romantique attaché au regard. Le regard de l'autre, les yeux perdus dans les yeux, loin des yeux loin du cœur. Et qu'est-ce que le regard de l'autre lorsque ce n'est qu'une feuille de plastique avec un petit trou au milieu, une sorte de machine. Que peut-on lire là-dedans ?

Dans l'avion, il y avait ces deux femmes qui parlaient d'un garçon, « il a de si beaux yeux et son regard me rend comme ceci et comme cela... ». Un regard en canon de fusil, a dit le docteur K. Et cette dent... de quoi vous donner un regard mordant.

Je me réveille le lendemain matin, la tête pleine de rêves terrifiants. Je n'arrive pas à m'en souvenir. Je sais simplement que cela concerne mes yeux ; quelque chose comme : on m'a ouvert les yeux chirurgicalement mais je ne vois pas. Et pourtant, lorsque je regarde dans une glace, je vois mes yeux aveugles. Pour oublier, je me mets à l'écoute de l'Espagne, la première musique que j'entends est arabe et cela me semble bien naturel. Je change d'ondes et ce sont des chants liturgiques, très beaux. Puis Radio-Vatican, beaucoup plus clair qu'en France, la religieuse Espagne a dû installer quelque puissant relais. A six heures, les informations... des bombes, des attentats, deux gardes civils tués, des terroristes basques... et tout se termine par une symphonie funèbre de César Franck un peu sévère pour le lever du jour. Ailleurs, ce serait plutôt du Mozart ou de la musique de chambre pour matinée heureuse.

La dame importante dont je suis l'hôte est toujours absente. Apparemment, elle s'est retirée pour la saison chaude dans une vallée des Pyrénées où elle ne s'occupe que de fleurs merveilleuses. C'est Antonio, l'un de ses fils, qui m'accompagne à la clinique Barraquer en ce jeudi matin.

Gris, blanc et noir, le hall est immense, couleur de Velasquez s'il n'y manquait le rose et cette absence remet toute chose à sa place qui est une date, 1940. C'est une clinique d'architecture fasciste, lourde, solennelle. Sous une coupole, des statues grecques ou romaines plus ou moins estropiées regardent indifférentes une tempête méditerranéenne. Une foule basanée, gutturale et d'une extrême mobilité emplit le hall : des myopes, des aveugles, des presbytes, des Arabes, des Grecs, des Espagnols... atmosphère de bazar, tout un tohu-bohu de bateau ivre assez peu rassurant. Un bruit d'usine et une odeur d'argent. Et, brouillant le tout, à peine audible mais là, une musique doucereuse mal crachotée par des haut-parleurs dans les plafonds. Je reçois dans les jambes un vigoureux coup de bâton, c'est un groupe d'aveugles saoudiens qui se fraie un passage comme s'il s'agissait d'aller embrasser la Kaaba. Un Suédois a été poignardé sur les marches, hier ou avant-hier. Ce fils du Nord a-t-il été éliminé par la horde d'Asie mineure ou par quelque Maltais qui voulait des montures d'or à ses lunettes ? Bousculé, abasourdi, inquiété par le désordre de ce qui devait être le temple calme et serein de l'Espérance, quelque peu ivre d'espoir et de bruit, j'arrive devant la réceptionniste. Mon cœur bat très fort car enfin, ça y est. Je vais le voir, lui, le grand sorcier. Je suis dans la grotte miraculeuse et au fond, cette émeute dans le hall est tout à fait normale car ils veulent tous le voir, me dis-je en mon for intérieur, faisant ainsi abstraction des dix autres docteurs qui pratiquent dans cette clinique. La femme de l'autre côté du bureau feuillette un grand registre puis téléphone et finalement déclare :

« Non, monsieur de Montalembert, vous n'avez pas rendez-vous avec le docteur A.

— Si, madame, j'ai rendez-vous depuis deux mois et demi avec le docteur A. Je n'ai pas traversé l'Atlantique et l'Espagne pour venir le voir en passant à tout hasard. »

Antonio et la réceptionniste initient un dialogue espagnol qui, à cette vitesse, devient pour moi incompréhensible. Ils vont se prendre à la gorge d'une seconde à l'autre. Mais non, tout se termine par « Muy bien... gracias... con gusto... », et nous allons prendre place dans une petite antichambre sans fenêtre, pleine de fumée de tabac noir et d'odeur âcre de cigares froids, d'enfants qui piaillent et de mères qui leur donnent à sucer des oignons.

Nous attendrons trois heures debout, pas un siège n'est libre. Régulièrement une porte s'ouvre et la voix de la secrétaire du docteur A. exige :

« Señor Eduardo Ramirez ou Señora Rosita Audegaar ou encore Señor Ahmed Choukri... »

Trois heures, j'enrage. Je suis sûr que tous ces gens vont fort bien et qu'ils font perdre son temps à mon grand sorcier. Pour ce qu'ils ont, n'importe quel petit docteur ferait l'affaire. Je me renseigne auprès d'Antonio.

« Non... ils y voient tous. Il y en a certains avec de très grosses lunettes. »

Durant ces trois heures, il y a quelque chose qui monte en moi qui n'est pas de la peur, ni de l'angoisse, mais qui y ressemble fort, tout au moins dans ses effets — et pourtant c'est l'espoir. Je vais revoir, je le sens.

Maintenant que je suis à pied d'œuvre, que le processus est engagé, j'ai et j'aurai toute la patience du monde. Enfin la chance va tourner. Tout à l'heure, nous allons prendre la mesure de la bête et dresser en temps voulu la corrida afin de lui infliger l'estocade finale et arracher les banderilles de ténèbres enfoncées dans ma chair.

La salle est maintenant vide et j'ai tous les sièges pour asseoir mon espérance.

« Señor de Montalembert. »

Je me lève et m'avance. La secrétaire attrape ma canne et mon avant-bras, tire, pousse, me cogne dans le chambranle de la porte et finalement me plie sur une chaise de moleskine en m'appuyant sur les épaules. Je suis quelque peu indigné de cette manipulation mais n'ai guère le temps d'y songer car déjà la voix rocailleuse du docteur A. se fait entendre en face de moi.

« Vous n'avez pas rendez-vous.

— Mais si, je vous ai téléphoné ou plus exactement Mme N. vous a téléphoné début juin et je vous ai parlé moi-même. Je vous ai d'ailleurs envoyé tout mon dossier, comme vous me l'aviez demandé.

— Ce n'est pas vrai ! Ce n'est pas possible, au début de juin j'étais en vacances et nous avons regardé, il n'y a pas de dossier. »

Je suis désarçonné et commence à avoir froid. Ne vient-il pas de me traiter de menteur ? Il y a quelque chose qui ne va pas entre cet homme et moi. Je le sens, cela flotte dans l'air, mais ne sais ce que c'est.

« Pourquoi ces lunettes ? C'est terrible, spectaculaire et pas nécessaire. Il faut les enlever, c'est épouvantable. »

J'aurai toutes les patiences du monde, je l'ai dit... et la colère ici n'est pas de mise. Je te veux docteur A. car tu es le meilleur et malgré ta rudesse j'ai confiance en toi. Tu es le mécanicien qui peut réparer cette avarie, et seul cela importe. J'explique calmement, en retirant mes lunettes :

« Je me sens bien derrière, comme à l'abri. Docteur, je n'ai pas traversé l'Atlantique pour parler de mes lunettes mais de ce qu'il y a dessous.

— Ça va, ça va, si vous vous sentez bien derrière... mais pour l'esthétique, c'est terrible. Mettez votre tête là. »

Et ses doigts dirigent ma figure dans l'appareil d'acier et de bakélite posé sur son bureau. Des doigts aussi doux que sa voix est rude. Il tâte, scrute, explore, inonde mes yeux de lumière, griffonne nerveusement, murmure des mots en espagnol que je ne comprends pas et retâte.

« Vous pouvez retirer votre tête. »

Il tourne autour du bureau et vient s'asseoir à côté de moi. Avec une petite lampe électrique, il essaie de me faire indiquer la direction d'où provient la lumière. J'en suis incapable et sens que c'est important. Ce qu'il faut avant tout, c'est qu'il accepte de me mettre sur son billard. Alors j'invente des directions, au hasard, en essayant de percevoir le bruit de sa main sur la lampe mais il doit se méfier car je n'entends rien.

« Et maintenant ?
— Là ! »

Et mon doigt pointe dans le néant.

Il se rassied à son bureau.

« Señor de Montalembert, vous allez faire une série de tests et je vous reverrai plus tard cet après-midi. »

Voilà, c'est fini ! et je ressors du bureau avec cette impression que rien n'a vraiment commencé. Pourquoi cette animosité ? Je suis déprimé et le cache. Un employé de la clinique me demande de le suivre.

« Va déjeuner, dis-je à Antonio, on se retrouvera plus tard. »

Je descends dans des sous-sols, traverse des salles ; le type marche vite et sans un mot si ce n'est, à un moment, pour me dire « Mas de prisa. Plus vite ! » Admirable clinique où l'on y fait galoper les aveugles avant même de leur redonner la vue. Je me retrouve assis sur un tabouret pivotant, sans trop savoir ce que j'y fais, lorsqu'un flash me surprend, inonde ma cervelle de lumière blanche et secoue mes nerfs. Voilà, la photo est prise. Une autre de profil et l'on passe dans une autre salle. Après cette formalité anthropométrique, je m'attends à ce que l'on tire des verrous derrière mon dos, mais non... nous recommençons le petit jeu « Indiquez-moi la direction d'où vient la lumière » et je triche du mieux que je peux mais sens bien que cela ne marche pas. Un instrument est appliqué sur l'œil gauche, sans explication, peut-être pour en mesurer la pression. Tout cela est fait rapidement, automatiquement. La voix de cet homme est neutre. Il est pressé, indifférent et me ramènera, de son pas de robot, jusqu'à un petit hall désert et silencieux, adjacent à la grande coupole. Depuis quelques heures, j'ai l'impression d'avoir perdu contrôle de mon existence comme happée par une vague, que toute décision est prise en dehors de moi par la vague elle-même. Dans ce hall, je me répète, il n'y a rien à comprendre, il faut aller. Il me semble que je suis là depuis des siècles, que peut-être même j'y suis né, que ma vie n'a consisté, ne consiste qu'à attendre, descendre dans des sous-sols, remonter, attendre. Le temps tourne lentement, en spirales sans cesse recommencées comme à la fin de certains microsillons. J'entends Apollinaire qui me murmure : « Comme la vie est lente et comme l'espérance est violente. »

Antonio revenu me parle de l'Espagne, du roi, de la mort de Franco et des élections du parlement de Catalogne. J'écoute distraitement :

« ¡Ahora, España es una casa de putas! »

Il doit être franquiste et pourtant n'a même pas trente ans. Mais, tandis qu'il continue, il y a soudain une rumeur dans le grand hall, qui retient toute mon attention. Il y a cette voix qui crie et s'impatiente :

« ¿Donde. Pero donde ? »

Et d'autres voix :

« Señora, sigame Usted, por favor... »

Cette voix... Non c'est une confusion. Mais il y a quelque chose de chaud qui coule dans la pierre que je suis devenu, et avant que je sois sûr mes mains touchent tes cuisses à travers la cotonnade de ta robe, tes cuisses de ballerine et d'un bond, je suis contre toi qui murmure :

« Oh !... enfin ! tu es là, tu étais là. »

Et accrochés l'un dans l'autre, nous reprenons notre souffle comme si nous avions failli tomber dans un gouffre.

Elle est entrée dans cette clinique comme un météore, exigeant de me voir à la seconde, criant mon nom et s'indignant que personne ne le connaisse, faisant irruption dans le bureau du docteur A., traversant les sous-sols comme une étoile filante, et d'ailleurs elle a mis cette robe pleine de lunes et de comètes « pour porter chance ». Elle me fait toucher ses cheveux, nattes sur les tempes, qui se joignent et se gonflent sur la nuque. A se serrer si fort, les lignes de nos mains se tressent, se mêlent, s'entremêlent et se prolongent les unes dans les autres, jusqu'à ce que je comprenne que nos lignes de vie suivent la même cicatrice.

« J'ai tout quitté et suis totalement à toi. »

J'ai peur qu'elle ne décèle mon espérance fissurée. Elle sent ma distance, s'impatiente et part à la recherche d'un Coca-Cola.

« Comme elle est belle! » dit Antonio que j'avais oublié.

Maintenant qu'elle est là, tout va s'arranger et je me dirige vers le bureau du docteur A. avec confiance. Lorsque nous traversons le grand hall, Valouchka dit :

« C'est étrange toutes ces statues mutilées pour une clinique. Je n'aime pas ça! »

Et je sens que vraiment cela la dérange.

La voix du docteur, qui s'était adoucie en saluant Valouchka, redevient rauque en se dirigeant vers moi :

« Je crois... vous entendez, il faut bien que vous compreniez chacun des mots que je vous dis. Je crois qu'il n'y a rien à faire. Peut-être l'œil gauche... peut-être. Pour être sûr et avoir une opinion définitive, il faut ouvrir. Il y a, je pense, atrophie du globe oculaire. Vous avez une bonne perception de la lumière mais une très mauvaise projection, vous ne pouvez localiser la lumière, ce qui dénote le mauvais état de la rétine. Pour ces deux raisons : atrophie et mauvaise projection, je crois que je ne pourrai rien faire mais il faut ouvrir. »

Atrophie... mes yeux comme deux boutons de bottine. Le verdict coule comme une glaciation dernière. La chance n'a pas tourné. La situation est carrément mauvaise. J'ai presque honte du piteux état de mes yeux devant le grand Docteur et Valouchka. Sa voix, presque tendre, affirme :

« Mais, docteur, vous allez faire quelque chose !

— Madame, et sa voix est de nouveau adoucie, je suis le meilleur au monde pour ce genre d'opération, l'état des yeux de M. de Montalembert n'est pas bon du tout. Je crois... vous comprenez, je crois qu'il y a atrophie. Il faut que j'ouvre pour être sûr. » Puis, s'adressant à moi : « Vous revenez lundi à neuf heures, à jeun, je vous opérerai.

— Le chirurgien qui m'a opéré à New York a expressément demandé que l'on ne touche à rien pendant deux ans, c'est-à-dire, maintenant, pas avant six mois. Il dit qu'il faut laisser à l'œil le temps de se cicatriser et de se stabiliser. C'est pour cette raison qu'il a fermé les paupières et...

— C'est complètement idiot ! Quand avez-vous été opéré ? Il y a plus d'un an ! Alors vous pensez, depuis ce temps-là, c'est tout à fait cicatrisé. Non ! S'il vous a refermé les paupières, c'est pour cacher la merde comme on met une couche sur le cul d'un bébé. »

Voilà une image réconfortante.

« ... et puis si vous ne voulez pas que j'ouvre, je ne comprends pas ce que vous êtes venu faire ici. Vous me faites perdre mon temps !

— Je suis venu vous consulter et prendre rendez-vous pour être opéré, mais pas maintenant.

— Vous voulez revenir, vous avez de l'argent à perdre ! »

Je suis à bout de nerfs et des larmes coulent sans que je m'en rende compte. C'est Valouchka qui me le dira plus tard. Elle essaie d'adoucir le docteur :

« Mais, docteur, il pourra revenir ?

— Quand il veut, mais c'est du temps perdu. Dans trois jours, si vous voulez, j'ouvre et il sera tout de suite fixé.

— Merci, docteur, nous allons réfléchir. Et si ce n'était pas pour dans trois jours, prenons date tout de suite.

— Bon, d'accord. Vous avez une date ?

— Oui. Le 23 février », répond-elle.

Je sens qu'il est un peu interloqué et je l'entends inscrire le jour dit sur son agenda. Je souris intérieurement car le 23 février, c'est l'anniversaire de Valouchka.

Le docteur se lève, s'approche de moi et, du pouce, retrousse mes lèvres pour examiner mes dents. Je reste immobile, comme un bestiau au champ de foire, car en dépit de la brutalité du geste, c'est encore l'espoir. S'il n'y avait vraiment aucune chance, il ne prendrait même pas la peine de regarder mes canines. Malgré tout, je tiens à ce qu'il n'ouvre pas, pour ne rien gâcher. Peut-être aussi, au fond de moi, ai-je peur du verdict, ainsi j'essaie de prolonger l'espoir.

En sortant, elle dira :

« C'est un type extraordinaire. J'ai tout à fait confiance en lui, tu verras ! »

Je n'ose lui faire préciser cette dernière affirmation ambiguë.

22

Nous allons nous réfugier à l'hôtel Colon au cœur du vieux quartier gothique et au pied de la cathédrale, non pas celle de Gaudi mais celle plus ancienne. C'est un de ces petits palaces oubliés de la fin du siècle dernier, où tout est rouge, noir et or. Les velours et le personnel sentent le cigarillo, la Celta et la poussière. Le balcon de la chambre surplombe la place où jouent les enfants. Sous cette fenêtre, un cheval passe et repasse régulièrement, comme un mauvais présage. Je n'aime pas le bruit de ses sabots sur le pavé, il a cette lassitude des chevaux de corbillard.

« J'ai tout quitté et suis à toi totalement. Je suis venue pour être ta femme. » Je sens toute ton attente. Pour toi, ce jour est une aube, et je dissimule mon épuisement, mon espoir devenu terne et ce désir de basculer dans le coma, recroquevillé sur ma blessure. Tes ongles s'enfoncent sur l'amour enfui en solitude. Alors je me penche sur toi et, faiblement, entre nos mains renaît la lumière. Des planètes glissent de ta chevelure. Autour de nos corps les astres dansent, des comètes s'élancent, et de la terre nous nous détachons. Tes lèvres crachent des étoiles. Nos rires et nos pleurs se mêlent sous l'oreiller, pour ne pas réveiller les voisins. Jamais deux êtres ne se sont tant donné et tant pris. Je suis en elle comme elle est en moi. Et le clocher de la cathédrale sonne les quarts d'heure, décompte les heures, décante le temps. Cloche des quarts aiguë comme de la ciguë et celle fêlée des heures. Et ce cheval qui toujours passe, repasse et m'inquiète.

Une nuit, un orchestre est venu jouer une symphonie de Beethoven et des feux d'artifice ont illuminé la cathédrale. Tu n'as même pas daigné aller sur le balcon, voir ce que je ne pouvais voir. Et si je t'avais rencontrée avant, lorsque j'avais ces prémonitions, tu m'aurais sauvé et je t'aurais emmenée dans une grande maison au bord de la mer pour y peindre avec toi. « Arrête de nous faire mal ! »

Avec cet humour cassant comme un fil de verre, cette nuit, tu m'as dit « Je ne comprends pas que dans ton cas, tu ne te suicides pas » et cette idée nous a fait rire, tant nous étions heureux de vivre, épuisés de joie, émerveillés de l'autre, parfumés de la même sueur. Je te donne naissance et tu me rends l'enfance.

Au soleil de notre amour, peu à peu la lucidité est devenue blessure. Bling... Mon Dieu, comme elle est fêlée cette cloche ! Fêlée comme un songe qui se défait. Et aux heures qui passent tu te butes au mur de mon regard. Dans ta logique russe, tu as cru qu'à force de baisers, tu dissoudrais mes paupières et qu'enfin mes yeux te pénétreraient. Le cheval a piétiné mon cœur qui résonne à la cloche de la cathédrale.

Dans ce labyrinthe noir, tu es venue avec cette chevelure de lumière et cette splendeur d'or qui s'auréole autour de toi. Les galeries d'ombre infiniment contrariées et détournées sont devenues de cristal et la menace du Minotaure s'est évanouie. La bête monstrueuse tapie au cœur du ténèbre a débouché du dernier détour, aveugle et mauvaise, s'est adossée comme un corps trop mou, ombre visqueuse assassinée d'éblouissements. Et le labyrinthe s'est dilaté en galaxies qui se répercutent à l'infini. En moi, tu as déchaîné l'écho de tout écho et en nous s'élève la cathédrale tonitruante du plain-chant de la poésie. Déjà mon cœur s'arrache de ma poitrine par une blessure dont je n'ai cure. Déjà mon cœur déserte vers toi, me trahit. Mes veines comme des tentacules s'allongent vers les tiennes et les sangs se mélangent. J'entre en toi comme en moi et le miracle s'accomplit. Volent les murs du labyrinthe et les tripes de la bête immonde! Alors j'aborde aux bords de ton ventre, vers le jardin secret mais ne puis l'atteindre. Ma sueur écume aux articulations, retombe en pluie de diamant sur ta langueur, étendue, attendant, intemporelle, offerte, ouverte mais pas donnée. Et certes cette nuance m'importe.

C'est à ce moment-là qu'apparurent les mouches amorphes, si grosses qu'elles ne peuvent voler plus haut que nos têtes, tournant autour comme des idées noires. Je les soupçonne de se nourrir de la morve de ce cheval de corbillard qui, sous la fenêtre, va et vient vers la cathédrale. Août pourrit Barcelone, seul le vent du soir porte sur la place un orchestre qui joue des fandangos. Et cette musique qui nous parle de jeunesse nous laisse fendus en deux. Comme l'étalon royal, je galope au cœur de ton ventre, je cours pour rattraper la distance que je sens dans ton regard, paramètre immuable. Tu es venue dans ce labyrinthe où tu savais me trouver, l'horreur te fascine et te glace et maintenant tu ne voudrais la laisser entrer au jardin. Plus un geste de toi ne m'en indiquera l'allée, et le temps qui coule doucement ensable mon cœur qui suffoque à l'approche de ton départ. Plus avant je m'enfonce en toi, plus violemment je t'écartèle, mords ton sexe et me déchire sur tes seins barbelés d'amour. Lentement je sens au-dessus de moi tes jambes se refermer, à cru au flanc de la course. Un instant la distance de ton regard a diminué et le péché t'a semblé plus vertigineux et tu es là comme une étoile tombée. Par la main, tu me prends et lentement ouvres le lourd vantail de la grande remise. Les longs chevaux de mes rêves pendent, écorchés, à des crochets de fer. Tu regardes sans rien dire.

Des chiens se mordent sur la place. La nuit est torride. Au petit matin, nous écoutons les voitures qui démarrent et s'en vont fébrilement. Et tu es là si belle et nue, et le jardin tel un mirage s'éloigne, poussé par le vecteur même de ma course.

Soufre, sang et sperme rugissent dans mes veines et mon élan s'arrête dans l'érection tétanisante qui soude mes os, tord mes muscles et me paralyse là, dans l'alvéole au seuil du jardin, les poumons bloqués, incapable d'y entrer. Comme tes yeux noirs me regardent. Mais tu restes étrangère et je ne puis lire ta pensée. Du fond de toi monte cette vapeur de tristesse qui, comme certains poisons, trouve sa force dans sa subtilité ténue.

Plus tard, tu avoueras « J'ai tellement eu envie que tu me dises — Viens... Que tu m'entraînes... Tu ne pouvais le faire, ça m'a fait du mal ». Une seule fois nous sommes sortis de cette chambre avec cette impression de nous désenliser des sables. Hallucinés, nous sommes descendus dans la salle à manger du vieil hôtel. Dans ta voix, j'entends, sans que tu me le dises, ton départ. Et soudain la douleur devient tellement aiguë que je tombe, tombe... dans un noir encore plus noir. Mes yeux désespérément essaient de s'accrocher à quelque chose mais il n'y a que le noir. Je glisse au loin, le regard du dedans ne peut s'accrocher à rien. Je suis enfermé dans l'évanouissement même. Il n'y a pas d'échappatoire. Il n'y a plus que le néant dans lequel je bascule. La mort doit être cela.

Tombé de ma chaise tu me relèves, et vite je me reprends pour ne pas t'effrayer. Tu n'as pas montré ta peur mais tu as vu ma faiblesse.

Tu diras « Quelque chose de si grand a grandi en moi à Barcelone, pour toi. Nous étions tellement hypersensibles à tout ce qui se passait que j'avais besoin de ta force ».

Tu gis comme une bête blessée qui se plaint sur mon lit. Tu vas partir. De tes yeux sort une musique de grande banquise en cette aurore boréale.

« Tu es sur le chemin maintenant, je vois le chemin, je le vois. »

Et je pense : Même si je retrouve la vue, je sens bien au fond de moi que je ne suis plus le même. Avec les yeux, j'ai perdu l'innocence. Du bout de son doigt elle m'oint les yeux qui me brûlent, touche le gauche.

« Il est plus gonflé que l'autre, je veux dire il a plus de globe. Il reverra. »

Ce sera le dernier geste qu'elle fera sur mon corps puisque nous devons ne plus nous revoir.

Nous ne nous sommes pas dit au revoir. Instinctivement mon doigt se presse sur ses lèvres pour que rien ne soit dit. Elle comprend, se lève en silence, ouvre la porte et souffle sur moi, ou peut-être est-ce le courant d'air qui s'établit entre le couloir et la fenêtre. Il y a un instant de silence prolongé et le souffle s'arrête.

Le présent s'est refermé et déjà le passé, de l'autre côté de cette porte, s'éloigne dans le corridor tandis que dans la chambre, à reculons, j'avance dans le futur.

Le temps sonne indifférent à la cathédrale. Il est quatre heures. Une balle solitaire joue avec un enfant. C'est un dimanche après-midi, la sieste a été plus longue.

Et puis bientôt il est six heures. J'attends quelque chose tout en sachant qu'il ne se passera rien. Je m'ennuie en douleur. Le désespoir s'infiltre avec la lenteur de la descente du soleil dans ce ciel que je ne vois pas. Le pas du cheval, en cette fin d'après-midi, se fait plus lourd et les grelots moins sonores comme mon âme. Je prends une gorgée de ce vin rouge, de ce vin catalan épais comme de l'opium, qui assomme. Interminable me semble ma nuit. Qui donc a tué la poésie ? Déjà par la fenêtre, le vent fraîchit. Tiède et lent, le soir arrive avec ses orchestres dont la musique me fait mal. Mon ombre m'a guidé vers toi et tu m'as conduit à la lumière mais la lumière venait de toi. Ce soir la nuit est une morsure. Je me sens prisonnier et sur les murs coule la sueur verte de cette nuit qui ne veut pas finir. Au fond du labyrinthe, le Minotaure luit, noir et rouge.

Libéré de ton regard scrutateur, je reprends la dimension des songes et me laisse aller à la tentation de l'invisible.

23

« Non, je ne puis recommander cette opération, vous prenez un risque inutile qui peut annuler vos chances futures. Votre nerf optique, par exemple, pourrait être endommagé. La prothokératoplastie et l'odontokératoprothèse sont des découvertes des années 60 qui ont été mises au point dans les années 70. Ce sont donc des opérations qui datent de vingt ans. Tout autour de la planète à l'heure actuelle, vous avez des chercheurs qui sont au travail pour trouver de nouvelles possibilités, de nouvelles techniques plus appropriées à votre cas. Il me semble qu'il vaut mieux attendre que ces techniques opératoires se révèlent, plutôt que d'aller risquer le futur à Barcelone. »

C'est par ces mots que le docteur T. refuse la lettre que je lui demande pour m'appuyer auprès du *Crime Victims Compensation Board*. Douze mille dollars, il faut que je trouve douze mille dollars, c'est le prix demandé par la clinique Barraquer pour l'opération du docteur A. Douze mille dollars pour retrouver la vue, je n'ai aucune crainte je les trouverai, même s'il faut faire un hold-up.

L'organisation *Crime Victims* est réticente. « Pourquoi Barcelone ? Pourquoi en Espagne, alors que nous avons d'excellents chirurgiens aux Etats-Unis ? Que le docteur T. nous envoie une lettre spécifiant que l'opération ne peut être effectuée que par ce docteur A. de Barcelone et nous étudierons le dossier. » Et voilà que ce docteur T., en toute conscience comme il dit, me refuse son aide pour ouvrir le coffre-fort de l'espoir. Il parle de risques, moi je n'avais pensé qu'à l'espoir.

Je rentre chez moi troublé, son ton était si catégorique. Et si vraiment, dans mon impatience, je ruinais l'avenir ? Le doute s'est infiltré et je ne sais à qui demander conseil. La crainte de l'irréparable m'empêche de dormir. Je téléphone au docteur K.

« Je ne peux pas prendre la décision à votre place, c'est à vous de le faire. Ce que je peux vous dire, c'est que probablement le docteur T. n'a pas vu opérer le docteur A. Il a probablement vu l'opération du docteur Strampelli, it was a bloody and messy kind of job. Le docteur Strampelli n'était plus tout jeune. Il n'a pas la sûreté de main du docteur A. qui, lui, a trente-six ans. C'est un génie et ses opérations sont d'une très haute précision. Voilà tout ce que je puis vous dire, mais la décision est entièrement vôtre. »

La crise durera encore quelques jours jusqu'à ce que je me persuade que la question n'est pas tant médicale que philosophique. J'essaie d'obtenir une amélioration, celle de revoir un peu. L'opposition du docteur T. vient du fait qu'il y a un risque. Or, si je regarde derrière moi ma vie, toute progression fut toujours obtenue en fonction d'un risque, et dans ce cas il est calculé. Si l'opération rate, cela peut ruiner mes chances de revoir dans le futur. Mais moi ce qui m'intéresse, c'est de revoir à trente-six ans et pas à soixante-dix, quand je suis jeune encore et en pleine force de l'âge. J'irai à Barcelone.

Cette décision prise, je me sens calme et fort. En même temps je décide, puisque Valouchka a disparu, de faire cette opération dans la solitude. Ainsi, quelle qu'en soit l'issue, je pourrai faire face sans être entouré de compassion inutile ou de pitié ou encore me trouver dans l'obligation de consoler l'autre. Au bout du compte, dans cette affaire, il vaut mieux être seul.

J'irai voir le commissaire aux comptes de *Crime Victims*, j'irai au siège de cette organisation, à Albany s'il le faut. Je déverserai sur son bureau, en vrac, ma montagne d'espoir et je serai bien étonné s'il me dit non.

Depuis Barcelone, depuis que l'espoir s'est allumé en moi presque secrètement, comme la petite flamme de la lampe à huile fait vivre l'icône, je ressens de plus en plus difficilement l'atmosphère de la Lighthouse. Par discipline, par goût du jeu, par affection pour Sherryl, je continue malgré tout presque régulièrement mes cours de *mobility*. De toutes les façons, Mr. Miller m'a prévenu, je touche à la fin de mon apprentissage. Je sais coudre un bouton, reconnaître si mes chaussettes sont à l'endroit ou à l'envers, suis devenu un dactylographe agile, lit le braille abrégé couramment. L'Etat de New York, qui a payé cette éducation, envoie deux contrôleurs se rendre compte des résultats et m'interroger sur mes plans futurs. Ils trouvent inadmissible que je vive seul. Je suis aveugle, handicapé, obligé de passer par les autres.

« Dans votre cas, monsieur de Montalembert, il faudrait que vous trouviez une gentille fille. »

Fonctionnaires ou maquereaux ? Ils rient de mon indignation et me font un cours sur l'amour et la nécessité.

Aujourd'hui, je n'irai pas à la Lighthouse. Trop d'insomnies me feraient dériver au hasard dans les rues. Pour occuper ma tête qui tourne un peu trop vite, je fabrique des étiquettes en braille pour mes disques, lorsque le téléphone sonne. Je reconnais la voix, c'est John, le prêtre vaudou de Harlem. Il vient de lire l'article que j'ai publié avec un journaliste du *New York Times* dans leur magazine du dimanche, « Vaudou à Harlem ». J'avais pourtant insisté pour que mon nom ne soit pas mentionné, n'étant pas sûr de vouloir reprendre contact avec cette religion qui, ici, s'est écartée des chemins d'Aho. L'esclavage a fait du Vaudou une religion de défense et d'attaque. Ils n'avaient pour faire front aux fouets et aux fusils que les Vaudous enfermés dans leur ventre. Et c'est ainsi que cette religion d'harmonie, de danse cosmique, est devenue une religion de combat. Il fallait se rendre invulnérable aux balles, précipiter le mauvais maître dans la folie et gagner l'amour qui adoucit l'âme. Cela explique pourquoi les gens, et les journalistes du *New York Times* en particulier, veulent absolument lier mon agression à mes activités à Harlem. Le premier journaliste que le *New York Times* m'envoya ne voulut entendre raison, je refusais ma collaboration. Le deuxième, prévenu, prétendit abonder dans mon sens mais j'entendais bien qu'il mentait. Je le renvoyai. Enfin un troisième, jeune, idéaliste et orné d'un P.h.d. en religions comparées, me sembla sincère et nous fîmes l'article.

« Very good!... very good article, man! Tout Harlem l'a lu. C'est du bon travail. »

La voix de John est enthousiaste. Dix pages dans le *Sunday Times Magazine*...

« C'est une publicité fantastique! dit-il dans ce langage des affaires qu'ont, aux Etats-Unis, même les chefs de congrégation. Mais je croyais que tu étais reparti en Europe. On n'a plus entendu parler de toi.

— Non, je suis toujours à New York mais j'ai eu un accident. J'ai été attaqué, de l'acide dans les yeux. Je suis aveugle.

— Shit, man! What do you mean, you can see nothing?

— Non, je ne vois plus rien.

— Shit! Incredible! Il faut que tu m'expliques tout. Peut-être y a-t-il eu quelque chose... I mean, je me sens responsable. Puis-je venir maintenant?

— Maintenant... oui, bien sûr. »

Une demi-heure plus tard, John est là, qui pose des questions comme une mitraillette. Avec lui est venue Cynthia qui ne dit pas un mot. Je la sens bouleversée. Je raconte l'attaque.

« The fucking bastards! interrompt John. Pourquoi ne nous as-tu pas appelés? On les aurait retrouvés et man, you know... Je dois comprendre, man, je dois comprendre. Il en va de ma responsabilité, de ma réputation *uptown*. Et ton Legba?

— Je l'ai jeté dans la mer pour qu'il reste tranquille, comme on me l'a enseigné en Afrique. Seule la mer décharge.

— Je sais, je sais. It's O.K. Tu vis seul, ce n'est pas bon. Viens vivre avec nous, j'ai des immeubles, je te passe un appartement et là, tu n'auras rien à craindre. »

Je sais qu'il est sincère et qu'effectivement, entouré de leur amitié et du sens communautaire particulier à Harlem, je n'aurai à me soucier de rien. Mais je ris en pensant à la réaction de mes amis, des fonctionnaires de l'Etat de New York, de *Crime Victims,* en apprenant que j'ai déménagé une fois de plus pour aller vivre à Harlem.

New York se tiédit à l'été qui se meurt. Parfois un vent froid descend les avenues, qui annonce la saison où l'on se serre contre ceux que l'on aime. Cette saison déjà frileuse où le moindre souffle fait froid au cœur, où l'on se pelotonne contre l'amour. Sous le ciel qui se fane, j'arpente les avenues, croise les rues et hume dans l'air ce désir, en même temps que cette odeur de charogne sous les feuilles de mon amour. Il ne faut pas y penser et je ne fais qu'y penser. Je n'ai rien à dire à personne. Il faut me laisser à ma hantise, à mon obsession d'espoir et d'amour. Je marche parce que la tension obligatoire de cette action empêche mon cerveau de tourner en roue libre. Je marche pour ne pas devenir fou. Une main s'est posée sur mon bras et m'a immobilisé. Mes veines sont des galeries désertes. Sur ce trottoir, au bord de l'avenue, une main glisse sur mon poignet. Un instant, j'ai reconnu sa main... non, pas sa main, son toucher. Et maintenant je reprends haleine car je me suis trompé. Ce n'est pas le parfum de tubéreuse qui pénètre mes narines mais un autre, qui m'est inconnu.

« Qui est là ? »

Nulle réponse mais une légère pression de cette main sur mon poignet. Et mon cœur qui n'a pas de nez fait un saut. Je le raisonne « Non ce n'est pas son odeur ».

« Mais enfin, qui est là ? »

Je me dégage et mes doigts remontent le long d'un bras pour s'enfoncer dans le nuage d'or au moment où elle prononce :

« C'est moi.

— Mais comment peux-tu changer de parfum sans me prévenir ? » dis-je stupidement comme si nous nous voyions chaque jour.

Assise sur le tapis en face de moi, elle m'interroge. Elle s'indigne du refus du docteur T.

« Alors, que vas-tu faire ?

— Je trouverai.

— C'est un scandale ! Tu n'as pas besoin, en plus de tout ce que représente cette opération, de ces soucis-là. Tu dois aller à Barcelone totalement disponible. »

Elle m'annonce qu'elle va repartir pour l'Ile dans quelques mois, vers juin. Et comme toujours lorsque l'on me parle de l'Ile, des images remontent sans que je puisse les arrêter et je les lui montre longuement. A un moment, je lui pose une question. N'obtenant pas de réponse, j'étends la main là où je sais qu'elle est assise. Ma main rencontre le vide. Un doute... pourtant sur le tapis, je touche un appareil de photo et des disques. Je l'appelle. Pas de réponse. Je cherche son corps sur le tapis, puis sur les chaises, le tabouret du piano, puis dans les recoins, jusque dans la baignoire. J'ai l'impression d'être épié. J'écoute si j'entends sa respiration et me demande si elle m'observe en train de l'écouter. La porte est close et je ne l'ai entendu ni s'ouvrir, ni se fermer. Peu à peu sa présence s'évapore, elle n'est plus là. Et moi, je me métamorphose d'être-regardé en être-non-vu. Je retourne toucher les objets qu'elle a laissés derrière elle, dans l'éparpillement se trouve également un livre qui m'avait échappé.

J'essaie de comprendre la raison d'une action si cruelle. Les disques sont neufs, pas encore ouverts, je palpe son désarroi sans pouvoir me l'expliquer. Cette solitude brutale, survenue sans que j'en puisse fixer l'instant, me laisse un malaise. Insoutenable la pensée de ce moment où, absent à moi-même, je n'existais que par son regard qui n'était plus là.

L'impression est si nauséeuse qu'il me faut sortir sur-le-champ. J'enfile un chandail et, dans la rue, me dirige vers la maison d'un ami médecin qui habite à une dizaine de blocks. Je marche d'un bon pas, les trottoirs de Park Avenue sont larges et dégagés. Pourtant, des hommes insistent pour m'aider. Ils insistent tellement que je suis obligé de me fâcher. Toutes les pédales semblent être de sortie ce soir.

Un homme me suit, à sa voix, je sais qu'il est cultivé. Il se présente : professeur à Boston. Cet universitaire se promène pour étudier l'architecture des vieilles maisons de New York. Il se plaint qu'à l'heure actuelle on n'a plus de respect pour la vieillesse. Soudain, il s'écrie :

« Oh! wait a minute! Je vais vous décrire quelque chose qui va nous ragaillardir tous les deux. Il y a un jeune homme qui vient vers nous, dans un fauteuil roulant, il n'a pas de jambe et c'est son infirmier qui le pousse. Est-ce que vous ne vous sentez pas déjà mieux? »

Je suis abasourdi et entends passer le fauteuil au moment où le professeur lance :

« Eh, my boy! Transport de première classe! »

Affolé, je prends presque mes jambes à mon cou.

A peine avais-je réussi, par une injure grossière, à faire rebrousser chemin à cet esprit raffiné qu'une voix charmante mais masculine, me dit :

« Alors on se promène? »

C'est une bien curieuse journée où je fais fuir la femme que j'aime et attire les hommes que je déteste.

Le lendemain, dès le matin, Désirée me dit :
« Oh! le beau chandail! »

Pourquoi dit-elle « Oh! le beau chandail! » alors qu'elle les connaît tous? Soupçonneux, je m'informe.

« Qu'est-ce qu'il a de « beau »?
— Il est rose. »

Parmi les affaires abandonnées par Valouchka, il y avait donc aussi un chandail du plus splendide rose bébé. Dans ma précipitation à fuir hier soir, je l'avais revêtu.

Avec un chandail de couleur plus anodine, ma virilité un peu ébranlée par cette aventure se rassure. Au moment de traverser une rue, une voix de femme interroge.

« Voulez-vous que je vous aide?
— Non merci, je connais le quartier.
— Et alors! Vous n'aimez pas que les femmes vous draguent? »

Une autre femme m'arrête et me demande.
« Ne sentez-vous pas que l'air de New York est plus pur? »

C'est vrai, il fait beau et probablement le ciel est bleu mais plus pur que quoi? Elle me renseigne.

« Plus pur depuis que le pape est là.
— Vous êtes catholique?
— Non, presbytérienne. »

Dans mes pérégrinations, j'ai rencontré toutes sortes de femmes. Un soir que j'allais bon train, dîner au café Carlyle, des policiers m'immobilisent. Je me débats et proteste.

« Hold on, young man! Tenez-vous tranquille!

Vous avez presque renversé le chef du gouvernement anglais. »

C'était Mme Thatcher, la dame de fer!

Et puis il y a les folles. Celle qui me suit pendant plusieurs blocks en hurlant « Watch out! watch out... Fais attention! » Et celles qui, peut-être sourdes, savent mieux que vous où vous voulez aller. Ainsi cette femme, à qui je demande de m'aider à traverser la 67ᵉ Rue et qui m'oblige, en me tirant, à traverser Park Avenue. Quand je sens le terre-plein sous mes pieds, je me débats et reste planté, aussi obstiné qu'un âne marocain. Elle a beau tirer, pousser, je refuse d'aller de l'avant ou de l'arrière. Elle m'insulte et s'en va.

Devenu rapidement ce que les instructeurs appellent un « bon voyageur », c'est-à-dire que je suis capable de me déplacer dans tout New York seul, le centre de rééducation me demande d'aider « un client ». C'est un Noir, d'une trentaine d'années, qui, atteint d'une dégénérescence du nerf optique, est devenu aveugle. Son plus grand désir est de marcher seul dans la rue et c'est maintenant sa plus grande frustration. Depuis plus de deux ans il suit les cours de *mobility* et ne peut encore sortir seul, même dans son quartier. Doutant de lui-même, il est tombé dans un état dépressif.

« Je suis bon à rien. Ne perdez pas votre temps, y a quelque chose qui ne va pas dans ma tête. »

Tout d'abord, je parle avec lui. Il ne peut exprimer que son amertume et au bout du compte, je pense que Jim a raison, il y a quelque chose qui ne va pas dans sa tête. C'est l'orgueil « Quand je marche dans la rue j'ai l'air ridicule et grotesque » et, ce qui est plus grave, le manque de logique géométrique. Il est totalement incapable de faire la corrélation, espace/information sonore. Avec une monitrice, nous allons dans un couloir et demandons à Jim de trouver l'ascenseur. Plein de bonne volonté, il prend aussitôt la direction opposée en tapotant le mur. A ce moment, à l'autre bout du couloir, le timbre de l'ascenseur retentit, les portes s'ouvrent, se referment, un pas s'éloigne et disparaît. Jim, pendant ce temps, tapote toujours le mur. Je l'arrête.

« Tu as entendu quelque chose ?
— Euh oui, quelqu'un.
— Tu as entendu un timbre ?
— Oui.
— Qu'est-ce que c'est, à ton avis ?
— L'ascenseur.
— Alors pourquoi continues-tu à le chercher devant toi puisque le timbre était derrière ? »

De plus, cela fait plus d'un an que Jim utilise ce couloir et cet ascenseur. Certains pensent qu'il est déficient mental. Non, je crois qu'il est simplement en proie à la panique, une panique chronique. C'est un garçon beau, la tête bourrée de clichés machistes qui ont cours dans certaines communautés noires, et qui ne supporte pas son nouvel état. Si dans la rue une femme lui offre son aide, il ne répond pas ou l'insulte. Si c'est un homme, il accepte plus volontiers.

« Si tu sors de la Lighthouse et que tu tournes à droite, tu arrives à Park Avenue, quelle rue vas-tu rencontrer ? »

Il ne peut donner la réponse. C'est pourtant un parcours qu'il a fait, accompagné, des dizaines de fois. Ce type est vraiment en difficulté. Je suggère, pour calmer son orgueil, qu'on lui donne des cours de danse, qu'il apprenne à déplacer son corps avec harmonie et assurance. Puis qu'on l'initie à la géométrie dans l'espace, peut-être avec un jeu de construction : cubes, pyramides, sphères, etc.

Je ne sais ce qui a été fait. Nous avons pourtant une chose en commun, c'est le désir de sortir seul dans la rue. Or, beaucoup d'aveugles n'y tiennent pas vraiment. Ils se contentent, comme l'a prouvé une enquête, de se rendre dans des lieux où ils sont strictement obligés d'aller. Cette même enquête a révélé qu'au bout de l'année, le nombre de kilomètres parcourus est sensiblement identique pour l'aveugle, qu'il soit bon ou mauvais voyageur. Très peu sortent seuls par plaisir.

Bien que je sois un « bon voyageur », il m'est arrivé une fois de perdre complètement mon sang-froid. Sur Lexington, je dois traverser la 57e Rue qui est à double sens. Une peur bestiale m'immobilise sur le trottoir, je ne peux traverser. Un instinct de conservation primitif m'interdit de franchir cette rue sans y voir plus clair. Vexé de constater que le courage a disparu, je m'élance quand même, évidemment au mauvais moment et de la pire façon. Je bute dans les camions et les voitures et suis rattrapé in extremis par un passant qui m'engueule.

Entre ce que j'étais et ce que j'ai peur de devenir, je suis pris de rage. Et ce sont ces bourrasques qui me soulèvent et me jettent à ta porte. Cette souffrance de ne pouvoir t'emporter, t'enlever d'un franchissement de galop, cette impuissance odieuse, ce sort infernal qui a soudé la visière de mon heaume provoquent cette rage qui donne à Samson la force d'écrouler le temple. Et à moi, sur le lit de l'autre, la violence de te violer remerciant le Ciel de ne pouvoir voir ton regard.

« Va-t'en, je te hais ! » m'as-tu dit.

Et ce me fut un soulagement. Je crus dans cet anéantissement que ma douleur périrait avec ton amour. Il n'en est rien. Je désire ta haine et tu me la refuses. Et en ce lendemain, à triturer le trottoir de ma canne, je me sens comme un cafard scrofuleux. Il y a simplement tes yeux un peu plus tristes, un peu plus noirs. Ils me suivent dans ces couloirs jusqu'au cœur du labyrinthe, jusqu'au Minotaure qui ricane « L'œil était dans la tombe et regardait ».

Trop tard, tu es bien celle que j'ai cherchée, et je t'ai trouvée mais trop tard. Il y a très longtemps, alors que j'étais adolescent, je t'ai vue. C'était dans une province, j'avais quitté la route et m'étais enfoncé à travers bois jusqu'au bord d'une petite vallée que je dominais. Sur l'autre versant s'élevait une grande maison, en plein midi et tu étais sur la terrasse. Je t'ai observée longuement, tu avais une robe blanche et à la main un livre que tu ne lisais pas. Il y avait des arbres fruitiers en espalier, des fleurs, et tout était immobile et bonheur. Tes cheveux étaient imbibés de soleil. Je suis revenu les jours suivants mais tu n'apparus plus et je me suis juré de te retrouver. Et maintenant, je sais que c'est toi. Ce que je veux dire, c'est qu'en te perdant, je perds non seulement le réel mais l'irréel, la poésie. Je t'ai vue, il y a bien longtemps et de trop loin. Je t'ai retrouvée trop tard, un autre t'avait prise et le monstre m'avait ravi la lumière. Toi, tu m'as reconnu, mais tout le monde déjà crie « Qu'il s'en aille ! ». Tu t'es jetée dans mes bras et la violence tremble autour de nous. Mais sans la lumière, comment puis-je te protéger, te prendre et t'emporter ? Je n'ai à t'offrir que cette lumière intérieure que toi-même me donne. Tu es la vierge enceinte de lumière, la vierge Lucifer.

Trop tard, et roule la boule sur le billard du hasard.

24

A force d'attendre le 23 février, tout arrive et le 1er janvier avec. Nous sommes allés, avec quelques amis, réveillonner chez Pablo dans le Connecticut.

En ce premier matin de l'année, je me réveille très tôt et pars sur la petite route qui passe devant la maison. C'est une matinée de lendemain de fête, pas une voiture, tout le monde dort, il n'y a que les chiens et les oiseaux, les hommes ont la gueule de bois. La terre est chaude, il y a comme une grande action de grâces du monde vers le ciel. Après deux ou trois kilomètres de marche, j'arrive près d'un tout petit ruisseau, un ruisselet qui passe sous la route et qui, lui aussi, chante comme les oiseaux et tout le reste. Je m'assieds là, sur l'asphalte, au-dessus du filet d'eau pour l'écouter. Et puis très vite, s'établit une sorte de dialogue. Une prière monte en moi, un tête-à-tête avec la Vie, ce que d'autres appelleraient Dieu. Je charge le petit ruisseau d'être le messager de cette prière vers la mer, vers le Monde, vers l'au-delà si cela existe.

J'ai passé là un long moment. Je me relève et continue mon chemin. Complètement perdu dans mes pensées, j'avance à l'instinct. J'entends bien quelque chose courir vers moi, sans y prêter attention, trop absorbé. Il y a un cri, l'animal en moi se cabre. J'ai peur, je jette mes mains avec ma canne en avant, comme pour me protéger d'une collision. A l'intérieur de moi, mon cœur s'est arrêté. Tout s'est immobilisé, glacé de peur. C'était un jogger qui me souhaitait « Good morning ». Il continue et lance dans mon dos « Sorry ! ».

Je reste à reprendre mon souffle, à digérer l'humiliation. L'harmonie bascule pour un rien.

Un peu plus loin, alors que je me remets de ce choc, un petit garçon qui passe à bicyclette de l'autre côté de la route, me dit :

« Hello ! Est-ce que vous vous souvenez de moi ? Vous êtes venu, il y a longtemps, voir mon cheval.

— Oh ! oui... Comment va-t-il ?

— On l'a vendu.

— Pourquoi ? »

D'une voix désolée,

« Il mangeait trop !

— Comme c'est triste ! Tu dois être très triste.

— Oh ! oui. Je suis très triste », dit-il après un moment de réflexion. J'entends la bicyclette s'en aller et la petite voix « Good bye, Happy New Year ! ». Pour un rien, tout redevient harmonieux.

Dans la maison de Pablo, tout le monde est réveillé et il m'emmène faire des courses à Killingworth. Après quelques kilomètres sur la petite route de campagne, nous tombons en panne d'essence. Personne aux environs pour nous aider.

« Je vais pousser la voiture, tu n'as qu'à tenir le volant. »

Nous démarrons. Derrière la voiture, Pablo crie ses injonctions :

« a sinistra... adesso a destra... piu a destra. »

Il pousse. Nous prenons de la vitesse, je trouve même maintenant que nous allons bon train, lorsque j'entends le bruit d'une moto à hauteur de la fenêtre et la voix caractéristique d'un policeman.

« Hello sir, vous avez besoin d'un coup de main ? »

Je freine.

« It's all right, tout va bien ! »

Mais soudain je réalise qu'à la faveur d'une petite pente, Pablo en a profité pour se reposer car j'entends maintenant son rire, loin derrière. Il arrive en courant et déclare :

« Anyway, officer, vous ne pouvez rien verbaliser ! Il y a bien une loi sur la conduite en état d'ébriété mais aucune sur la conduite en état de cécité. »

En rentrant de ce week-end dans le Connecticut, je vais directement à la Lighthouse, sans retourner chez moi. La lassitude des insomnies, la répétition fastidieuse de la routine avaient créé une répulsion qui, pour plus de deux semaines, m'a empêché d'en passer la porte. Bien que je ne me sois pas excusé, Sherryl a l'air contente de me revoir. Elle m'emmène à Central Park.

J'avais insisté pour qu'elle me fasse reconnaître un endroit où je puisse aller seul de ma maison, pour y faire des exercices ou simplement prendre l'air.

A la hauteur de la 67e Rue, elle me demande de trouver l'entrée du parc. C'est une petite ouverture que je n'ai aucun mal à localiser, grâce à des voix d'enfants qui en surgissent et y disparaissent. J'en fais la constatation pendant que Sherryl essaie de me décrire l'emplacement de cette porte et comment y arriver. Je l'interromps et pointe la canne exactement vers les voix.

« C'est là. »

Elle éclate de rire.

« You don't need me! »

Je rentre donc dans le parc, par un sentier bitumé. Sherryl m'explique qu'il me faut d'abord trouver un arbre, point de repère du carré d'herbe où je peux faire mes mouvements de gymnastique.

Je m'arrête et j'écoute. Il me semble bien l'entendre là, un peu en avant, sur ma gauche. J'écoute très attentivement, je ne sais pas vraiment si j'entends quelque chose, je ne suis pas encore sûr de mes interprétations. Je m'approche donc dans la direction supposée et écoute de nouveau. Et là, très distinctement, je l'entends, je le sens. Je me rapproche ou du moins, pense me rapprocher. C'est une présence plutôt qu'une direction. J'avance vers « cela » et le sens plus fortement. Avec ma canne, je balaie l'espace. Il n'est pas là. Je fais un pas encore. Rien. Un pas à gauche. Rien. Je fauche à droite. Toujours rien ! Je m'arrête... je l'entends. Exaspéré, je jette ma canne par terre.

« C'est trop fort ! J'entends cet arbre et n'arrive pas à le situer ! »

Elle pouffe de rire.

« Tu l'as effleuré trois fois, ou plutôt, loupé trois fois d'un millimètre ! »

Mon écoute semble s'être affinée. J'entends les objets, les obstacles, d'une plus grande distance. C'est là une habileté dont j'ai fait rapidement l'apprentissage.

Sur le chemin du retour, je sens Sherryl un peu morose. Cela fait un peu plus d'un an que nous travaillons quotidiennement ensemble. Elle me dit que je lui ai manqué durant ces deux semaines. Je suis embarrassé.

« Allons prendre un café, je connais un coffee-shop près d'ici. »

Elle acquiesce mais, à sa voix, je sens qu'elle a envie de prendre un café chez moi. Nous irons quand même au coffee-shop car je n'ai plus de café. Là, elle me dit :

« Je me sens déprimée. Cela fait trois ans que je suis à la Lighthouse et les « clients » ne sont pas toujours marrants.

— Il est peut-être temps de t'en aller. C'est un milieu dur. Tu donnes mais reçois très peu. Beaucoup de clients te considèrent comme un dû. Tu es encore jeune, pars ! »

Elle partira. J'aurai été, pratiquement, son dernier client.

Cette opération à venir m'obsède. L'inquiétude déclenchée par les paroles du docteur T. ne s'est pas évanouie. « Vous prenez un risque inutile. » Comment être sûr ?

Plusieurs fois dans ma vie, avec un certain scepticisme, je suis allé consulter des devins. En Afrique, les prêtres du Fa. En Asie, les géomanciens du Yi-jing. A Harlem, John. Cette fois-ci, j'ai entendu parler d'un mage cabaliste. Il vit dans ce vieux palace du West Side, l'Ansonia, où nous avons rendez-vous à trois heures de l'après-midi. J'attends devant l'ascenseur que quelqu'un monte, pour localiser le bouton du troisième étage. Finalement, une petite vieille arrive et je lui demande d'appuyer. Je l'entends farfouiller dans son sac, m'impatiente et répète ma demande.

« Minute jeune homme, je cherche ma loupe pour lire le numéro. »

J'erre dans ce troisième étage immense jusqu'à ce qu'une femme de ménage m'indique la porte 327. Je sonne, un parquet grince et la porte s'entrouvre. Je me nomme. Un silence. Puis une voix asthmatique me dit précipitamment :

« Je ne peux rien pour vous. Je ne peux rien faire et puis, de toute façon, il faudrait que vous puissiez écrire. »

Mais on ne me fait pas traverser tout Manhattan, explorer des couloirs inconnus pour me refermer aussi facilement la porte au nez. J'introduis mon pied au-delà du chambranle. Une main me repousse mais je me sens aussi inamovible qu'un rocher.

« J'écris parfaitement bien et vous verrez que tout se passera normalement. »

La porte s'écarte, j'entre, elle se referme et il s'enfonce dans l'air vicié de l'appartement. Il me fait asseoir face à lui, à une petite table de bridge.

« Ecrivez vos demandes et donnez-moi un objet familier. »

J'écris sur deux bouts de papier que je replie soigneusement : *Opération* et *Livre*.

Il referme une main sur les papiers et, de l'autre, prend la montre que je lui tends. Puis d'une voix plus rauque, au débit précipité, il récite :

Notre Père-Mère-Dieu
Au ciel et sur la terre
Que ta bénédiction descende sur nous
Qui sommes assis ensemble.
Nous prions pour que tu nous conseilles
Que tu nous donnes la sagesse et la compréhen-
[sion.
Aide-nous à résoudre notre vie
De telle sorte que nous accomplissions

*Le karma de notre incarnation
Et ainsi atteindre le plus haut degré
De bonheur, de santé et de sérénité
Et plus spécialement pour que nous trouvions
L'occasion de servir notre prochain,
C'est-à-dire d'être à ton service.
Amen.*

Il se concentre.

« Je vois votre aura. C'est l'atmosphère que votre pensée et vos sentiments créent autour de vous. Ce champ électromagnétique est l'expression même de notre énergie. La vôtre est limpide, aux contours bien délimités, pas du tout confuse. Ce qui est remarquable, si l'on pense que vous venez juste de tomber aveugle et que vous avez dû être pris dans un terrible tourbillon. Pourtant, je ne vois aucun tourbillon autour de vous. De fait, au-dessus de votre tête, je peux voir une flamme d'or, brillante comme celle d'une bougie et ça c'est la créativité. »

« Je vois : feu dans votre cerveau
　　　　　feu dans vos mains
　　　　　feu dans votre cœur
　　　　　feu dans votre sexe
　　　　　feu dans vos pieds.

« Le feu dans la tête, c'est l'intelligence. Le feu dans les mains, c'est la créativité. La combinaison tête-cœur-mains devrait produire quelque chose du domaine de Mercure. Mercure c'est Hermès, le messager des dieux. C'est, soit quelque chose d'écrit, soit quelque chose qui sortira de vos mains. En tout cas, ce sera quelque chose auquel vous donnerez naissance, un enfant de votre cerveau, quelque chose qui est déjà en route. De toute façon, les dix prochaines années seront les plus productives de votre vie.

« Mais je vous vois dans un hôpital, je vous

vois recouvrant la vue. Vous pensez peut-être que c'est impossible mais c'est exactement ce que je vois, et j'espère que je ne me trompe pas. Chirurgie ou autre chose, je n'en ai pas la moindre idée, mais je sais qu'il y a hospitalisation. Je sais qu'il y aura des soins intensifs, que cela prendra beaucoup de temps et vous semblera éternel.

« Vous êtes découragé mais en surface. Au fond de vous, vous avez un peu peur et tout au fond il y a ce conflit entre trois choses, détermination, espoir et peur, ce qui est humain.

« En dépit, et je ne dis pas à cause de votre cécité, vous réussirez, poussé par cette détermination qui est en vous. Mais comme vous êtes un être humain, vous rencontrerez le découragement. Jusqu'ici, vous vous débrouillez très bien. Si j'étais vous, je ne m'embêterais pas avec toutes ces histoires de braille et autres foutaises. Et pour moi, ce serait même un acte de foi. Il faut accepter votre état, accepter même qu'il puisse devenir définitif. Vous vous dites O.K.! j'accepte cette foutue canne et, de temps en temps, un peu d'aide des autres mais je veux bien être pendu si je deviens un de ces aveugles désemparés, qu'on trouve au carrefour à mendier. Je ne vais quand même pas laisser les autres avoir pitié de moi. De toute façon, ils en auront. Ils veulent bien faire, et vous le savez, mais ils encombrent plus qu'autre chose. Vous reverrez... Est-ce physiquement possible selon l'avis des médecins?

— Oui.

— Hospitalisation, vision, cela aura lieu en 1980.

— J'ai déjà rendez-vous.

— Il faut le faire. Je vois une opération. Mais pour le reste, je ne vois rien. Vous en sortirez plus riche mais vous aurez traversé l'enfer.

« ... Vous ne restez pas à vous apitoyer sur

vous-même. Je vois du mouvement, un changement de lieu de résidence, voulu ou pas, mais ça va arriver. Vous allez vous remettre en route. Feu dans les pieds, comme les gitans.

« ... Je ne comprends pas... savez-vous écrire ? Est-ce votre métier ? Je vois une publication en 1982. Ça va marcher. »

Il déplie les deux petits papiers.

« ... Opération, oh ! sure ! Livre, il est écrit, ou vous êtes en train de l'écrire. Vous mourrez loin, loin de l'endroit où vous êtes né. Vous voyagerez beaucoup, de longs voyages, surtout à partir de 1980. Pour l'instant, vous êtes bloqué. Restez bloqué. Voilà, c'est tout.

— Combien vous dois-je ?

— Rien du tout, pas d'honoraires. Vous paierez la prochaine fois, quand vous serez capable de me voir. »

La porte se referme. Revoir, je vais revoir ! Déjà, je marche dans le corridor comme si je voyais. Je ne suis aveugle que momentanément. J'arrive jusqu'au trottoir avec une sûreté qui m'étonne. Le soleil brille sur Manhattan. J'ai le cœur qui éclate. Tout est possible à nouveau. Je sortirai du labyrinthe noir et le Minotaure sera vaincu.

Le chauffeur de taxi, un Noir, chantonne et en fin de course, refuse absolument d'être payé.

Je reverrai et aujourd'hui, tout est gratuit.

Je reverrai. Je calcule les dates — 23 février première opération, fin mai tout est fini. En juillet, je partirai pour l'Ile, pour « voir » Valouchka, et la surprendre doucement dans la lumière crue qui nettoie les blessures jusqu'à l'os me fait peur. La révélation de son âme sur son visage, dans ses yeux, ne peut être éclairée trop brutalement. Je veux la regarder comme ces marins émerveillés regardent par-dessus bord remonter lentement du fond de l'abîme, par quelque mystérieux phénomène, un galion chargé d'or.

Je partirai et déjà brûle mes vaisseaux, distribue mon appartement, rend ce que l'on m'a prêté, confie mon piano à une petite fille aux doigts déliés, abandonne avec tristesse l'arbre de Valouchka. Dans trois jours, je pars pour le Mexique, travailler sur mon corps, lui rendre force et souplesse avant de me soumettre au bistouri du docteur A. Dans trois jours... et *Crime Victims* ne s'est pas encore décidé à m'allouer le budget de l'opération. Dans l'appartement maintenant sonore, la sonnerie du téléphone rouge retentit. C'est Marylin, la jeune femme de la banque qui s'occupe de mon compte peu compliqué. Elle annonce un chèque de treize mille dollars signé Valouchka N. et me demande ce qu'elle doit en faire. Je raccroche précipitamment, appelle Valouchka, la remercie et refuse.

« Je suis sûr que *Crime Victims* me donnera l'argent, de plus le coût de l'opération n'est que de douze mille dollars et...

— Ne sois pas minuscule. Tu n'as pas de temps à perdre avec ces détails et je préfère treize car cela porte bonheur. »

Ces treize mille dollars c'est tout l'argent que sa grand-mère lui a laissé en mourant.

Par pur hasard, je réalise que le 23 février tombe un samedi. Pris de soupçon, je téléphone à Barcelone au docteur A.

« Excusez-moi, docteur, avez-vous remarqué que le 23 février tombe un samedi ? Confirmez-vous cette date ?

— Ce n'est pas moi qui change continuellement la date de cette opération ! Quand je dis 23 février, c'est 23 février. Alors, vous venez ou vous ne venez pas ?

— Je viens, je viens ! c'était seulement parce que...

— Excusez-moi, je n'ai pas le temps. »

Et il raccroche.

25

Dans trois semaines Barcelone. Pour cette corrida de l'espoir, je veux affûter mon corps. Dans cette arène de la salle d'opération, l'espoir sera mis à mort ou à victoire. Quelle qu'en soit l'issue, le choc sera terrible : revoir à nouveau ou jamais. Il faut s'armer et c'est pour cela que je pars sur la côte pacifique du Mexique.

Une villa au sommet d'une montagne à pic sur la mer, le tout dominé d'une immense croix de béton. De ce Golgotha dégoulinent des villas pour milliardaires ceinturées d'une muraille et de gardiens en armes. Du bas de la ville, des enfants essaient de s'insinuer pour manger dans les poubelles. Je me demande quel regard ils posent sur l'immense crucifix qui les domine.

La chaleur, l'humidité, les parfums, le vent de la mer, les puanteurs d'essence mal raffinée crachées par des moteurs déglingués, toutes ces odeurs me rejettent à Bangkok, Medan, Cotonou, Den Pasar, Saigon. De savoir que toute aventure m'est impossible, que la rencontre fortuite n'aura pas lieu, que je n'irai pas m'asseoir dans un bar à regarder comment fonctionnent les gens ici, m'a fait craquer. A côté de mon sac, pas encore défait, je me suis mis bêtement à pleurer. Par la fenêtre, au-delà des fleurs et des parfums, la plus belle baie du monde s'étale, indifférente, à moi absente.

Mon hôte m'apporte un whisky et demande :

« Qu'est-ce qui te manque le plus, depuis la perte de tes yeux ? »

Je réponds tout de suite :

« L'Aventure.

— Que veux-tu dire ?

— La vie qui par une conquête vous mène à une connaissance. J'ai l'impression d'avoir été jeté à terre.

— Sur le chemin de Damas ?

— Non, je n'ai entendu aucune voix. »

L'aventure, je sais déjà que je repartirai d'ici sans l'avoir rencontrée. Je suis enfermé dans un jardin de luxe avec une piscine, dans cette villa, et je n'ai aucun moyen d'y échapper, aucun.

Plus tard, au marché populaire dans la ville basse, je reste immobile à renifler les odeurs des épices, des fleurs, des corps en sueur, à écouter le piaillement des enfants, à toucher les paniers. Cette vie au ras du sol et les fruits en plein soleil me grisent, je me sens en cavale.

Dans la villa du haut de la colline, je me mets au travail. Trois heures par jour, je brasse l'eau de la piscine, et laisse le soleil opérer. Au bout de huit jours, brûlé et courbatu, je me sens déjà beaucoup mieux. Mon corps s'étant dilaté, je voudrais dilater l'espace alors que cette piscine, mille fois parcourue, semble s'être rétrécie.

Et c'est la Playa encantada, la Plage enchantée, déserte, juste un cabanon avec un vieux policier. Il a enveloppé son pistolet dans du plastique « pour qu'il ne rouille pas ». Le jour, il interdit aux vaches de brouter un parterre de fleurs maigres et la nuit, il empêche les voleurs d'arracher les tuiles du toit. Devant nous, le Pacifique immense et au bout de la plage, la Patagonie. Des milliers de kilomètres de sable, je suis ivre d'espace. Je saute, fais la roue et m'essaie pour la première fois à courir sans guide. C'est un acte anti-nature que de courir sans voir. Même si je sais qu'entre moi et la Patagonie il n'y a aucun obstacle, l'obsession du mur, de l'arbre, du rocher, du trou, doit être foulée aux pieds.

J'entre dans cette eau qui va jusqu'à la mer de Chine. Des rouleaux éclatent sur mon ventre. Un, puis deux, puis trois, je plonge dans la vague. Rafraîchi, je veux reprendre pied. Le sol a disparu. C'est si inattendu que j'en ai un choc et un peu de panique. Je me mets à nager vers la plage, mais ne retrouve pas pied. Je m'immobilise et sens tout mon corps frôlé par l'eau qui court, je comprends que j'ai plongé dans un courant qui m'entraîne. Je nage plus fortement et, soudain, reçois une vague en pleine figure. Je réalise que je m'éloigne vers le large. La pensée des requins augmente ma panique et me fait perdre le rythme de mon souffle. Si je ne me reprends pas, je suis mort. Le bruit des vagues, la largeur de la plage rendent les cris inutiles. De toutes les façons, j'apprendrai plus tard que l'homme qui m'avait accompagné ne savait pas nager. Il est environ deux heures. A travers mes paupières, je fais le point par rapport au soleil, présume de la position de la plage et me tiens à cette direction, sans plus la remettre en question, et nage et nage... c'est une question de Foi. Finalement, épuisé, je reprends pied.

A bout de souffle, je titube sur la plage, sans savoir quelle direction prendre. Le courant a dû me faire dériver par rapport au cabanon. Tout en marchant, je claque des mains et lance des appels. Au bout d'un moment, la voix de mon compagnon me prévient.

« Attention aux courants et aux requins ! le vieux dit que la plage est dangereuse. »

Il est bien temps ! La sourde agitation de l'océan qui m'avait parlé de liberté sur cette plage enchantée, maintenant je la ressens comme une menace.

La nuit est chaude et les criquets chantent, et je me demande comment je ressortirai de cette opération. Avec un bandeau noir sur l'œil puisque borgne, plus que borgne, et l'autre œil un peu trop fixe.

Ce soir j'ai envie de rire, de m'amuser, car ma tension intérieure est trop forte. Est-ce que j'en ressortirai monstrueux ? Et que ferai-je de cette vision, probablement très limitée ?

Ce soir, je bois, je bois du whisky chez cette Mme D. qui nous a invités à dîner. A peine arrivé, elle m'entraîne.

« Il faut que je vous parle... » et me fait asseoir à sa droite.

Les musiciens immédiatement nous entourent. Elle leur jette :

« Allez jouer ailleurs, vous me cassez les oreilles ! »

Je sens frémir les revolvers dans les étuis. Elle murmure :

« Vous savez, j'ai passé sept mois dans un camp de concentration à Cuba. »

Pourquoi diable me dire cela à moi ! Une excuse ? Champagne, violons, rires, feux d'artifice, visiblement, elle essaie d'oublier.

Elle me présente à l'ambassadeur de France puis s'excuse, me laissant seul avec cet homme. Quelques secondes s'écoulent et j'entends ses pas s'éloigner, sans qu'il m'ait adressé la parole. Un plouc! Visiblement, il n'avait pas de conversation prête pour ce genre de circonstance. On ne lui avait pas enseigné la partition.

Plus tard, une femme vient s'asseoir près de moi. Elle parle un drôle de français, se dit un peu française et la conversation devient hallucinante.
« Vous habitez français ? Connaissez-vous quelqu'un dont le nom est baron de Rothschild ?
— J'en ai entendu parler.
— Mon Dieu! Comme le monde est petit! Imaginez que c'est un grand ami à moi.
— C'est le monde de l'argent, madame, qui est petit. »

Deux soirs plus tard, un autre dîner est donné pour une chanteuse pop dont le nom, Olivia Newton-John, ne me dit rien. La salle à manger a un sol d'eau. La table, une immense plaque d'acier, est suspendue au plafond par des chaînes, un radeau supporte les chaises. Les serveurs ont un mal fou à maintenir leur équilibre et celui des plats.

A côté de moi se trouve un jeune garçon qui fait ses études à New York. Le nom de son université m'est inconnu.

« En fait, j'habite New York mais l'université est dans le Connecticut. Trois fois par semaine, je loue un avion pour m'y rendre.
— J'espère que vous avez de bonnes notes! »

Il ne comprend pas ma sollicitude.

Après ces deux dîners, mon harmonie est désorganisée. Mais qu'importe ! Le Mexique m'a donné ce que j'étais venu y chercher. Je grimpe la passerelle de l'avion d'un pied léger.

26

Samedi 23 février, je ne suis pas rentré à la clinique Barraquer. Hier, j'ai téléphoné, mon nom n'était pas sur le registre d'admission. Un peu étonné, j'ai demandé à parler au docteur A. Cette voix dont j'attends tout, dont chaque intonation est à mon espoir une nuance, me répond :

« Mais qu'est-ce que vous croyez ! Que je travaille pendant le week-end ?

— Pas du tout, docteur, et c'est pour cela que je vous avais téléphoné de New York.

— Vous avez téléphoné pour décommander l'opération. Je n'ai pas de temps à perdre avec ces détails, vous n'avez qu'à parler avec ma secrétaire. Venez lundi matin à dix heures, je vous examinerai.

— Dois-je amener un pyjama ?

— Je vous dis que, pour ces détails, vous n'avez qu'à consulter ma secrétaire. »

L'étrange malentendu entre le docteur A. et moi continue. Je ne comprends pas pourquoi cette brutalité. Il doit bien savoir pourtant sur quelle corde tendue de l'espoir mes pieds reposent, et l'équilibre de mon cheminement est si précaire. Ce qui me trouble le plus, c'est que je sais par ailleurs que cet homme, non seulement le meilleur du monde pour mon cas, possède également de très grandes qualités de cœur. Il opère gratuitement des patients sans ressource. Qu'a-t-il donc décelé en moi qui me vaille sa hargne? Je me demande si je ne suis pas tout simplement une victime de la guerre civile espagnole, si la dame importante de Barcelone dont la famille a des opinions franquistes bien connues ne m'a pas recommandé à mon insu. Le docteur A. n'est pas franquiste, je me suis renseigné, il vient d'une région d'Espagne où l'on pense à gauche et qui a beaucoup souffert de la victoire de Franco. Peut-être m'associe-t-il automatiquement à la classe politique d'une dame qui me « recommande ». Terrible et inutile malentendu! Dans le combat que je mène, cette lutte me semble une perte d'énergie. Je ne suis ni fasciste, ni riche.

La corde où je funambule est si tendue que j'interprète chaque vibration, chaque événement comme un signe prémonitoire. Etre opéré le jour de l'anniversaire de Valouchka me semblait, dans la dérive des astres, être la jonction idéale. Et puis il y a eu cet incident que j'écarte de mes pensées tant il m'a traversé et bouleversé. Arrivé à l'hôtel Colon, je paie mon taxi, empoche la monnaie et prends le bras du portier qui enlève mon bagage. A ce moment-là quelque chose de brutal et décidé entre dans la poche de ma veste, comme le groin d'un sanglier qui retourne la terre. Ma main attrape une main qui continue de fouiller. Je balbutie, je ne sais comment crier « Au voleur! » en espagnol. Le portier, à mon autre côté, qui ne voit et ne comprend rien me répond :

« Si, si, la puerta... aqui mismo. »

J'agrippe le poignet de l'homme qui se dégage avec cent fois plus de force qu'il n'en fallait pour me faire lâcher prise. La rapidité, la violence et le cynisme du geste laissent comme un brouillard de cauchemar dans ma tête et des réminiscences de la nuit de Mac Dougal Alley remontent. Il faut arrêter le processus immédiatement. Je dis au personnel qui s'agite maintenant, crie, commente, court dans la rue et aimerait m'en parler abondamment :

« L'argent est parti, l'homme aussi, il n'y a rien à faire. Alors n'en parlons plus. »

J'ai senti la peur de cet homme aussi dangereuse qu'un couteau.

La chambre se trouve au bout d'un entrelacs compliqué de corridors. Elle est petite, pas très propre et donne sur une cour. Pas un bruit n'y pénètre. La nuit s'avance dans le silence et la solitude. Je tourne et retourne et malaxe l'espoir à en devenir fou. A force d'écouter ses propres pensées, ma tête s'englue. Il est trois heures du matin. Il faut, il faut absolument que je parle à Valouchka, mais elle a changé son numéro de téléphone pour annuler la tentation. Je connais le nom d'une de ses parentes à Paris. Rapidement, les renseignements m'en communiquent le numéro. J'imite la voix autoritaire d'un businessman arabe, peu enclin aux politesses. La pauvre femme, éveillée au beau milieu de sa nuit, est trop contente d'aller chercher le numéro, pour se débarrasser de moi. J'appelle New York, mais le standardiste a dû s'endormir car mon téléphone reste déconnecté.

Au fond de ce cubicule qui sent la poussière, mon dernier lien avec le monde vient d'être coupé. J'ai beau titiller l'appareil, il reste mort. Pas question de rester dans cette trappe étanche. Il faut aller secouer le veilleur endormi. J'erre dans ces corridors, effleure des moulures, des portes — nulle fenêtre. J'entends des couloirs s'ouvrir tantôt sur la droite, tantôt sur la gauche et passe une porte de vitrail qui grince abominablement. Je localise un escalier qui monte mais n'en trouve pas la contrepartie qui devrait descendre. Je cherche à garder mon orientation car, sans cela, je ne serai même plus capable de retourner à ma chambre. Soudain un ronronnement, entrecoupé de soupirs étouffés, l'ascenseur. Un client attardé « Buenas noches ». J'empêche la porte de se refermer et m'engouffre. J'appuie au hasard vers les boutons du bas, m'attendant à déclencher une sonnerie d'alarme. Mais non! et l'ascenseur s'arrête en hoquetant dans le hall. Grommelant, l'homme reconnecte ma ligne. Moi cela m'a pris presque une heure de Charybde en Scylla, pour arriver jusqu'à lui, mais je préfère qu'il ne le sache pas.

Je retrouve assez facilement ma chambre mais tourne quand même lentement la poignée, entrouvre la porte et écoute si je n'entends pas une respiration, car enfin, dans cet hôtel les portes sont toutes identiques. Je compose le numéro de Valouchka mais là-bas, de l'autre côté de l'Atlantique, le timbre se répète cinq fois, dix fois, quinze fois, elle n'est pas chez elle.

Le temps est immobile et dans le silence, je palpe les aiguilles de ma montre qui semblent soudées au cadran. « Je vous examinerai », que veut-il examiner de plus ? Peut-être ne veut-il plus ouvrir, ni tenter la grande opération. Ce que je veux, c'est m'allonger sur sa table et qu'il m'opère. Je suis certain que si nous en arrivons là, son génie et ma foi me rendront le monde visible. Pour me glisser jusqu'à son billard, je serai d'une souplesse de serpent. Ni les rebuffades, ni les rudoiements ne m'arrêteront, je les contournerai.

Au petit matin j'entends, très lointaines par-dessus les toits, les cloches de la cathédrale. C'est dimanche et l'Espagne dort. La sonnerie du téléphone met en pièces la solitude et, sous-marine, la voix de Valouchka :

« Il ne t'a pas opéré ! »

J'explique, elle me calme :

« Ça ne fait rien, j'ai confiance, ne sois pas minuscule, c'est un homme extraordinaire. Il va t'opérer. Ne reste pas seul, téléphone à Antonio. »

Et le silence se referme comme un cocon sur sa voix qui, toute la journée, chantera dans ma tête. Elle m'est un balancier dans cette traversée de funambule. Je n'ai envie de voir personne; je téléphone toutefois à Antonio qui s'indigne que je ne sois pas descendu chez lui et l'invite à dîner. Il est pianiste, ce que j'ignorais, et joue magnifiquement les Variations de Golberg.

Le lendemain matin, il m'accompagne à la clinique et je suis tout étonné lorsque la réceptionniste accepte de reconnaître que j'ai bel et bien rendez-vous avec le docteur A. à dix heures. La foule est là avec son odeur de sueur et de tabac fort et ses enfants qui butent dans mes jambes en se raccrochant à mon pantalon. Antonio doit repartir mais je n'aurai guère à attendre.

Je suis introduit dans le cabinet du docteur A. et, connaissant déjà le chemin, évite les manipulations intempestives de la secrétaire. Je remets la tête dans cet appareil froid, la voix du docteur A. est cordiale, ne dit rien de mes lunettes, ni du malentendu du 23 février. Puis il recommence à tester mon sens de la projection avec la petite lampe électrique « et-maintenant-oui... et-maintenant-non... et-maintenant-oui... où ça.. là, et-maintenant-oui... où ça... ici ». Et de nouveau je mens. La lumière totalement diffuse dans ma tête semble venir de toute part. L'important, je le répète, c'est d'arriver sur cette sacrée table d'opération.

Il retourne à son bureau, reste un long moment en silence :

« Vous voyez très bien la lumière, mais vous ne savez pas très bien si ça vient d'en haut, d'en bas, de gauche ou de droite. Il faut ouvrir, c'est le premier pas avant de tenter l'odontokératoprothèse. Demain j'ouvrirai les paupières, seulement les paupières... vous comprenez... Vous venez à jeun. Avec votre atrophie et si votre projection n'est pas bonne, il n'y aura rien à faire. Je veux que cela soit bien clair, O.K. ? Pas de question ?

— Si ! si cette opération est positive, quand commenceriez-vous la grande opération ?

— Nous saurons dans deux jours et ce sera probablement tout parce que je pense que cette première intervention sera négative. Comprenez bien, bien, bien...

— D'accord, j'ai compris. Mais disons qu'en cas de miracle...

— Dans le cas de miracle ? Parfait. Alors, vous entrerez en clinique la semaine suivante pour la première phase. D'accord ? Pour éviter l'hémorragie, vous achetez à la pharmacie ces piqûres que je note ici et vous en faites faire une ce soir et une demain matin quand vous vous présentez ici pour l'opération. Je veux que vous ayez bien, bien, bien, compris — on ouvre simplement les paupières — et que vous ne me disiez pas après que je vous ai dit autre chose. A demain matin, neuf heures. Mademoiselle, appelez la personne qui accompagne M. de Montalembert.

— Je suis seul.

— Mais comment ? Vous ne pouvez pas faire cela seul... Des amis, de la famille ! »

Je l'entends marmonner :

« Non vraiment, on n'agit pas ainsi ! »

Prise de sang, tension, rythme cardiaque, réflexes, les derniers petits détails qui me prouvent, s'il en était besoin, que c'est imminent. Le stéthoscope s'applique sur ma peau encore brûlée de soleil mexicain. Comme toujours, l'approche de l'action clarifie ma tête. Je déteste l'attente, la monotonie et la routine. Et pourtant, c'est avec ces ingrédients-là qu'on bâtit des empires. Je ne suis pas un bâtisseur d'empires, j'aime vivre et j'aime à communiquer cet appétit.

Et ce soir j'ai envie de hurler ma joie de vivre, de rire avec tout le personnel de la clinique Barraquer et, en mon âme, je te chante, Valouchka, toi qui m'as initié sur ce chemin de lumière, qui par amour vas me jeter sur cette table d'opération. Je te hurle pour qu'en dépit de tous les téléphones censurés, tu l'entendes.

Dehors, sur les marches, là où ce Suédois fut poignardé quelques mois auparavant, l'air est doux et embaume d'un printemps impatient, les jasmins ont éclaté. La Méditerranée, là-bas au bout de la ville, se repose des grands viols de l'été. Si tout va bien, je reverrai la mer et l'été... et le visage de Valouchka pour la première fois.

Taxi ! Je vais chez Antonio où il y a fête. Je suis déjà ivre, ivre d'impatience et d'espérance. Piano, guitare gitane, une jeune fille appelée la Panthera gifle le parquet de la plante de ses pieds. Une tequila fleurit des cactus dans ma poitrine. Aïe... que la fête dure car je ne peux dormir. Aïe... comme elle vous fait frémir ! la guitare de Paco de Lucia. Et ce vin catalan si lourd que lorsqu'il se renverse on peut le ramasser et le jeter dans la corbeille à papiers. Aïe... quelle est cette douleur ? ce sont tes yeux noirs qui sans cesse me regardent. Laisse-moi me saouler de musique et d'alcool car la joie m'étouffe. « Ce n'est pas une très bonne préparation à une opération », dis-tu de ton air pincé. « Regarde comme je suis fort... je peux traverser le mur ! »

Il faudra au petit matin secouer Antonio pour qu'il me conduise à la clinique car je ne connais ce quartier et ne sais où sont les taxis.

On me donne une chambre et tout de suite je me mets au lit dans ce pyjama acheté pour la circonstance. Dans ce vêtement étranger qui sent l'apprêt et me gratte j'attends, me sentant un peu ridicule d'être là dans ce lit sans être malade ni fatigué. Un infirmier m'injecte la dernière ampoule de coagulant. Antonio est reparti en s'excusant : sa mère, la dame importante, devant se faire opérer de la vésicule biliaire ce même matin. Sur la table de nuit, il y a un téléphone dans lequel j'aimerais tant entendre la voix chantante.

J'attendrai ainsi jusqu'à midi moins le quart. Soudain des pas précipités. « Venez, le docteur va vous opérer. Venez ! »

J'avais cru que cela se passerait comme à New York et que je partirais sur un chariot au bloc opératoire. De chaussons, point. Tout comme les pyjamas, je déteste les chaussons, c'est donc en chaussures de tennis que je m'avance dans le corridor, on me presse, il semble que le docteur soit en retard sur son horaire. Nous marchons jusqu'à un ascenseur qui nous dépose un étage plus bas, marchons encore dans des couloirs, prenons un autre ascenseur et descendons plus bas, jusqu'à un sous-sol. Nous suivons des galeries catacombes. J'ai bel et bien l'impression d'arriver au cœur du labyrinthe, là où se tient, aujourd'hui anesthésiée, la bête aveugle. Les murs se resserrent et les portes finissent par être si basses que je suis obligé de me plier en deux pour ne pas me buter le front. Finalement, on arrive dans ce qui me semble être un placard. Bruit de vaisselle, d'instruments d'acier contre l'émail des cuvettes, toute cette cuisine de salle d'opération. Des mains m'habillent et me couchent dans une gouttière molletonnée dans laquelle je suis immobilisé. Un bonnet est fixé sur ma tête. L'anesthésiste s'empare de mon bras droit et me dit en introduisant l'aiguille :

« Vous allez sentir une odeur de pizza napolitaine. »

Effectivement, un goût d'ail m'envahit la bouche. Je suis bien au bord du bassin méditerranéen où même les liquides anesthésiants sentent la cuisine.

Voilà, je viens de me réveiller et m'essaie à parler au magnétophone. Mais le pansement, comme un poulpe, paralyse ma figure. Il est environ deux heures. Dans ma bouche, l'ail est devenu benzine. J'ai mal au crâne mais la tête fonctionne. Les yeux tirent un peu. Discrètement, je soulève les adhésifs, ce qui relâche ma lèvre supérieure. Et j'attends, j'attends avec impatience de voir le docteur A., de savoir le résultat de son investigation. A tout hasard, je touche mes dents, bien que je sache que ce n'était pas pour cette fois. J'ai faim, j'ai soif et j'ai envie d'une cigarette. Peu à peu les effets de l'anesthésie s'estompent et les douleurs arrivent « ultra-violettes », comme dirait Valouchka. Finalement une infirmière accepte de me porter un café et une madeleine, elle m'informe que le docteur A. ne passera pas avant demain matin. Quelle déception ! Pourquoi attendre demain matin ? Valouchka n'a pas téléphoné. Décidément ma vie est bien étrange, on m'ouvre les yeux pendant que je dors et on me les referme dès que je suis réveillé.

Il est dix heures du soir. Le docteur A. vient de partir. Je n'ai pas eu à attendre demain. Il m'a dit :
« Vous allez rester calme, monsieur de Montalembert, vous n'allez pas vous énerver... »
Et mon cœur a bondi... de joie car qu'est-ce qui pourrait bien m'exciter, si ce n'est l'espoir, la possibilité d'un futur différent. On va faire l'opération. Je vais revoir, mal, d'accord, mais plus ce noir. Plus cette cloison entre vous et moi. Pas cette chose contre laquelle se bute mon regard. Je vais pouvoir porter mes yeux ou même mon œil au loin, me libérer de cette claustrophobie, sortir du labyrinthe d'ombre et trancher la gorge au Minotaure.
« ... Vous allez rester calme. J'ai ouvert vos paupières et il n'y a rien à faire. »
La suite du discours, je la perds « ouvert... paupières... atrophie... projection... très mauvais ». Aucun, aucun espoir. Il n'y a aucun espoir. Je mourrai aveugle. Je m'empêche de pleurer de peur que mes larmes ne brûlent mes yeux opérés. Je suis glacé, je tends la main, qu'il me prend.
« Merci, docteur, d'avoir essayé et aussi de ne m'avoir jamais menti. Vous m'avez toujours dit qu'à votre avis, il n'y avait rien à faire.
— Je resterai en contact avec vous. »
Il prend mon magnétophone miniaturisé.
« Il y a dix ans, on ne savait pas qu'on ferait de tels instruments. Maintenant, avec la cybernétique et d'autres sciences de ce genre, les chercheurs inventent tous les jours. Peut-être, dans dix ou vingt ans, pourrai-je tenter quelque chose. Si vous aviez quatre-vingts ans, je vous dirais

qu'il y a une possibilité mais qu'il faut attendre et vous mourriez avec l'espoir. Mais vous êtes jeune et il vaut mieux que vous envisagiez la vie telle quelle. Mais ne restez pas seul ! »

Sa voix est incroyablement douce et je sens qu'il est crucifié. J'ai tellement besoin de parler à Valouchka et, en même temps, j'en ai peur. Elle a tant lutté pour cet espoir. Elle a tant voulu que je revoie. Je ne sais comment le lui annoncer. Je me sens très fatigué. Je me suis battu, battu seul, comme ce genre de combat doit être mené. Je me suis bien battu et finalement, je suis vaincu.

Tant de questions se posent. Que va être ma vie pour ces quarante ou cinquante années à venir ? Je suis calme mais entends dans ma poitrine à quelle tristesse lente bat mon cœur. Je n'en veux ni à Dieu, ni à la vie, ni à moi-même.

Une nurse qui parle italien dépose une pilule somnifère sur ma table. Je ne sais si je l'utiliserai, mais si c'est nécessaire, je n'hésiterai pas.

Silence. Je suis seul dans cette chambre. Personne n'appelle. Le téléphone ne sonne pas. Cela vaut mieux. J'ai peur que les gens aient peur. Certains d'entre eux étaient si sûrs. Ils me disaient même quel œil allait revoir. Heureusement j'ai toujours pris cela pour ce que c'était : leur intense désir de vouloir me voir recouvrer la vue. Je sais que je peux craquer aujourd'hui, cette nuit, demain ou plus tard. Il se peut que je craque, je ne suis pas sûr de moi. La situation est suffisamment horrible pour que je sois bien averti du danger. Je retrouverai ma force mais pour le moment, je me sens vaincu. Je songe à Valouchka... à l'Ile... j'aurais tellement aimé cette rencontre inattendue et la voir, tout à coup, un soir au bord d'un temple, à la lueur des lampes à huile, comme pour adoucir cette vision à moi nouvelle et nos regards qui se croisent tant bien que mal.

Il est indéniable que j'ai perdu la bataille — physiquement. Je m'interroge sur cette vie caillée qui m'attend. Par la fenêtre me vient la lente musique d'une fontaine dans le patio, comme une vie qui s'écoule et se perd. Il n'y a rien de plus vide qu'une tête brûlée, mais je me doute maintenant de ce qui peut allumer de tels incendies. De cette brûlure, de ces cendres, nulle fleur ne peut renaître. Aho... que vais-je devenir ? Il est là qui me regarde et voit si loin, si loin au-delà de moi. Il y a dans ses yeux cette buée mélancolique, cette réflexion qui toujours me donne le vertige.

« Les hommes pensent souvent que leur destin individuel, c'est tout. Ce sont des fous. Il suffit de contempler Mahù, le Créateur lui-même, car il est plus grand que le destin. Il est l'Homme du Monde, Mahù Logpé Yewé. Lui seul fixe l'extrême connaissance que l'homme sera autorisé à acquérir de lui-même et de sa destinée. Tes yeux sont des coquins, ils sont partis dans le monde des morts sans t'attendre. Les yeux servent à déceler le danger, ils ont devancé la mort, cela veut dire que le danger ne viendra plus du monde visible.

— Mais, Aho, ils me servaient aussi à déceler la beauté !

— La beauté, c'est cette ombre que chaque objet, chaque personne porte en signature du Créateur, comme je te l'ai enseigné. Déjà tes doigts touchent le cœur des choses. Tu verras ce que la lumière rend invisible. Tu verras la petite ombre dans l'ombre. Tu verras la beauté — la signature. Ecoute cette fontaine, n'en vois-tu pas chaque gouttelette ? »

C'est vrai, j'en vois et scrute chaque gouttelette comme l'eau d'un diamant.

J'ai pris le somnifère et ce matin me suis

réveillé avec ces mots qui martèlent ma tête. « Pas d'espoir, pas d'espoir ». La vie est une formidable enclume qui peut vous forger ou vous briser. Le pansement s'est distendu et la douleur est supportable. Quelle défaite, quelle honte bien que je ne sache par rapport à quoi. Partir pour l'Ile et mettre Valouchka devant le mur d'une telle réalité. Que faire ? Quitter New York, venir à Paris où peut-être la vie intellectuelle serait plus facile, car ma vie physique me semble définitivement abîmée.

J'ai téléphoné à Valouchka pour lui dire que je ne la verrai jamais. Elle n'a pas dit un mot. Il y eut un long silence. J'entendais toute proche sa respiration. Je lui dis au revoir et raccrochai. Voilà, je vais quitter la clinique Barraquer et me sens aussi vide qu'une femme qui viendrait d'avorter.

27

TRENTE-SIX mille Tartares dévalent au galop et piétinent ce soir mon âme. Trente-six mille Tartares, ivres de viol, ce soir te dévastent en moi. Trente-six mille Tartares, de leur sabre, ont fendu l'espace qui nous unissait. La folie s'est éteinte et l'ordre établi a repris ses droits et ses rites rassurants. Moi, je reste sur ce sable noir et mon âme répugne à t'aimer. Je voudrais poser simplement le bout de mes doigts sur toi. Que ma lumière ravie soit un objet d'horreur, je le comprends. Je me sens exilé de ta beauté et surtout de ta lumière. Ce qui me bouleverse, c'est que tu m'aies rendu si fou d'amour. Maintenant, je suis si près de toi que j'ai froid auprès des autres et cette blessure au côté leur est une menace. Je me réveille la nuit, trempé de sueur que, dans mon rêve, je croyais être tienne. Je suis en solitude de toi en compagnie de ton absence. Parfois le vent m'apporte l'odeur de ton sexe et je rêve de fleurs pâles que je pénètre. Vaincue, tu t'es enfuie en me laissant évanoui. Il le fallait, déjà tes yeux devenaient plus ternes car mon sort est comme une lèpre. Curieusement, c'est bien plus toi qui as été vaincue à Barcelone lorsque le docteur m'a annoncé « Il n'y a rien à faire ». Je ne savais comment faire face à ta douleur, comment t'annoncer la permanence de ma lèpre. J'auscultais ton âme et je l'entendais murmurer « Je veux vivre, vivre, vivre ».

Pourquoi suis-je revenu dans cette île, alors que le vent qui se lève chaque soir me donne le signal d'un départ désormais impossible ? Le roulement des vagues dans la nuit maintenant m'effraie, car l'avarie est grave et je risque, en répondant à l'appel, de couler à pic. Je me sens au bord de cette mer tropicale, une coque éventrée comme il y en a tant au fond des ports par ici. La ligne est encore belle et vous fait penser qu'il suffirait de hisser les voiles pour voir la coque filer, coupant les vagues d'une trajectoire parfaite. Ne voyez-vous pas ce trou béant sous la ligne de flottaison ? Si belle est la ligne du navire, si libre la mer que l'on ne veut voir la membrure éclatée. Celui qui passe dit en regardant le bateau : « C'est très réparable. » Il ne voit même pas le haussement d'épaules de cet homme assis dans le sable, le capitaine du bateau.

Combien de gens m'ont dit : « C'est réparable. Vous reverrez. Je ne peux pas vous expliquer pourquoi, mais je le sais. » Une femme qui travaille à la Lighthouse, femme intelligente et rationnelle, me confie : « Ecoutez ! Je ne sais comment vous dire, j'ai l'habitude des aveugles mais avec vous je ressens quelque chose de différent. Vous reverrez, au moins d'un œil. » Et cetera... c'est réparable, tout le monde est d'accord, c'est très réparable. Tout le monde, sauf les docteurs et le capitaine.

Valouchka, c'est différent, car elle ne s'est pas contentée de regarder la coque et de dire un jour ça reflottera. Elle m'a jeté sur la table d'opération pour réparer l'avarie. Après le verdict annonçant l'irréparable, sachant qu'elle ne pourrait jamais faire voile et s'enivrer de la liberté dont même éventré je témoigne encore, elle s'est éloignée tristement. La douleur de l'absence de son regard m'a arraché à l'ensablement. J'ai hissé la voile et, faisant eau de toute part, je suis parti pour ces rivages que je lui avais décrits et où je savais qu'elle irait. J'y suis parvenu, mais terrifié. Plusieurs fois, j'ai cru couler à pic, passant des nuits à écoper l'angoisse qui monte par la brèche à fond de cale. Et quand, finalement, je l'ai rejointe, plus encore avais-je l'air, sur le rivage de mon ancienne liberté, d'une épave pathétique. Je l'ai bien entendu dans sa voix soudain renversée en arrière et ma fierté ne l'a pas accepté. Je ne l'ai plus revue et elle ne m'a pas cherché.

La chambre de cet hôtel sans client sent le moisi. Je tâte le pouls de la nuit et gobe la rumeur du silence. Je me sens enfermé dans ma peau. Je ne sais plus rien et suis dans les limbes qui précèdent la naissance ou l'agonie. Au fond de ce puits, la convoitise s'épuise et dans le temps qui s'étire, plus rien ne bouge, pas même un courant d'air. Je n'écoute plus, je n'attends plus. Dans la septième tour de silence, vers le soleil je m'élance. Dans la huitième tour de silence, je secoue mes cendres. Dans mes veines coulent des braises de lune. Les murs autour de moi pierre à pierre s'élèvent, pierre à pierre l'épaisseur devient infranchissable. Vide, angoisse, vacuité comme une seule lourde poutre sur la mer. Il faudrait crier mais comment contraindre la lune à être soleil. A ce point, le noir devient presque une présence amicale. Je cède à l'ombre qui triomphe.

J'ai perdu le secret de la lumière et l'enfance recule devant le désert qui me fait peur. Je m'abandonne et me noie à ces ténèbres irrespirables. Je ne pense plus, le silence me rêve. M'évader, m'évader... m'évaderai-je jamais? La mer, derrière le mur roule un grain de sable que je n'attraperai jamais. Tout s'éloigne, sauf les murs. Voilà la vie qui me suicide! Je me parle et la voix est celle d'un ennemi. Il y a sept ans, j'avais confiance, mais aujourd'hui, comment croire? Une bête noire est assise sur mon épaule et courbe ma nuque. Où donc s'est enfuie ma solitude... ou est-ce toi qui me l'as volée? Je roule au fond de l'océan, quelle souffrance! Et les monstres s'enfuient vers moi à tire-d'aileron. Je suis fatigué et voudrais m'allonger sur la courbe de l'horizon.

Il y a sept ans, je suis venu dans l'Ile après l'horreur du Viêt-nam. On m'avait dit qu'ici on pouvait croire de nouveau à la beauté du monde et c'était vrai. Venu pour un mois, j'y suis resté un an. J'ai tout vu, les volcans, les fleurs, les danses, les rivières, les temples. Je suis parti là où il n'y a plus de routes, où l'on me disait qu'il n'y avait rien à voir, ce qui signifiait en général que la réalité y était plus brutale. Je suis parti avec les pêcheurs de tortues sur des rafiots de bois vers les îles d'où l'on veut fuir. Il y a sept ans.

En revenant ici, j'ai l'impression d'avoir récupéré une partie de moi-même que j'y avais laissée. J'ai marché dans l'Ile en butant dans les tombes de ma propre vie. Des gens, des musiques, des odeurs, la petite danseuse Agung maintenant mariée, la voix des enfants, les bruits de la mer, comme autant de tombes que je bouscule, que je tente d'ouvrir. Les premières nuits je voulais fuir, prendre l'avion dès l'aube, le premier avion demain matin, retourner parmi les miens dans ma culture, m'abriter derrière les murs de mon enfance. Chaque nuit je veux fuir l'absence si présente de Valouchka qui se trouve quelque part sur l'Ile. Mais l'aube arrive, pleine d'oiseaux qui dissolvent l'insomnie noire.

« Salamat Pagi ! Me reconnais-tu ? »

C'est Parwata, venu avec moi il y a sept ans sur le bateau Bugis, avec qui j'ai fait naufrage deux fois. Parwata, beau comme Arjuna, une crinière de lion noir encadre un visage impérieux de fierté. Parwata qui, d'un regard, faisait basculer le cœur des juanitas de Alas et de Sumbawa Besar, dont les yeux perçants déchiraient les voiles violets des filles de Solo. Champion de lutte martiale, à vingt-deux ans le corps sillonné de coups de couteau, prêt à toutes les aventures, à tous les trafics, pourvu qu'il y ait du danger et de l'argent à gagner. Il y a sept ans, Parwata refuse la médiocrité dont ses compagnons s'accommodent. Il est un flamboiement d'orgueil et de courage.

Sept ans plus tard, la voix est plus épaisse, il a grossi. Il travaille à la réception de l'hôtel, sous les ordres d'un Chinois. Il s'est marié, trois enfants mais à la façon dont il en parle, je sens bien que c'est sa femme qui l'a marié. Elle tient un salon de beauté à Den Pasar. « Oh ! pas quelque chose pour les touristes », dit-il avec une modestie que je ne lui connais pas. « No, no ! Just a local beauty saloon. » Il parle anglais maintenant pour le travail de l'hôtel. Il s'assied sur mon lit et nous évoquons les îles, le vieil Abdul Jemal, la fille du policier de l'île Sapuka. Il se souvient aussi de la mosquée d'une petite île, Kubang Lemari, dont nous avions utilisé la fontaine aux ablutions pour nous dessaler de quinze jours de mer, laissant sous l'œil étonné de la population une eau blanche de savon. Il me donne des nouvelles de Paksouni, le capitaine, qui vit dans l'îlot de Sakenan où l'on peut aller à pied à marée basse. Nous évoquons mais nos cœurs n'y sont pas, lui par manque de futur et moi par manque de départ. Et la fille de Lombok, morte d'amour en écoutant des flûtes dans le vent, jouées par son fiancé tué à Java. « Il joue pour moi », disait-elle. C'était il y a sept ans, c'était dans une autre vie.

En ce temps-là, je traversais le miroir continuellement et vivais alternativement de part et d'autre. Cela créait une certaine schizophrénie, un jour Idanna disparut, je ne sais de quel côté du miroir.

« Il faut aller voir Paksouni tout de suite. »

Nous hissons la voile d'un *ju kung* et d'un coup de vent abordons l'île Sakenan. Paksouni n'est pas encore revenu de sa nuit de pêche et nous l'attendons sur une plate-forme de bambous en buvant du café noir et très sucré.

Paksouni est un vrai capitaine, il ne marque aucun étonnement à me voir et il s'écoulera une bonne heure avant qu'il ne pose des questions sur mes yeux. En attendant, c'est moi qui lui en pose :

« Et ton bateau ? le Labuan Sinar.
— Sudah rusak, déjà foutu.
— Et ton beau-père, le vieil Abdul Jemal ?
— Sudah mati, déjà mort.
— Ah !... et ta femme ?
— Sudah mati. Sekarang saja orang meskin. Maintenant je suis un homme pauvre. Te rappelles-tu que tu m'avais promis une lampe sous-marine pour pêcher la nuit ? Sekarang hidup sukar ! La vie est dure aujourd'hui. Pour trouver

le poisson, il faut aller loin et mon bateau est trop petit. »

Trois heures du matin, dans la baie d'Alas, il fait nuit, le pont du bateau résonne des talons affairés des marins. Paksouni donne des ordres brefs. Le vent s'est levé, il faut en profiter et partir. C'est un bon vent. Bientôt il y a un frémissement derrière le volcan, c'est l'aube qui commence et le Labuan Sinar, les voiles gonflées, glissant sur une bonne gîte, va à sa rencontre. A regarder le monde naître, les marins sont silencieux. Il n'y a que les injonctions de Paksouni, le meilleur capitaine de la mer des Célèbes. C'était il y a sept ans.

« Achète un bateau, je peux réunir le meilleur équipage. Je connais toutes les îles, toute la mer, on peut faire des trafics qui rapportent de l'argent. Ado! Banyak wang. Je veux me remarier. » Il rit, désabusé. Il doute qu'avec mes yeux crevés, j'aie envie de retourner sur la mer. Moi je songe. Je songe que de toute façon, on ne peut rattraper le passé et qu'il vaut mieux même lui tourner le dos brutalement.

28

Il me faut quitter cet hôtel désert et cette plage où je risque encore de rencontrer Valouchka. J'ai trop entendu ses pleurs lorsqu'elle m'a dit « Eloigne-toi de moi, je t'en prie. » Je vais aller me cacher dans les rizières, dans le village de Sidakaria, chez mon ami Putu Suarsa et j'y resterai jusqu'à ce que l'Ile ne soit plus hantée de sa présence. Ida Bagus, ce borgne fils de brahmane qui travaille dans le petit hôtel où elle est descendue, sera mon œil.

Putu Suarsa est déjà là avec sa moto. Je rassemble mes affaires et quitte cette chambre moisie, comme on abandonne un cauchemar. Le moteur éclate comme un jeu de cymbales et, avant d'avoir eu le temps de songer si c'était bien raisonnable, je me retrouve accroché d'une main à la ceinture de Putu, tandis que de l'autre, je retiens mon bagage. Nous filons vers le village sur une route qui s'infiltre entre les rizières. Le vent me lave de toutes les mauvaises sueurs.

Demain, c'est Kuningan, la fête de la moisson. Les maisons résonnent du dépeçage des tortues, nourriture sacrée des fêtes. J'écoute les gens du petit village de Sidakaria. Ils sont nés là. Ils mourront là. Ils seront brûlés là par leurs enfants auxquels le même destin est promis. J'écoute

Putu rire avec son fils de trois ans qui prendra soin de sa crémation. Bien sûr, le soir est un peu monotone au village et ils rêvent d'ailleurs. Ici les maisons sont assises sur les cendres des ancêtres et derrière, au-delà des bosquets du jardin, la rizière, quoi qu'il arrive, les protégera, eux et les enfants de leurs enfants, comme les pères de leurs pères.

Peu à peu, oublié dans ce village, le calme renaît, le silence se fait et la musique s'instaure. Musique de bambou, musique de gamelang, musique de flûte, et les oiseaux.

Pourquoi suis-je resté ? Je soupçonne qu'inconsciemment, ici, mon cerveau croit qu'il va revoir. Dans cette île, les paysages, les couleurs, les images sont plus forts que nulle part ailleurs et l'horizon se courbe plus lentement. Plus fortes, j'ai voulu croire que les images perceraient mon aveuglement et effectivement, jour après jour, elles surgissent. Je me laisse envahir par des milliers d'informations. Les sons, les odeurs, le toucher, la parole des habitants de l'Ile et ma mémoire du passé, finissent par agir. Je vois les rizières, je vois les collines, je vois la mer. Les tombes se sont enfoncées dans le passé auquel elles appartiennent. Peu à peu la confiance renaît et la vie coule doucement.

Et comme toujours quand la vie reprend, c'est la mort que l'on rencontre. Une nuit de chien hurlant enveloppe le village. Ils hurlent à la mort, à la mort de la mer qui se meurt là-bas, du côté de Kampung Bugis où la rivière pleine du dégoût des rizières vient se vomir dans une lagune blanche de sel. Une nuit poignardée d'étoiles assiège les toits. Nous nous serrons contre un feu de bois qui encense silencieusement. A la césure de deux mondes, je m'angoisse et espère alternativement, de vide et de mystère. Un arbre frissonne sans que le vent y soit pour quelque chose, comme un haussement d'épaules aux pensées qui m'étonnent. Il y a soudain sur la route de terre qui traverse le village un piétinement, des gens passent en silence. Putu Swarsa joue doucement de la guitare et son cousin Madé chante. Au bout du village, le hurlement des chiens atteint un mode si aigu que je m'inquiète. Putu s'arrête.

« Quelqu'un est mort. Ils viennent de le porter en terre en attendant la crémation. Le mort est jeune, voilà pourquoi les chiens hurlent si haut. »

L'air est si épais que l'on a du mal à l'avaler. Il semble que ricane dans le vent la sorcière Rangda qui déchire à pleines dents le grand lotus bleu.

« Allons dans un *warong* boire un verre d'arak », dit Madé le cousin surnommé « Poisseux » car il est aux jeunes filles comme la glu aux palombes.

Putu, qui reste, lui fait des recommandations que je n'entends pas. La moto démarre et déjà l'air frais détend les nerfs. Lorsque soudain, en trois explosions, le moteur s'arrête. Madé saute à terre et se met à courir à toute vitesse en poussant l'engin et en criant des paroles inarticulées. Je n'ai que le temps d'agripper le siège arrière et de suivre moi-même en courant. Enfin un demi-kilomètre plus loin, il s'arrête à bout de souffle, remet la moto en marche et repart sans avoir répondu à ma question. Ce n'est que devant le verre d'arak qu'il libère son cœur :

« Putu m'avait bien dit : « Ne passe pas devant « le cimetière. La mort est trop récente, l'esprit « est encore agité. » Mais je suis paresseux et il fallait faire tout un détour. Et voilà que devant le cimetière, le mort arrête ma moto. »

Maintenant, il rit car dans l'Ile les esprits sont aussi farceurs que les vivants, et il se tourne vers la fille qui nous a servi l'arak. A sa voix de tigre timide, je sais que la *jegeg* est belle.

De temps à autre, nous allons nous baigner en face du temple de Merta Sari, là où la plage descend doucement et où la mer calme, paresseusement réchauffée par le soleil, permet les longues discussions immergées. Ce jour-là, une voix australienne me dit :

« Mon nom est Bret, comment est-ce de faire l'amour lorsqu'on est aveugle ? Excusez-moi, je me présente... »

Il me prend la main et se la fourre dans les cheveux qu'il a bouclés et drus.

« Des histoires courent sur vous dans l'île...
— Ça ne m'intéresse pas.
— On dit qu'ils vous ont coupé la queue. D'autres disent que vous êtes de la mafia et que c'est une vengeance. En vous voyant je n'y crois pas. Dommage ! »

Il rit. Et puis pendant une heure, il me décrit tout ce qui se passe : les enfants que j'entends rire, le jeu du soleil dans les gerbes d'eau dont il s'asperge, le glissement d'une voile mauve qui lie le bleu cobalt de la mer à l'azur et la disparition dans des brumes de l'îlot Sakenan au fur et à mesure que monte le soleil. J'écoute sa description. L'espace est organisé, les couleurs distribuées, les valeurs attribuées. Bret est peintre et Whitley est une signature prestigieuse à New York, Londres et Sydney. Il a ce regard du peintre qui va d'abord de l'intérieur vers l'extérieur, puis au-delà. Ainsi celui qui regarde le tableau va de l'extérieur vers l'intérieur, et dans les deux cas, il faut être en mesure de voir au-delà des objets, au-delà des visages, au-delà des paysages. Avec Bret l'image intérieure s'impose. Non seulement il voit le monde extérieur mais il le crée.

La plupart des gens ne vont pas au-delà et n'ont pas d'image intérieure. Ainsi je demande :
« Qu'est-ce qu'il y a ?
— Un palais.
— Mais ce que j'entends ?
— Des musiciens.
— Il y en a beaucoup ?
— Pas mal. »

Cela s'appelle poser son regard sur le monde sans en attendre rien. Nous étions en fait devant le palais de Gianyar trépidant d'intensité, car le frère de Raka que je n'ai pas vu depuis sept ans se marie. Je ne le saurai que le lendemain par la rumeur publique.

Bret, lui, lorsqu'il me décrit la vie, il peint. D'abord à larges coups de brosse puis, pour les détails qui lui semblent plus significatifs, au pinceau de martre. Parfois il me prend un doigt et lui fait décrire dans l'espace la composition du paysage qui est devant nous. Entre ses mains mon doigt est un pinceau. Et pourtant Bret, si intensément vivant, me fera aussi rencontrer la mort. Sur cette plage il me dit :

« Jo va mourir. Nous sommes tous là pour ça. Ma femme, ma fille, la femme de Jo, sa fille, et puis encore deux autres amis. Jo est sculpteur, il a trente et un ans, les médecins l'ont condamné. Il est rongé par le cancer. Ils lui donnent un ou deux mois à vivre. Cela fait quatre semaines que nous sommes là. Jo est mon seul ami, il est plus que mon frère. Viens le voir. »

J'irai deux jours plus tard, dans ce petit hôtel qui date de la colonisation hollandaise. Mais Jo est entré en coma la nuit précédente. Sa femme a couru jusqu'au grand hôtel des touristes où se tient un congrès de médecins australiens, deux cents médecins. Elle est montée sur l'estrade et a dit : « Je vous en prie, aidez-moi, mon mari est en train de mourir. C'est un cancer généralisé à sa phase terminale. Je ne veux pas qu'il souffre. Aidez-moi. » Il y a eu un silence gêné. Pas un ne s'est levé. Finalement ils réalisent qu'il s'agit de Jo G., le sculpteur, l'enfant chéri plein de talent et qu'à son chevet se trouve Bret Whitley, l'artiste aux multiples scandales, qu'invite à dîner la princesse Margareth. Et alors ils s'empressent d'offrir leurs services. Trop tard, un des leurs, un petit docteur parfaitement humble, qui n'a pas grande idée du monde des artistes, y est allé. Il n'a même pas laissé son nom.

Je resterai quinze jours dans ce petit hôtel colonial, je ne sais pourquoi sans pouvoir partir. Il y a ce drame qui se joue, cette mort qui avance. Chaque jour Jo reprend de moins en moins connaissance. Les douleurs sont parfois insoutenables. Heureusement de l'héroïne, sur ordonnance médicale, a été amenée de Sydney. On en met dans son goutte-à-goutte. Il n'a plus de cheveux, plus de cils, plus de sourcils. Tout a été brûlé par le cobalt. Il est arrivé ainsi sur l'Ile mais encore debout. Maintenant il est terrassé. Il y a une semaine, il s'est commandé un costume, s'est fait apporter des pierres et des ciseaux pour les tailler. « Quand j'irai un peu mieux, j'en ferai quelque chose » et pourtant les médecins lui avaient dit : « Vous êtes condamné. »

J'entends Zahava, sa fille de huit ans, qui joue sous la douche avec des petites vendeuses de coquillages rencontrées sur la plage. « Mon papa est très malade, il va guérir. » La destruction peu à peu s'accomplit. Le corps se vide. Les femmes passent les journées et les nuits à le laver, changer les draps, le rafraîchir, lui rendre la mort plus douce. On ne sait même pas s'il en a vraiment conscience. Bret, dans une sorte d'hypnose, tétanisé de douleur, n'arrête pas de dessiner le visage de son ami. Des dessins tellement vibrants d'amour que même ceux qui trouvent, par bêtise, une telle action déplacée, se taisent.

Enfin une nuit, à trois heures du matin, le souffle de cet être dont il ne reste plus rien, s'arrête. « Jo est mort. » La nouvelle passe et nous ne sentons rien d'autre qu'un vide étrange. Bret me dit :

« Ce qu'il y a de terrifiant, c'est que tout à coup il n'y avait plus rien dans cette pièce. Il était mort, complètement mort. Rien n'est allé nulle part. La chambre tout à coup était vide. »

Au petit jour, sous un kiosque en bord de plage, Anna apprend à Zahava la mort de son père. Elle est assise et l'enfant est à califourchon sur le ventre de sa mère, les jambes autour des hanches et les deux bras passés sous les aisselles.

« ... non, Zahava, il ne guérira pas. Il est mort. Il ne peut plus guérir. »

Et l'enfant ne pleure pas encore, elle refuse de comprendre.

« Mais si on fait venir de très bons médicaments d'Australie ?

— Il est mort, Zahava. »

Elle ne comprendra complètement la signification de ce mot que plus tard dans l'après-midi. A la morgue, le corps de son père a été placé dans un cercueil rempli de glaçons qu'Anna, aidée de Zahava, remplace au fur et à mesure qu'ils fondent. Dans ce pays de crémation, on n'a pas jugé nécessaire d'installer une morgue réfrigérée.

Et comme toujours dans cette île, lorsque les forces se déchaînent, la spirale ne peut s'arrêter. A sept heures ce matin-là, Putu Suarsa, venu d'un coup de moto, me tend un télégramme. Je lui demande de le lire : « Odile morte. Stop. Accident de voiture. » Ma belle-sœur tant aimée, morte en laissant trois petits garçons derrière elle. Le coup est fatal et mon cœur se serre, se serre. Un garçon de l'hôtel éponge avec un rouleau de papier hygiénique les larmes qui coulent de dessous l'acier. Il fait cela gravement et méthodiquement. Je ne me rends compte de rien, c'est Bret qui me le racontera.

« Il faut que j'aille me jeter dans la mer. »

Il faut que j'aille me laver dans la mer, laver tout ce chagrin qui m'étouffe. Me laver de la mort, de toutes ces morts. Il me semble que la vie est à marée basse. Je dois faire quelque chose pour détruire la mort, l'anéantir, faire un geste qui me prouve que je suis vivant.

Une main, « la Main » prend la mienne et me conduit à la plage. Dans l'eau nos bras se rencontrent, et nos jambes et nos corps. Je me chauffe à son sang, à sa vie. Elle calme ma panique. Enlacé je pleure et plonge ma tête dans la mer. Je ne veux plus entendre cette mort. Je voudrais tuer la Mort.

29

Chaque matin « la Main » me conduit à cette table de marbre du pavillon au bord de la mer de Java. Ce matin-là, quelqu'un a longé la plage en jouant d'une sorte de violon plaintif. La mélodie répétée ne fait que passer et s'éloigne, si triste, si triste, jusqu'au moment où le bruit des vagues et le rire des enfants l'ont engloutie.

J'irai revoir Honfleur en septembre et regarder la mer sous une lumière dorée, assis dans un kiosque passé... Je ne verrai jamais plus Honfleur, ni le visage de la femme que j'aime, ni l'expression de ma mère qui vieillit. Je ne verrai jamais plus rien. Comment peut-on survivre à cela ? Comment s'habituer à l'obscurité monotone, monotone. Et chaque matin cette plage noire d'ennui. Ils me demandent ou m'assurent « Vous devez vous y habituer peu à peu ». Il y a un cri en moi « Jamais! » Il ne faut pas que je m'habitue et oublie ce que j'étais car cela est plus sûrement moi que ce que l'on a fait de moi. C'est irrémédiable mais ce n'est pas moi.

J'écris ces lignes dans un kiosque au bord d'une plage. J'entends la mer et les enfants. Cela ne fait pas une grande différence que cette mer soit celle de Java et non la Manche, que le kiosque soit de bambou et non de bois découpé.

J'écris ces lignes, comme à l'hôpital, à l'aide d'un bout de carton que je plaque sur ma feuille et dont je suis le bord supérieur avec mon stylo. Le seul inconvénient de cette méthode est que les queues des lettres *p, q* et *g*, ainsi que *j*, butent contre le carton et ne s'inscrivent pas. Le travail est lent, par moments désespérant, mais j'ai besoin de raconter ce qui m'est arrivé, ce qui m'arrive, parce que nous sommes tous concernés. La violence que j'ai subie se répète, identique, chaque soir à New York et un peu partout ailleurs sur la planète. Violence dictée par des raisons personnelles ou des raisons d'Etat, des appétits ou des idéologies. La haine est un sentiment qui m'a toujours intrigué, la haine de l'homme pour l'homme.

Vers l'âge de quatorze ans, je lus les premiers témoignages sur les camps de la mort en Allemagne nazie. Enfant, je découvrais avec une horreur fascinée que le monde des adultes n'était pas raisonnable. Je lisais surtout les témoignages de prisonniers, je ressentais en moi le courage de l'un et l'abjection de l'autre. J'étais ces deux prisonniers. Je me sondais, je me voyais vendre mes camarades pour cinquante grammes de pain ou résister et mourir sous la torture, sans parler. Je ne veux pas dire que ma situation atteigne le même degré d'horreur que celle du prisonnier des camps de la mort. Je ne suis pas menacé de mort. Je veux simplement témoigner.

Non, je ne veux pas m'habituer et lutte pour que l'invisible ne m'envahisse pas. J'entraîne quotidiennement mon cerveau à percevoir visuellement. Comme je ne peux sans cesse poser des questions, je distribue arbitrairement les couleurs aux fleurs, aux taxis, aux cheveux des femmes, aux sarongs, aux chiens. Quand je repense tel événement, telle journée dans les collines, je dois faire un effort pour me souvenir que je ne l'ai pas vu, mais imaginé. Parfois le souvenir d'un événement est si visuel que je le place dans le temps avant l'attaque. Comment puis-je croire que je n'ai jamais vu Valouchka ? Je connais chaque millimètre carré de son paysage, le reflet exact de ses cheveux, le grain de sa peau, le grain de beauté dans le creux de la colonne vertébrale, la perfection de son sexe. Mais surtout, je connais exactement l'expression de ses yeux, une vivacité empreinte de tristesse. En son âme russe je vois, invisible aux autres si j'en crois leurs dires, la poésie destructrice de la monotonie quotidienne. Impossible de me fier à autrui. Elle est brune, rousse, blonde, belle, ordinaire, mignonne, longue, épaisse... Quelqu'un m'a dit : « On se demande pourquoi une aussi belle fille s'attache à un être qui ne peut la voir. » Mais d'autres ont dit aussi : « Au moins maintenant, il n'a plus à se soucier de la beauté des femmes. » Faux ! Non pas que je m'en soucie vraiment plus qu'avant, mais comme je la perçois, il me serait désagréable que l'on pense : « Heureusement qu'il ne peut la voir » ou quelque chose d'approchant.

Je sais qu'une certaine magie se dégage de Valouchka lorsqu'elle s'approche de moi ou que nous marchons, si sûrs de nous, dans les rues de New York. Sa beauté nous nimbe comme un halo magnétique, aucun risque de buter sur un trottoir, de tomber dans un caniveau, c'est une danse parfaite. Les passants se retournent, sans comprendre. Le couple a quelque chose d'étrange mais ils ne savent quoi ; la description m'en a été faite, plus tard, par des gens qui l'ont rencontré et qui alors ne me connaissaient pas.

Et comment s'habituer lorsqu'il y a ce monstre qui sommeille au fond de moi ! Ce monstre qu'est l'aveuglement, non pas physique, accident mécanique qui empêche les images d'accéder au cerveau, mais l'aveuglement psychique engendré par cette privation, cette anomalie. Ce monstre doit être dompté chaque matin sans pitié, dès le réveil, afin qu'il n'envahisse pas la journée.

L'Ile est plongée dans le vent et les alizés. La nuit, des pluies courtes et violentes viennent battre le toit d'ylang-ylang et me réveillent. Ici, on se barricade la nuit. On se barricade autant contre les mauvais esprits que contre les rôdeurs. Il y a deux semaines un homme a été assassiné, poignardé. Je ne voudrais pas que l'obsession de l'attaque m'envahisse, mais je ne peux désormais neutraliser une certaine crainte. A New York, quand je rentre seul la nuit, le moindre bruit de pas derrière moi me noue l'estomac et m'humilie. Pernicieux, l'acide continue à me ronger, jusqu'au cœur. Dans le noir de cette chambre du bout du monde, je revis l'attaque, j'écoute les bruits que le vent déforme.

Ce matin, l'Ile est calme. Le vent est tombé et le Ramadan s'est terminé hier. Bien que l'islam ne soit pas la religion de l'île, dans ces trois jours de fête tout s'arrête, car c'est la religion des fonctionnaires. Les vagues, elles-mêmes, malgré la marée qui monte, mêlent l'argent et l'or avec plus de paresse encore. J'ai abandonné mon kiosque pour m'enfoncer plus loin dans les régions oubliées de l'Ile, là où probablement il n'y a rien à voir que la répétition monotone des palmiers. Là où le vent souffle directement du large. Les oiseaux chantent, les criquets vrillent, les fleurs, les herbes, les algues odorifèrent. Il n'y a pas de transport pour venir jusqu'ici. Pour sortir de ma maison, je dois m'accrocher derrière une moto ou louer une de ces mini-camionnettes qui, ici, accomplissent les transports en commun. Ce coin est tellement en cul-de-sac, butant sur une lagune aux eaux croupies, que sept ans auparavant je ne m'y étais pas aventuré.

Le fait est que j'écris ces lignes à trois jours de voile de Makassar. Le soir il y a ce vent qui vient de là-bas et entre dans la maison. Il bouscule l'obscurité sur ma figure, pénètre avec force dans les poumons. Chargé de ce là-bas il souffle, continue, m'immobilise à l'écoute de cette chose dangereuse, violente, immense, la mer de Java. Il me plaque au lieu de m'aspirer. Appel et terreur. Irai-je jamais plus là-bas ? La réponse du vent est — jamais plus.

Au bord de la plage, les papillons sont en deuil, transpercés. L'amour est passé. Mais ce soir la nuit est si noire que je pourrais la ramasser et te la donner. Le vent souffle sur l'Ile des musiques dans les collines. J'ai cherché sur le sable l'empreinte de ton pied, mais le vent, les vagues avaient tout effacé. Et dans mon cœur il n'y a ni vent, ni vague. Je t'aime et pourtant le sable est devenu noir. Un volcan a éclaté et s'est répandu. Mon amour est comme la mer, sans limite. Et ce soir il est comme le grain de sable, perdu sur la plage. Il y a cet oiseau qui chante au cœur de la nuit et qui me fait penser à toi. Il y a cet oiseau qui ne veut pas croire à la nuit. Son chant est comme une fleur, mauve et rouge et rose qui s'ouvre dans le noir. Il est le cœur de la nuit. Il est ton cœur. L'attente de la mousson répand la mélancolie. Déjà le vent se charge de chagrin et mes pensées se couvrent de moisissures. La mer s'impatiente, son grondement devient menaçant. Il faut conjurer le chagrin, la mélancolie, la pluie. Dans la nuit un homme a crié du côté de la mer, mais le vent a tout balayé. Et je ne sais s'il a crié l'amour ou la mort. Mon cœur est comme un chat, il voit la nuit. Et ce soir il ne voit que toi. Cette maison au bout de l'Ile, entre la mer, le vent et les volcans, ton esprit y résonne comme dans une grotte marine. Des bateaux sont venus jusqu'au bord de ma maison et sans moi sont repartis. Et sans moi tu es repartie. Et pourtant tu m'aimais. Au bord de ces eaux croupissantes, le vent m'apporte le parfum des amours mortes au fond des lagunes oubliées.

L'Ile est en proie à la chaleur humide et aux moustiques. Le soir le vent du large n'entre plus dans ma maison, il a tourné nord-est et les trois volcans l'empêchent d'arriver jusqu'ici. La solitude et ce travail d'écriture, ce tripotage de souvenirs que ma mémoire croyait bien avoir ensevelis, crée une tension en moi que je ne sais comment soulager. J'écoute des cassettes enregistrées à l'hôpital, au centre de rééducation, dans mon lit. Ce passé récent, cette partie de moi déjà morte, remonte. Sur la bande ma voix sonne différente suivant l'espoir et l'angoisse. J'écoute mal à l'aise cette exhibition de soi-même, j'écoute comme l'on fait une analyse graphologique. J'aimerais tant ce soir saisir un livre et m'absorber ailleurs. L'air est absolument immobile et la mer silencieuse.

Les soirs sans lune, aucun oiseau ne chante. A intervalles éloignés des lueurs traversent mes paupières et des grondements roulent, assourdis, du côté des volcans. Mais la pluie ne viendra pas. Sous la moustiquaire, j'étouffe. Le bruit d'un moteur lentement approche sur le chemin défoncé. Une portière claque. J'entends des voix. Ketut Ketchil, qui dans cette maison remplace Désirée, entre dans ma chambre.

« Des amis sont venus. Orang Besar. Munkin, Orang australia. Il y a un homme grand, peut-être australien. »

Sa voix est soupçonneuse, il sait que je n'aime pas trop les intrusions. Mais ce soir je suis heureux d'échapper au silence, au face à face. Je connais à peine ces gens qui m'invitent à dîner. Nous nous éloignons de la mer, quittons les chemins de terre pour l'asphalte. Des chiens hurlent sur le passage de la voiture.

Dans un jardin, sous une véranda, des gens parlent lentement d'un ton fatigué. L'odeur des cigarettes de ganja flotte dans l'air avec un parfum d'herbe brûlée; un Allemand, des Italiens, un Algérien, une Française... des oiseaux migrateurs. Goa, Kuta, Népal, ils vivent au rythme des moussons. On me sert des spaghettis avec une omelette aux champignons. Un homme vient s'asseoir, pose des questions, je ne comprends pas tout ce qu'il dit. Il a un accent étrange. Je m'ennuie déjà. Je voudrais rentrer. Soudain mon crâne se serre et mes pensées s'accélèrent, en quelques minutes elles sont à deux mille à l'heure. Une énergie exagérée bouillonne dans mes veines. Il y avait des champignons hallucinogènes dans l'omelette. L'homme, lui, continue, parle de créativité, de l'impossibilité de choisir « si je choisis je me coupe de tout le reste ». Ces champignons envahissent la tête ne laissant aucune chance à la patience ni à la tolérance. Il continue sans soupçonner le danger.

« Vous comprenez, c'est la même chose avec les femmes, choisir c'est se couper des autres femmes. Je suis venu ici pour échapper à douze femmes, ha! ha! ha! Qu'est-ce que tu en penses ? »

Les champignons me poussent :

« Que tu racontes des *bullshit* ! Ça n'a pas d'importance d'ailleurs, on raconte tous plus ou moins à certains moments des conneries. Le tout c'est de le savoir. »

Mais c'est qu'il n'est pas d'accord du tout :

« Tu ne comprends pas, la question c'est de ne pas faire mourir la créativité.

— Non, non, la question c'est de se mentir avec plus ou moins de succès. »

Ces sacrés champignons ne me lâchent plus. La discussion devient générale. De grandes idées mâchonnées avec médiocrité. Tout le monde voudrait être rassuré, mais un démon me pousse à briser les autosatisfactions. On perd patience autour de moi. Excédé l'Allemand me dit :

« Va passer tes frustrations d'aveugle ailleurs. Qu'on l'emmène sur la route, peut-être qu'un camion l'écrasera... »

Je me lève d'un bond. « La Main » me tend ma canne et sa main. Ainsi ai-je fait connaissance des gnomes, brièvement, définitivement.

La moto court vers les collines où l'air sera plus frais. Je chevauche des flûtes qui me propulsent, me hurlent et me dispersent dans les feuilles des grands arbres qui nous surplombent. Et toi, jeune fille des collines, j'enfourche ta moto qui éclate comme un gamelang au rythme de ton rire. Nous nous enfonçons dans la chaleur de cette nuit où les grillons, de concert avec les grenouilles et les crapauds, prétendent qu'il fait plein soleil dans les rizières obscures. Et roule mon cœur rugissant. Il y a cette flûte qui crève la lune. Mes racines étranglent mon âme car le pied de l'homme est fait pour courir et non se planter. Certes cette flûte dans les collines n'est pas suffisante, mais elle n'est pas décevante et vaut bien des paroles. Elle me sous-tend au-dessus de moi-même. Sans elle on oublie que la nuit peut être si profonde, le ciel résonner si haut et que le regard peut se porter jusqu'au bout du monde. Quelle voûte céleste abrite donc cette île où les flûtes, le cœur entre les lèvres, osent unir l'amour et la mort ?

30

DANS cette île où l'air est chargé de tant d'humidité parfois j'ai peur que mon cœur se moisisse, mais ici chaque jour le pourrissement est vaincu. Poisson échoué je me jette à la mer qui, aux marées de pleine lune, vient battre presque sous mon lit. Les bains quotidiens dans cette mer calmée par le rif ont débloqué genoux et vertèbres. Mes membres se sont allongés, la mer est le seul élément où je me sente libre — pas de murs, d'arbres, de trous. Nulle part où se cogner ou tomber. Je nage la tête immergée n'ayant rien à regarder. Je sens la force des courants, les différences de températures. L'eau se réchauffe lorsque j'approche de la plage. Vers le large, la barrière de corail gronde. Vers le rivage, le roulement sempiternel des vagues. Entre ces deux sons, je me déplace suivant des perpendiculaires ou des parallèles. Et puis il y a la position du soleil que je prends très exactement à travers mes paupières soudées avant de me jeter à l'eau. Sur le dos, je me laisse dériver la figure pleine de soleil, les cartilages dilatés.

Kayan, le pêcheur qui m'emmène dans son *jukung* attraper du poisson au-delà du rif, est arrivé un matin avec une planche à voile. Il m'enseigne à me tenir en équilibre, puis à m'appuyer sur le vent. Il est très patient et moi je m'entête car cette planche qui glisse et ce vent qui m'emporte me donnent une vertigineuse liberté. Au bout de trois jours, je réussis quelques centaines de mètres sans tomber la tête la première dans la voile ou à plat dos dans la mer. Le vent est régulier qui vient du côté de l'îlot Sakenan. Je m'arc-boute et ris en entendant Kayan hurler :

« Mais regarde donc où tu vas ! »

... et c'est bien là le problème. Comment maintenir le cap ? Il y a bien sûr la direction du vent et l'angle que la voile fait avec la planche, mais avec la vitesse et le vent qui tourne ces indications ne sont pas infaillibles. En fait, il faut que je me fasse faire un compas sonore que je porterai comme un bandeau autour de la tête. Par le déplacement d'un point sonore sur mon front, je saurai si je vire à gauche ou à droite et en le maintenant fixe, je pourrai tenir mon cap. Ce compas me permettrait également de barrer, sans trop de difficulté, le *jukung*. Il faudra que je trouve un électronicien qui me le fabrique, je suis sûr que c'est possible.

La mousson humide est arrivée, il fait chaud. Le matelas est moite, les draps sentent le moisi. Un voile de sueur couvre ma peau, une sueur de pleine lune. Ici, elle n'a pas cette odeur acide. Douceâtre, elle suinte sur mes lèvres, entre dans ma bouche. Elle imprègne mon corps comme un baume parfumé. Maintenant que je ne m'endors plus entre ses cuisses de ballerine, que je suis veuf de cette chair de ma chair, qu'elle ne me dira plus, avec ce sens de l'humour grinçant « Ferme les yeux et dors », les soirs peuvent être tumultueux, mais la lumière qu'elle a allumée en moi ne s'est jamais complètement éteinte et je ne suis plus en proie aux ténèbres. Cet amour est intact au fond de mon ventre, prêt à me réchauffer. Je ne suis plus le même. Et puis la vie intérieure s'est organisée, les paniques se sont apaisées, la réflexion s'est concentrée.

Hier soir après la pluie, les grenouilles géantes ont accompagné de leur hautbois la flûte d'un oiseau inconnu, tandis qu'à travers mes paupières mon esprit s'illumine à la lueur des éclairs. Peu à peu les soirs sont devenus différents et l'échec toujours possible recule.

Le grondement du rif a disparu, la mer est haute. Une impulsion me jette dehors. Le vent du large me rafraîchit. Le chemin qui longe la maison m'invite vers la plage. Je patauge dans de grandes flaques encore chaudes de toute une journée de soleil. La mer, étale, clapote doucement. J'imagine la frange phosphorescente de plancton et au-delà du rif, derrière l'îlot Sakenan, bien au large, Pa-Suni qu pêche sur son bateau de misère. Après deux ou trois visites il n'est plus revenu me voir. Lui non plus ne croit pas au passé. Assis sur le sable, j'écoute dans les collines la musique des gamelangs, le klaxon des bimos, les appels des coqs de kampung en kampung, les pétarades des motos qui foncent vers les temples trépidants du battement des gongs et tout alentour, les trilles solitaires des oiseaux. Tout ce tintamarre de pleine lune, aujourd'hui c'est *bulan purnama.*

Le temps a coulé, immobile. Pour rentrer, je coupe à travers la palmeraie vers un chemin de terre que je connais, qui monte au temple Merta Sari. Le silence est total. La lune a dû se coucher. Rien que le bruit de ma canne qui fauche les hautes herbes. J'avance... et soudain, j'ai la sensation de m'enfoncer dans un pays inconnu. Mais que faire sinon continuer tout droit, jusqu'à ce que je rencontre un autre chemin. Brutalement, tout proche, un hurlement me fait sauter le cœur. Un chien, bientôt suivi d'une meute déchaînée. Des habitations. Je sens les chiens autour de moi, ils se sont tus. Dès que je bouge, les hurlements reprennent. Des vagues électriques me parcourent le dos. La peur... la peur animale et l'humiliation de ne pouvoir la contrôler. La meute aboie, on chasse à vue. Le cerf fatigue, panique, fait des erreurs. Je pars devant moi, maniant ma canne de façon désordonnée, trop rapidement. La meute me suit. Je bute dans une haie épaisse, change de direction, bute à nouveau trente mètres plus loin dans une autre haie. Je comprends... je suis acculé dans un champ clos. Sans m'en rendre compte, je dois avoir dérivé derrière la lagune où une population très pauvre vit de la mer, de la grève et de quelques cultures essentielles. Ce sont des gens considérés comme primitifs, rudes, superstitieux par le reste de l'Ile. Vais-je me faire abattre par le gourdin à clous de quelque paysan effrayé ? Je fonce à travers la haie et tombe dans un trou, remonte et me trouve sur un chemin. Les chiens aboient mais ne me suivent plus. J'avance, j'avance rapidement sur le sol égal. J'erre trois heures ainsi, traversant des villages, déchaînant des hordes de chiens que je tiens en respect avec les éclairs de mon briquet. Peu à peu la peur a disparu. Près d'une maison j'appelle « Hello ! Ada Orang disini ? Hello, please ! ». Et j'ai compris que leur superstition est ma sauvegarde, je ne serai pas attaqué mais pas plus aidé. Je traverse les hameaux sans ralentir. Je les sens avant même que les chiens endormis ne se réveillent et me confirment l'existence d'habitations humaines. Je les sens comme une présence compacte sous les palmiers, parfois une odeur de fumée froide et le bruit des vaches rentrées pour la nuit. J'avance rapidement, avec plaisir maintenant. Ma canne bat régulièrement le sol. Je suis le roi de la nuit, l'être étrange Rangda ou le Barong. On ajoute les barres aux portes. Effarés, ils écoutent sur leurs lits de bambou. Seul l'oiseau chante en solitaire et ne s'inquiète de moi. Je ne vais nulle part. J'ai changé je ne sais plus combien de fois de chemin, de direction. Très loin, tantôt à droite tantôt à gauche, la mer gronde. J'essaie de la maintenir derrière moi, pour rencontrer la route d'asphalte de Kuta. Soudain le chemin est interrompu par un tas de cailloux. Je ne comprends pas. Rebrousser chemin ? Je suis fatigué, fatigué. Des ampoules poussent dans la main qui manie la canne. Un tas de corail, je monte dessus, tâte au-delà avec la canne. Ça rend un son dur. Une sorte d'esplanade, un four à chaux ? une maison en construction ? Mon pied nu se pose. C'est chaud, c'est dur, c'est connu. C'est le goudron de la route de Kuta.

Fierté, joie, soulagement, j'avance à grandes enjambées maintenant. Il y a le grand hôtel des touristes sûrement pas loin, j'entendrai le générateur. Une moto vient à ma rencontre, elle s'arrête.

« I know you, monte, je vais pêcher en face de chez toi.

— Mais ce n'est pas la direction... alors où suis-je ?

— Jalan Baru Nusa Dua. »

Je suis à cinq ou six kilomètres de ma maison. Je voulais simplement rentrer chez moi, à vingt-cinq mètres de l'endroit où j'étais assis sur la plage.

La position extrême de la maison et l'accès rendu difficile par l'entrelacs des chemins de terre, font que peu de gens parviennent jusqu'ici. Seules, au matin, les femmes de l'îlot Sakenan débarquent sur la plage en jacassant et s'éloignent dans la palmeraie avec sur la tête de grandes cuvettes d'émail, pleines de poissons. Elles vont vendre la pêche de la nuit au marché de Den Pasar.

Pourtant, un jour, j'entends des pas sous la véranda devant ma chambre. Je sors et demande :

« Qui est là ? (Pas de réponse.) Siapa ? » Toujours rien, si ce n'est une respiration vers la gauche. Je me fâche. « Quand vous rentrez chez quelqu'un, au moins vous dites bonjour ! »

Dans le jardin j'entends le galop de Ketut Ketcil.

« Tuan ! Tuan !... c'est ma sœur. Elle ne peut pas te répondre, elle est muette. »

Il y a aussi cet homme qui est passé. Cet écrivain italien, ami d'Albert Camus.

« Je suis fatigué maintenant. Non, non, pas de la vie, mais d'écrire. C'est trop de fatigue. »

J'écoute la voix de cet homme las, solitaire, ayant dépassé la cinquantaine. Je sens un regard intense mais sans tendresse sur le monde, sur moi-même.

« Moi je vous le dis franchement, je suis raciste. Ici c'est l'enfer, c'est une blague, ce sont des singes, même sexuellement, ils ne m'intéressent pas. »

J'écoute et j'entends la voix d'un homme seul avec son intelligence et sa culture. Le Viêt-nam, il l'a connu pendant la guerre avec les Américains

« qui se battaient huit heures par jour comme on va au bureau ». Puis avec le Viêt-cong. Il a fait la piste Ho-Chi-Minh en grande partie à pied avec une escorte de cent Viets. « Je me suis emmerdé. » Ses articles ont été publiés à Hanoi et à Moscou. C'était il y a dix ans, c'était il y a sept ans. A la même époque je regardais cette guerre. J'étais à Saigon quelques semaines avant la chute finale. Lui aussi a vu toutes les réserves de pétrole du Sud-Viêt-nam et du Cambodge brûler, couvrant Saigon d'un nuage si noir que, ce jour-là, tous les gens qui en avaient un, sortirent leur parapluie.

« Ici c'est une blague et puis je n'aime pas les Etats religieux, ça se passe toujours mieux dans les Etats laïques. D'Annunzio, après l'accident d'avion qui le rendit aveugle, écrivait entre deux réglettes de bois. Et vous ?

— Non, je suis les bords d'un carton fort. J'ai essayé avec la réglette mais mon écriture a la claustrophobie entre ces deux limites de bois.

— Et les livres ?

— Pour l'instant, je ne lis plus. Ce n'est peut-être pas plus mal. Je lisais trop.

— Alors la parole ? Le mot est devenu essentiel je suppose ?

— La parole et l'écoute.

— Oui, la parole des autres, c'est plus important que les livres.

— Alors c'est quoi la solution pour le Sud-Est asiatique ?

— Le colonialisme. Mais un colonialisme beaucoup plus fort que ce que l'on a connu, un colonialisme japonais. Je reviens du Japon, c'est une grande émotion. Une vraie culture, et cette obsession de l'harmonie et de l'efficacité ! »

Je sens l'humour triste de son discours et il me sera difficile de trouver la sincérité de cette âme qui chante le désabusement de la vieille Europe. Mais cet homme fait plus que voir, il regarde.

« Je suis condamné à regarder, se plaint-il.

— Dans sa pièce *Huis clos*, Sartre avait précisé dans les indications de la mise en scène : « Les « acteurs n'auront pas de paupières. Ils sont « condamnés dans cet enfer à regarder, à regar- « der le regard des autres. »

— C'est tout à fait cela.

— Moi, c'est le contraire. On m'a cousu les paupières.

— C'est un soulagement ?

— Par certains côtés oui, mais c'est surtout chez les autres que je sens le soulagement de n'être finalement ni observés, ni regardés. »

Il est parti sur un dernier paradoxe tragi-comique, comme un personnage de la Commedia dell'arte.

Ce matin, il y a un bon vent pour la pêche à la traîne. Avec Kayan le pêcheur, nous glissons le *jukung* jusqu'à l'eau. Le *jukung* est une petite pirogue sur laquelle on a fixé deux balanciers latéraux et une courte voile arabe. Dès que nous sortons de l'abri de la côte, des bourrasques de vent nous chargent. Et bientôt, je sens le bateau descendre et remonter des creux de plusieurs mètres « hauts comme la maison », dit Kayan. Le vent hurle dans mes oreilles et change de note dès que je tourne la tête. J'entends les balanciers de bambous et le mât craquer. Terrifié, il me semble que, d'un instant à l'autre, tout l'appareillage du bateau va se désarticuler, se briser et voler en éclats dans le vent. Les vagues me claquent la figure et emplissent la pirogue. J'écope à toute qu'il ne donne pas dans le chichi, il habille et le business marche bien, cela s'entend. Mais cet accent ? « Je suis né en Pologne », ce qui veut dire qu'il est juif. Et le cœur du livre apparaît. Je n'interroge que pour préciser les dates et lieux : à treize ans, le ghetto, à quatorze ans, le camp de travail, à quinze ans, le camp de concentration Treblinka, la faim... Son travail : tenir le miroir d'un officier S.S. chaque matin lorsqu'il se rase. Il n'a rien sauf un petit trésor de guerre si l'on peut dire, dix cigarettes. Un matin, il en offre deux à l'officier, sans rien demander en échange. L'officier lui fait apporter un sandwich. Le trésor durera cinq jours, mais le S.S. machinalement continue à lui procurer le sandwich et il survivra grâce à l'ingénieux investissement. « J'étais jeune, très courageux et ma cervelle marchait très vite. » Puis, libéré par les Américains, il retourne dans sa ville natale. Père, mère, sœur, oncles, maison, il ne reste rien. Les Polonais affamés haïssaient les juifs. Il s'échappe en Hongrie et de là commence une longue saga de misère, de désespoir, d'organisations internationales, qui le conduit en Australie. Une main se pose sur mon bras.

« L'avion va partir, je vous accompagne à votre siège.

— Good luck ! » me dit l'homme.

Nous avons décollé. J'entends la voix du livre à la gauche, de l'autre côté de l'étroite allée.

« Je suis assis juste à côté de vous, si vous avez besoin de quelque chose... »

Durant les quatre heures de voyage, il ne dira plus un mot. J'ai peur qu'il n'ait honte de s'être ouvert. Déjà à l'hôpital, j'avais remarqué ce phénomène. Des gens entrent, des amis, des inconnus s'asseyent et se mettent à nu sans préambule. Ce comportement, nouveau pour moi, se répète si souvent que j'interroge le docteur Schwartz qui me fait observer : « Pourquoi crois-tu que le docteur Freud s'asseyait derrière le canapé ? » Je suis la poubelle idéale, sans regard, idéale parce que regard égale jugement. Ils confient ce qui leur pèse, pratiquement jamais leurs joies. Mon côté anonyme les rassure. Mon aveuglement, c'est l'obscurité et la grille du confessionnal. Beaucoup, si je les retrouve par la suite, me fuient.

Parmi ces gens qui m'envahissent, il en est de plusieurs espèces :

— l'importun, celui qui a décidé que je ne pouvais être que totalement disponible. Il s'assoit, il me parle de lui, de ses maladies, de sa vie, de ses amis que je ne connais pas, durant des heures. Quand épuisé, je me révolte, il devient violent car enfin, il est venu là pour me distraire ! et ma non-disponibilité à sa charité est inadmissible. Poubelle, je dois rester poubelle ;

— le frustré qui se jette sur moi, tentant de combler un vide. Par égoïsme, il veut me faire plaisir, range mes affaires, ce qui me dérange. Excédé, je suis forcé de marquer mon territoire pour ne pas en être dépossédé ;

— enfin, celui plus sympathique qui en profite pour vivre un fantasme. Dans l'avion, il y a six mois, entre Bangkok et Singapour, un Ecossais m'offre du champagne. J'accepte avec reconnaissance et il me parle de sa ville natale, Glasgow, de son collège, de son clan, de l'équipe de rugby... avec émotion et un fort accent écossais. Le champagne aidant, il en arrive aux belles filles rousses des Highlands. Lorsqu'il quitte l'avion, je dis à l'hôtesse :

« J'ai même rencontré un Ecossais généreux !
— Quel Ecossais ?
— Mon voisin.
— Mais... c'était un Chinois. »

Singapour, des milliers d'étages de boutiques, de restaurants, de chambres d'hôtel. Trottoirs défoncés. Singapour. Une jeune Indienne me prête son bras maigre et un peu velu, des Anglais me bousculent, des Chinois tamponnent mon passeport. Il est curieux de constater que ni à Tokyo où je me suis arrêté quelques heures en venant de New York, ni à Bangkok, ni à Den Pasar, ni même dans la très bureaucratique Singapour, pas un douanier ne se soit étonné de mes yeux qui les regardent sur la photo du passeport, pas plus que de la mention « Signes particuliers : Néant ». Délicatesse asiatique ?

Sur un téléphone, je compose des numéros, les sonneries résonnent mais personne ne répond. C'est dimanche. Le dernier espoir, c'est Rose, une jeune Chinoise rencontrée deux mois auparavant sur une plage de l'Ile. Je la connais à peine, mais elle est chez elle. La voix est précise, sans émotion ni surprise.

« Ne bouge pas, je serai là dans vingt minutes.
— Je peux prendre tout bonnement ton adresse.
— Non, je serai là dans vingt minutes. » Elle raccroche.

Je n'ai qu'un bagage réduit que je porte avec moi. Pas besoin d'attendre l'arrivée des valises. Tout s'enchaîne remarquablement. Que les aveugles le sachent, je le répète, il est plus facile de voyager que de rester à la maison. Les obstacles ne sont que psychiques et financiers, ce qui est bien suffisant.

Très exactement, vingt minutes plus tard Rose, précédée d'un parfum subtil, me saisit le bras et l'odorat. Nous montons en voiture et je manque m'étaler. Le plancher et le siège sont plus hauts que la normale. Une jeep Toyota ? un minibus ?

Non, ma main rencontre du cuir et des chromes finement polis.

« C'est une Rolls Royce, une Silver Cloud qui va très bien avec tes lunettes. (Elle rit.) C'est à mon père, mais il est en Europe. Il a onze voitures, moi je n'en ai plus, ça coûte trop cher d'entretien. »

Oh! Singapour! J'entends la voix de Aho « C'est très bon une Rolls Royce! ».

« Moi je suis ruinée, continue Rose, de mauvaises affaires, un mauvais garçon et le jeu.

— Mariée?

— Ça, c'est le mauvais garçon. Un gangster, un vrai. J'aime les gangsters. »

Chine éternelle, Confucius, au secours! Elle vit chez ses parents où nous allons dîner.

« Bonjour, jeune homme, me dit Mme Chu, excusez-moi je n'ai pas le temps de dîner avec vous. »

D'autres dames chinoises me serrent la main. J'entends un tripotage de jetons pendant qu'on me verse un potage très épicé.

« Elles jouent au mah-jong depuis ce matin, informe Rose de sa voix grinçante.

— De l'argent?

— Evidemment! »

Je peux presque voir son haussement d'épaules. D'une cuisine toute proche viennent des bruits de marmites qui s'entrechoquent et des voix aiguës de femmes malaises. Je sens une sorte de vie communautaire qui ne peut se trouver dans une maison occidentale, surtout à ce degré d'opulence. Le mah-jong, la cuisine, le dîner et la jeune sœur Pauline qui essaie une robe pour le nouvel an chinois tout proche, forment un tout et la conversation est générale. Coup de téléphone. C'est Monsieur Père. Mme Chu appelle :

« Rose! ton père veut te parler. »

vitesse. J'arrive à vider le tronc d'arbre que la mer remplit aussitôt mais j'écope, j'écope et suis content d'avoir quelque chose à faire. Une exclamation de Kayan. Au moment où le bateau retombe d'une crête, une rafale fait sauter le mât hors de l'empiétement. Kayan m'enjambe. Je maintiens la barre. Les vagues deviennent de plus en plus fortes et j'entends le grondement du rif qui se rapproche dangereusement. Kayan reprend le gouvernail « Trop tard pour virer de bord, on se ferait rouler. Il faut passer la barre ». J'écope tous les sons. J'ai carrément peur et me l'avoue, vexé. Il y a sept ans, dans cette même mer, une trombe nous a laissés démâtés, et finalement échoués sur une île de lépreux. Ni la tornade, ni les lépreux ne m'ont fait peur et maintenant, une simple bourrasque et mes boyaux sont tordus. La différence, ce n'est pas tant le fait que je sois aveugle, mais qu'il y a sept ans, je me sentais invulnérable. Invulnérable comme me l'avait confirmé le vieil Abdul Jemal, rencontré sur cette petite île de Pulau Kahung, où il était arrivé de l'Egypte lointaine soixante-cinq ans plus tôt. Il était devenu aveugle à la suite d'un sort jeté par l'un de ses ennemis. « J'ai peuplé l'île moi-même ! » disait-il en se frappant les couilles de son poing fermé. « Prends-le sur ton bateau, avait-il dit de moi à son beau-fils, il ne peut rien lui arriver. » Et lorsque le soir pour m'isoler, je suis allé sans le savoir m'endormir là où l'on enterre les morts, le vieux devin répète à Pa-Suni :

« Laisse-le, je t'ai dit que rien ne peut lui arriver. »

Cette phrase, rapportée par un gamin, m'accompagnera pendant tout le voyage.

Mais maintenant je le sais, je suis vulnérable. Je le ressens aussi crûment que lors de ma visite aux jésuites de Park Avenue. Je me sens Achille qui ne saurait où est son talon. Tout en écopant, je me demande d'ailleurs si cet état n'est pas préférable. Kayan me dira plus tard : « Si tu avais vu la hauteur des vagues, tu n'aurais pas été aussi tranquille. »

Trois bouillonnements successifs : les trois vagues déferlantes de la barre qui luttent contre le vent. L'eau et l'air poussent en sens inverse, l'un sur la coque et l'autre dans la voile. Tout craque et je sens le banc sur lequel je suis assis se tordre en diagonale. Les balanciers vont-ils résister ? Je mets mon pied dans l'écope et me cramponne.

On est passé. Seule la bôme a sauté de son étrier et une aiguillette de la voile s'est détachée. Sous les directives de Kayan, trop occupé au gouvernail, je répare. De ce côté de la barrière de corail, les creux sont plus profonds mais l'amplitude des vagues plus large et le bateau est moins secoué. On vire de bord. Pendant que Kayan lutte pour faire passer cette voile arabe par-devant le mât, le bateau embarque; plein il deviendra trop lourd, le mât risque de casser et les balanciers de se désarticuler. Je pousse la barre à fond et laisse filer l'écoute. Il faut aller vite afin que je retourne à l'écopage.

« Attrape l'écoute ! » hurle Kayan avec sa voix qui monte et qui descend au-dessus de ma tête.

Certainement, mais il oublie complètement que je n'y vois rien du tout, et le moment est mal choisi pour le lui faire remarquer.

« L'écoute, où ça ?
— Là... là ! »

Probablement pointe-t-il avec son doigt. Ne nous énervons pas.

« A gauche ou à droite ? »

Mais le vent, les vagues, la voile qui claque et

par-dessus tout, le tonnerre du rif, m'abasourdissent tellement que je ne comprends pas ce que me crie Kayan. Finalement, en partant du mât et en suivant la bôme, j'attrape l'écoute. Tout cela arrive très vite pour ne pas lâcher la barre trop longtemps. J'entends bien, à la voix du pêcheur, qu'il ne prend pas cela à la légère et moi, je commence à avoir envie de rentrer.

On a viré de bord. Kayan a repris la barre et essaie de repasser le rif en un point qu'il connaît, mais le vent trop fort fait dériver ce bateau sans quille, conçu pour les pêches pépères. Je me mets à la rame pour contrecarrer cette dérive tout en restant le plus possible collé à la vague qui s'empare de nous. Le bateau est soudain soulevé, l'avant plongé presque à la verticale. Si les flotteurs qui sont plus longs que la pirogue se plantent dans le corail, on est bons pour la grande roue. En trois secondes, dressé à la verticale, le bateau est de l'autre côté du rif. Les lames plus courtes nous chahutent ferme et j'écope, j'écope sans répit. Enfin la plage, où d'autres pêcheurs nous entourent en criant :

« *Bodoh! Bodoh!* Idiots... »

Puis, s'apercevant que le coéquipier de Kayan n'y voit rien, ils éclatent de rire.

Seul dans ma chambre, j'écoute le sang qui gicle dans mes veines et du fond de l'estomac, le rire remonte, le rire qui a remplacé la peur. J'entends Aho marmonner :

« C'est des bêtises, c'est pas sérieux... Alors il faut que tu ailles risquer d'aller te fracasser la tête pour que tu te sentes mieux! Des gamineries... »

Mais j'entends bien à sa voix qu'il n'est pas fâché. Et moi, parce que j'ai eu peur de me noyer, peur de ne pas continuer à vivre, j'ai moins peur de pourrir.

31

Six mois déjà que je suis dans l'Ile. Les services d'immigration me le rappellent, car moi je n'en ai aucune idée. Les fonctionnaires musulmans, propres et précis, m'ont informé que je ne pouvais rester ici plus longtemps sans faire renouveler mon visa à l'étranger. Et l'étranger le plus proche, c'est Singapour.

Me voilà donc assis dans le petit aéroport avec une certaine inquiétude et un billet pour Singapour. Une certaine inquiétude car personne ne m'attendra à l'arrivée. L'avion est en retard et l'aérogare résonne de langues étrangères : Italiens, Australiens, Allemands, Français, touristes bruyants, excités, brûlés, confus. Les femmes parlent d'une voix plus aiguë qu'à l'ordinaire, comme si elles s'adressaient à la cantonade. Sorties du confinement de leur vie quotidienne, elles semblent prises d'une rage exhibitionniste. Les mâles au contraire parlent d'une voix plus grave et se comportent en vrais mâles maîtres de l'aventure. Un homme s'assoit près de moi, me demande du feu et sans préambule, me raconte sa vie. J'écoute, intrigué, ce livre vivant qui s'ouvre devant moi. Il est australien, voyage avec sa femme. Son métier : dessinateur de mode, il a plusieurs magasins à Melbourne. A sa voix, je sais

Rose revient.

« L'or a monté, il a peur que je vende trop tard et que je ne prenne pas le bénéfice. Je gère son or et celui de quelques clients. Je crois qu'ils ne me font plus confiance, il y a deux ans, j'ai gagné beaucoup d'argent, plus de deux millions de dollars, mais j'ai tout perdu. Le jeu et le gangster m'ont fait faire de mauvaises affaires, je ne suivais plus le marché d'assez près. Maintenant je vais au bureau la nuit, de dix heures du soir à trois heures du matin. Comme cela, je me tiens éloignée du jeu et des mauvais garçons. » Elle rit sans gaieté, mais aussi sans apitoiement. « J'aime les gens pauvres », dit-elle finalement.

Sur le chemin de son bureau, Rose me dépose chez Rony, un ami qui finalement, rentré de Malaisie, a répondu au téléphone. Rony est un diamantaire roumain, mais depuis trois générations, singapourien. Le jour, il s'adonne au très précieux et très lucratif commerce du diamant, et la nuit explose en un personnage ubuesque, vêtu de robes chinoises, des hameçons lumineux accrochés dans la soie. Il apparaît, inattendu, sur les tréteaux de fortune dressés pour une nuit ou une semaine, le temps de la fête d'un temple. Il fusille à bout portant de son Nikon les faces emplâtrées des acteurs de l'opéra chinois. Tous le connaissent et ne prêtent plus attention à lui. Quelquefois, le roi des singes, en passant, lui donne un bon coup de bambou pour rire. Tous l'aiment et le respectent. Ils ont compris que Rony fixe un Singapour qui disparaît, noyé sous les tours de béton construites par le père de Rose.

Son appartement est encombré d'une multitude de dieux, d'autels, deux chats dont un mâle nommé Ganja, un travesti malais, une voyageuse française et un masseur japonais dont le nom sonne comme « Macchabée ». Tous ces gens couchent là sur des nattes et des matelas éparpillés dans les pièces, mais il y a une chambre pour moi. D'ailleurs, je ressors aussitôt avec Rony et, quelques minutes plus tard, complètement assourdi par les cymbales et les gongs, je me retrouve assis dans les coulisses d'un théâtre en plein air. Le tintamarre d'une horde mongole se répercute contre le béton des H.L.M. qui nous cernent. Par pudeur, les actrices, pour se changer, entrent dans de grands sacs de jute. Rony leur dit que si elles ont besoin d'aide, elles n'hésitent pas à s'adresser à moi. Je suis le type idéal. Je me retrouve intégré à la troupe sans m'en être rendu compte. Entre les représentations ils me font asseoir, personnage intriguant, sur le trône de l'Empereur, un grand éventail d'opéra à la main. Nous discutons durant des heures en buvant de minuscules coupes de thé vert qui joue sur les nerfs et interdit tout sommeil. Devant l'estrade, les gens du quartier s'attroupent. Un enfant demande : « Est-ce que c'est un sage ? » Un vieux fume de petites pipes d'opium. Un des acteurs me confie qu'il préfère l'héroïne. Il utilise le mot américain *smack,* les coulisses de la tradition me semblent fissurées.

Tous ont la passion totale de leur métier dont ils peuvent à peine survivre. Le gouvernement des banquiers et des promoteurs n'a que faire d'eux. Autour tout prospère, eux meurent. Mais rien ne les arrache au drame millénaire. Les costumes sont magnificents, ils me les font toucher du doigt. Les décors valent des milliers de dollars : tentures de soie brodées de fils d'or, certaines ont été apportées il y a bien longtemps de la Terre Mère, la grande Chine.

J'essaie les instruments de musique. Une

femme force dans ma main un objet mou avec deux cordons et un anneau dans lesquels elle enfile mes doigts. Je tâte et finis par découvrir, c'est un rafraîchissement : du Seven-up versé dans un sac de plastique, avec une paille qui dépasse.

Je sens les grands immeubles, leur masse qui nous assiège, leur poids, leur menace au-dessus du fragile tréteau qui résiste pourtant depuis plus de trois mille ans. Entre ces murs de béton, les cris de la Princesse, les rugissements du Seigneur de la guerre, les ordres de l'Empereur résonnent étrangement anachroniques et pourtant immortels. Rony photographie avec fureur, c'est une course incessante contre le temps. Chaque jour un certain Singapour se meurt. Des bulldozers, au lever du soleil, écrasent un temple. Alerté, réveillé par son réseau d'informateurs, Rony photographie.

Un médium est en transe au temple des Deux-Frères, près de la rivière. C'est la pleine lune. Je touche les sampans qui se balancent sur l'eau. Le bois que je palpe et qui m'enfonce des échardes au bout des doigts est celui de l'Arche de Noé.

« Je suis membre du comité du Temple, dit Rony. Tu peux demander une divination au médium. »

Depuis le devin cabaliste de New York j'ai de la répulsion pour cette activité, mais la curiosité me pousse. Devant un autel, assis en tailleur dans un grand fauteuil d'ébène à dragons entrecroisés, le médium est immobile. La langue pendant trop long hors de sa bouche, les yeux fermés. Je donne un peu d'argent et m'agenouille sur un petit coussin, devant le fauteuil. Les yeux révulsés, il parle et l'interprète traduit :

« Tu penses trop. Cela ne sert à rien, qu'à fatiguer ta tête. Tu as envie de partir et te demandes si tu ne devrais pas retourner chez toi. Il ne faut pas pour l'instant retourner à Londres. Tu dois rester ici. »

Londres, souvenir des temps coloniaux, est dans sa bouche le pays de tout homme blanc et Singapour doit être pris au sens large d'Extrême-Orient. Il est parfaitement exact que depuis que je suis coupé de la lecture, je ne sais comment arrêter ma cervelle et que je pense trop. Que suis-je venu chercher en ce bout du monde ? Je ne sais pas, mais il est vrai que mon cœur y est plus dilaté.

Je pense trop et mon cerveau en a des crampes, se tétanise, de chacun de mes cheveux irradie la tension nerveuse, et l'insomnie hante les nuits.

« Il faut que je te fasse connaître Rama, me dit Rony, c'est un neurologue qui exerce à Singapour. »

J'en ai entendu parler. Il y a trois ans, j'ai lu un article de lui sur le contrôle de la douleur par certaines sectes hindoues. Quelques heures plus tard, après une nuit blanche, je rencontre Rama. Comme toujours, quand je rencontre une personne pour la première fois, tous mes sens, moins la vue, se mettent en état d'hyperactivité. Rama, ce fut d'abord une odeur.

« Vous venez d'opérer ?
— Oui, pendant quinze heures. Comment le savez-vous ?
— L'odeur de la salle d'opération.
— Je me suis pourtant douché deux fois, rasé et parfumé. »

Dans les heures qui vont suivre, au cours de la conversation, l'odeur chimique fera place à une odeur douceâtre, l'odeur de Rama.

« On ne sait pas encore grand-chose. Il y a tout

un tas de trucs sophistiqués qui consistent à stimuler directement le cortex visuel par une série d'électrodes reliées à une petite caméra de télévision et, ainsi, obtenir des points lumineux. On a pensé faire un casque ou un chapeau qui contiendrait la caméra et pourrait se brancher à des fiches reliées, à travers la boîte crânienne, directement au cortex visuel. Tout ce que l'on a tenté d'obtenir, c'est qu'une personne aveugle possédant encore son cortex et sa mémoire visuelle, réussisse à l'aide de ces impulses lumineux à traverser la rue et détecter un obstacle. Pas question de reconnaître un building ou un visage. Entre le moment où ta rétine imprime ce que tu vois et le moment où ton cerveau finalement le voit, there is a lot of proceeding, il y a un tas de processus. L'œil lui-même est déjà programmé et ce programme n'est pas dans le cerveau. La notion de droite et de gauche, par exemple, est codée dans l'œil. Cette notion ne prendra pas place dans le cerveau. Même chose pour haut et bas. Une des grandes difficultés que les ordinateurs ont rencontrée est du même ordre. Un ordinateur pouvait dire « Ceci est une ligne de telle longueur » sans pouvoir dire si la ligne était horizontale ou verticale. On a mis longtemps à résoudre le problème. Jamais personne ne verra par impulsion du cerveau. »

Ces expériences à la Frankenstein me répugnent et me donnent légèrement la nausée.

« Et les rêves ?

— Oui, ils sont visuels mais on ne sait pas ce qui les provoque. Il semblerait qu'il y ait deux parties dans notre cerveau : l'une qui s'occupe uniquement des fonctions rationnelles, les chiffres, la comptabilité, les symboles communs du langage qui nous permet de communiquer avec autrui. Et puis, il y a une autre partie du cerveau qui, plus émotionnelle, fonctionne totalement par appréciation des valeurs. Nous en sommes rarement conscients, si ce n'est dans une situation « artistique ». Vous écoutez de la musique, regardez un tableau, vous appréciez, cela vous rend heureux, triste, vous dégoûte et vous ne pouvez dire réellement pourquoi. Et tous les critiques d'art et leurs appréciations, c'est de la foutaise. Ils essaient d'appliquer des valeurs rationnelles à un système auquel elles ne s'appliquent pas.

— C'est comme la théologie ?

— Oui, oui... c'est le même genre de foutaise. A l'aide de lentilles de contact imprimées, tu peux stimuler visuellement soit la partie rationnelle de ton cerveau, soit la partie non rationnelle. Tu prends une vieille dame avec a split brain, disons que son cerveau a été divisé au cours d'une opération. Tu transmets à la partie rationnelle, dominante du cerveau, une photo pornographique. Tu lui demandes de la décrire. Elle répond : Jeune femme copulant avec un chien. Et c'est tout. Tu transmets maintenant cette photo dans la partie dominée du cerveau, la partie non rationnelle, émotionnelle, elle se fâche, sa tension monte, elle pique un fard mais ne saura te dire ce que c'est.

— Par autocensure ?

— Non, elle est incapable de te le dire. Maintenant, si tu prends toute la vieille, les deux parties de son cerveau connectées, elle saura immédiatement que cette photo représente une jeune femme faisant l'amour avec un chien. Elle se fâchera contre toi et dira : Dites, espèce de dégoûtant, retirez ça tout de suite ou j'appelle la police ! Voilà comment marche le cerveau. »

La tension chez Rama s'apaise, la tension de ces quinze heures d'opération. J'écoute, sans savoir trop que faire des informations qu'il me donne d'une façon de plus en plus humoristique.

Le nuit est tombée, des milliers de criquets chantent, rythmés par le basson des crapauds. Du bas de la colline monte la rumeur de la ville.

« Pour en revenir à ton cas, puisque la chirurgie n'a rien pu faire et qu'il faut décrisper ton cerveau, tu es en Asie... essaie l'opium. »

« L'opium », a dit Rama. En haut d'une colline appuyée à la dernière jungle de Singapour, une maison coloniale nous abrite ce soir. Un businessman l'habite, mais il est différent de ceux qui ont bureaux sur Orchard Boulevard. M. Chang est là aussi, avec son attaché-case qui contient une pipe et plusieurs boules d'opium. M. Chang risque sa vie par pendaison et nous-mêmes, guère mieux. Mais personne n'y pense. Pendant toute la nuit, M. Chang entretient la pipe. Il y a sept ans que je n'ai fumé d'opium.

Des images vieilles de sept ans remontent par vagues... l'Asie et moi-même étions tout autres. Il y avait le cancer infect et puant du Viêt-nam. Je vois les regards de ces trois mille orphelins parqués à Saigon, qui m'agrippent les jambes pour que je ne parte pas, pour que je vienne jouer avec eux. Un gamin de cinq ans clopine en riant avec sa béquille et balance son petit moignon de jambe. Une petite fille sans bras, honteuse, se tient à l'écart. Et cette fillette de huit ans que l'on a trouvée le matin sur les marches de l'orphelinat, sa chair transparente. Les bras en croix sur les draps, elle se laisse mourir. Elle est le seul crucifix que j'aie jamais vu. Une grand-mère folle, enchaînée à une lourde table, regarde l'enfant mourir en éclatant de rire à intervalles réguliers. Dans la rue, des gangs d'enfants lancent des pierres sur tout ce qui semble américain. Je focalise sur le regard et le visage translucide de la petite fille. De toutes les images de cette guerre que je porte en moi, c'est celle-là qui s'impose ce soir, aidée par l'opium.

Le Laos n'était pas encore trop contaminé, la vie y était douce. A Luang-Prabang, au bord du grand fleuve, un vieux roi débonnaire joue au bridge en regardant courir des barques d'or serpentées de dragons. Samedi soir, une grenade explose dans un cinéma, tuant dix-huit personnes, mais on me dit que c'est un homme qui s'est fait sauter par désespoir amoureux. Il ne voulait pas partir seul. Dans la jungle, le cancer grignote. Le Pathet-Lao avance en silence dans les sandales Hô-Chi-Minh, en pneu découpé. Mais, dans les merveilleuses pagodes de la capitale royale, l'encens monte paisiblement sous mes yeux extasiés. Oui, nous avons bien changé, l'Asie et moi.

Ma première pipe d'opium, ce fut dans les montagnes du Nord-Est, dans un village méo. J'y arrive le soir, dans un coucher de soleil dramatique, comme un écho sanglant de ce qui se passe là-bas. Les Méo fuient la plaine des Jarres et avancent sur les crêtes des montagnes. Epuisés, de terres brûlées en terres brûlées sur lesquelles ils plantent un riz cachexique et des pavots interdits, ils sont arrivés au bout de la route qui bute sur la Chine et la Thaïlande. Au bout de la route, il y a le camp de réfugiés croupissants où ils meurent par centaines du typhus ou de la malaria.

M. Chang, *a gutsy little man,* tout en roulant l'opium raconte l'arrivée des Japonais à Singapour. Fait prisonnier, il est expédié en Birmanie pour travailler à la construction de voies ferrées « du côté du pont de la rivière Kwai », dit-il en riant. Mais il saute du train, passe en Thaïlande et disparaît dans le Triangle d'or. Il raconte cela tranquillement, avec de petits rires et un sens de l'humour tout particulier. Il reparaît dans les années suivantes, ayant établi un commerce, le seul possible, avec le jade, l'opium. « Je peux dire qu'au moins une fois dans ma vie j'ai eu beaucoup d'argent. » Il se tait et pense... nous pensons.

Un cacatoès rit dans la dernière jungle de Singapour. L'opium a réalisé ce que j'en espérais. La crispation provoquée par la privation des images, de leur aide, de leur plaisir, a disparu. La drogue aide à la décontraction des lobes et de la pensée.

C'est pour une raison semblable que j'ai fumé ma première pipe. M'étant baigné dans une eau glacée, j'eus tout le dos tiré par une sorte de zona excessivement douloureux. Je demandai à mon hôte méo de me masser, ce qu'il fit très bien avec deux de ses fils, en me faisant hurler. Après deux heures de ce traitement, je pouvais marcher sans trop de douleur. « Il faudra recommencer demain, à moins que vous ne fumiez. » « Pas des Malboro, dit mon interprète, de l'opium. » Pour le Méo, le pavot est la seule médecine, l'opium est un plaisir mais aussi un remède.

Quelques jours plus tard, Rama vient me trouver.

« Allons danser ! Je voudrais que tu rencontres Bénita, une très belle Tamoule. Elle est atteinte d'une maladie incurable et d'ici quelques semaines, elle sera aveugle. Elle ne peut s'habituer à cette idée, elle devient amère et déprimée. J'aimerais que tu lui parles. »

Je pense à cet écrivain new-yorkais, aveugle, que j'ai désiré rencontrer à ma sortie d'hôpital pour lui demander des conseils techniques. Savoir dans quelle mesure il utilisait le braille ou se servait des cassettes, bénéficier de son expérience afin de gagner du temps. Il répondit à la personne qui lui présenta ma demande « Je n'ai rien à faire avec ces gens-là », faisant référence aux aveugles. Mon messager fut scandalisé, moi pas. Je comprends parfaitement cette vilaine réaction, mais je fus ennuyé de perdre une source d'informations qui pouvait m'être précieuse. Je réussis toutefois à forcer sa porte.

Nous retrouvons Rose et deux de ses sœurs avec leurs maris ou fiancés au Club qui apparemment semble la boîte des gens arrivés. Nous sommes passés prendre Bénita. Elle est petite avec de longs cheveux, évidemment noirs. « Je suis plutôt jolie », dit-elle, mais sans vanité, et ironiquement « Ce sont surtout mes yeux que les gens aimaient. » Elle parle, tout en dansant, sans abandon, rigide. Sa voix est un peu dure, mais surtout terriblement préoccupée. « J'ai encore une bonne vision périphérique, mais ma vision centrale a disparu. J'ai été obligée de démissionner de mon travail, car c'était devenu un tissu de mensonges. Professeur de langues, personne dans l'école n'était au courant de mon problème. Pendant un an, j'ai prétendu que je pouvais lire encore. Je m'enfermais dans mon bureau afin que personne ne me surprenne corrigeant une copie à trois centimètres de mes yeux. Je devenais folle. J'ai rompu avec mon ami, nous vivions ensemble depuis deux ans. Les relations sentimentales ne me suffisent plus, j'ai besoin d'autre chose, un soutien spirituel. Mais pour l'instant je n'ai rien trouvé, me sentant inutile et pleine de pitié pour moi-même. Je ne puis accepter ce qui m'arrive bien que je sache depuis mon enfance que cela devait se produire. À quinze ans, mes parents essayèrent de me marier rapidement, sans rien dire à la belle-famille, ni au fiancé. Je me suis échappée et vis complètement à l'occidentale, ce qui est un choc pour mes parents. Vous comprenez, chez les Asiatiques, un enfant anormal ou handicapé est une cause de honte. On les cache, on n'en parle pas, on invente quelque chose, un accident. Il ne faut pas du tout que ce soit de naissance. »

J'écoute Bénita, elle parle et se détend. La fille a de plus du caractère et de la qualité. Elle s'en sortira beaucoup mieux que d'autres. Mais elle est orgueilleuse, indépendante et exigeante, elle va souffrir. Je le lui dis :

« Il faut bien comprendre que cette fois-ci tu ne pourras pas t'en sortir toute seule et tu auras besoin pour te soutenir de l'amour des autres.

— Pfffft ! L'amour ! Non, je pense à autre chose. As-tu entendu parler d'une technique de respiration spirituelle qui te redonne naissance ? Tu retournes à l'âge fœtal et par cette même action tu accouches de toi-même.

— Oui, je connais ici à Singapour des gens qui la pratiquent. Pourquoi pas, il n'y a pas qu'une solution. Celle-ci n'est pas la mienne pour l'instant, mais elle peut être la tienne. »

Sur la piste, il y a beaucoup de monde. Je danse quand même un rock avec une Japonaise déchaînée. Rama commence à être sérieusement ivre.

« Je voudrais une recette magique qui me relaxe, mais je suis un chirurgien, rien qu'un chirurgien. Mes mains me guident, me dirigent... On me dit : trouve un hobby, bricolage, jardinage, n'importe quoi pour t'occuper les mains. Autant touiller mon drink avec ma queue ! Dans mon sommeil, j'étudie l'opération que j'ai à faire ou que je viens de faire, la recommence... surtout quand il y a l'accident, la mort. La culpabilité !

même quand je n'ai rien à me reprocher. Je me souviens de cette femme qui m'a dit : « Comme « j'aime l'odeur de la terre, après la pluie. » Elle est morte sur la table d'opération. Fuck! et chaque fois qu'il pleut monte en moi, avec l'odeur mouillée de la terre, cette putain de culpabilité. Alors je bois, je suis chirurgien, rien que chirurgien. Je me fous même complètement d'être le type bien ou le sale type. Je viens d'une famille de brahmanes du sud de Madras. Il faudra que tu viennes avec moi, je te ferai connaître mes nièces, des filles magnifiques ouvertes sur le cosmos. »

Ivre, Rama récite des vers et des dictons tamouls. « Si tu ne peux mourir au front, meurs dans le con. »

Rose est partie au bureau surveiller les palpitations de l'or. Je danse avec une grande Chinoise qui m'embrasse sur la bouche, en me disant que son mari est très jaloux et qu'elle ne l'a jamais trompé. Fort de cette information, je la raccompagne poliment à la table. J'entends le rire de Bénita, ce qui me rend heureux.

« Je savais qu'il fallait qu'elle te voie. »

Je crois que je comprends ce que Rama veut dire et moi je me sens un peu moins inutile.

32

La palmeraie résonne de milliers de chants d'oiseaux. La mousson s'est éloignée. Le soleil est encore frais et sur la plage, derrière la haie de frangipaniers, la mer murmure, alanguie. Les pêcheurs de l'île de Sakenan lancent de longs appels du côté de la barrière de corail et une femme chante en jetant des offrandes dans les vagues. Je suis rentré de Singapour hier soir avec mon nouveau visa en poche. Je me laisse imbiber, laver par le parfum des fleurs, le silence souligné par le chant des oiseaux, le soleil qui brille et évapore la rosée. Singapour... le whisky, les bars, les filles, les cymbales des opéras chinois peu à peu se diluent. L'eau ruisselle sur toute l'Ile. Dans les *sawas*, le riz est déjà planté, la saison sera bonne. On n'a pas vu de si belles pluies depuis deux ans. Des fleurs poussent secrètement.

Janvier, comme New York est loin, les tempêtes de neige, les longues heures à écouter le vent siffler sur la fenêtre. Comme Valouchka est loin. Comme Valouchka... je n'entends plus le chant des oiseaux, les fleurs se referment. Valouchka m'est une cité interdite, une pensée qui me sabre le cœur d'un coup inattendu. Elle envahit ma nuit et m'unit à elle, me berce dans la houle et me donne envie de baiser la bouche des volcans. Comment se fait-il que ma mémoire ne puisse oublier ce visage que je n'ai jamais vu. Et quand je te vois dans mes rêves avec tes yeux sombres, et leur regard interrogateur, cette question à laquelle je n'ai su répondre, quand je vois ce visage dans mes rêves, avec les pommettes russes dans les cheveux vénitiens et le nez légèrement retroussé, je sais que je te vois mieux que si je te voyais. Moi, je ne sais plus à quoi ressemble mon visage. Si je veux le fixer, je dois penser à une photo, celle de mon passeport par exemple. Mais repenser mon image directement m'est impossible. Quelquefois, en me lavant les dents, je fixe le miroir où je sais que je me reflète. Pas de réponse à mon interrogation, je suis coupé de ce moyen d'introspection quotidienne que nous pratiquons tous, non pas par narcissisme, mais bien pour se poser la fameuse question : Qui suis-je ? Si l'on croit comme moi qu'à partir d'un certain âge, on signe son visage, il serait quand même intéressant de voir ce qui y est inscrit.

Depuis huit mois maintenant, l'Ile opère sur moi, me travaille au corps et à l'âme. Mais je ne le saurai vraiment que lorsque j'aurai quitté le cercle magique qui l'entoure. Il y a cette vieille femme qui arrive toujours de façon inattendue, comme mue par quelque secret avertissement, pour me masser. Elle frotte de glaise, d'huile, d'onguents de sa fabrication. Ses doigts pincent, détachant les muscles le long des côtes, des épaules et des cuisses. Elle raconte des histoires, son rire est jeune comme ses mains et sa force. Mais peu à peu elle se tait et une torpeur descend en moi. Je suis nu comme un ver aux mains de cette vieille brûlée par le soleil et le sel. Vieille gardienne de la jeunesse des corps. Elle fait craquer ses phalanges sur mon front, le bruit des osselets résonne dans toute ma tête. C'est la mort qui me masse, je le sais. Elle me masse comme on prépare un festin — son festin. Elle pose ma main sur sa cuisse pour en étirer les doigts. La cuisse est pleine, ferme. Elle pète tranquillement. Elle est bien vivante.

« Suda Tuan, c'est fini. »

Elle discute le prix et me demande de lui avancer cinq mille roupies. Je refuse, elle ne s'indigne pas. De toute façon, on ne perd rien à essayer. Je l'entends qui me vole discrètement quelques cigarettes au clou de girofle. Voler... Non, c'est un accord tacite entre nous, mais elle n'en est pas sûre.

Et puis il y a le massage de l'âme, les longues heures de silence, de solitude. Les longues heures qui commencent en fin d'après-midi lorsque le soleil s'en est allé et que les oiseaux eux-mêmes ne chantent plus qu'en solitaires. La nuit ce n'est pas seulement l'obscurité, les sons des vibrations différentes, l'air qui les propage a une autre densité, comme chargé d'esprits. Mes pensées ont été massées et remassées par ces heures. Ma panique des premiers jours, alors que je rêvais d'un espoir naissant du vide de la nuit, a totalement disparu. Ces heures de silence, de poésie, de réflexion font maintenant partie de mon système. Vie inutile, vie égoïste, je mourrai sans enfant, sans avoir rien donné à ce monde si ce n'est quelques peintures et quelques films insuffisants. Mais à vivre sous les volcans, les questions se distordent et changent d'acuité. Et la plainte immortelle, indéfiniment ressassée de la mer sous ma fenêtre, anesthésie.

Je me rends quand même à la ville, à l'école des enfants aveugles, proposer des cours de *mobility*, leur parler. La directrice est intéressée, elle n'a pas d'argent mais je suis volontaire. Des cours de langues, des cours de piano... je proteste : « Mais je ne sais pas jouer ! » Elle ne me croit pas. Quarante-sept enfants aveugles, la directrice les fait chanter en chœur. Ils sont bien disciplinés, ils rient. Je leur joue un petit coup de Bach, le seul morceau encore accroché au bout de mes doigts. Pas assez d'argent, pas assez de moniteurs. On leur apprend la vannerie. Eh oui ! rempailleur, la vocation de l'aveugle. En Europe, il a fallu la disparition des chaises de paille jusque dans les églises pour mettre fin à la scène-cliché de l'aveugle sur le trottoir, rempaillant, entouré d'un cercle de gamins. Je suis las et cette nausée me reprend. Que puis-je leur donner ? Qu'ai-je envie de leur donner ? Cette envie de vomir, ce n'est pas trop bon signe. Ils ne sont pas tristes, c'est leurs rires qui soulèvent le cœur.

Lorsque je suis confronté à ma tribu, dans la réserve qu'on lui a aménagée, c'est plus fort que moi, j'ai ce dégoût au fond du corps. J'ai peur comme le nègre qui s'en est sorti et traverse le ghetto. Mais le ghetto nous concernera toujours, lui et moi.

Les pluies s'en sont allées. Maintenant le soleil et l'Ile fument des vapeurs comme un chaudron. Les oiseaux se sont remis à chanter de plus belle et Kayan, frileusement, part de bon matin en mer. Hier, nous avons pris un jeune requin.

« Touche ! touche !... » dit-il exalté.

Il rit parce que je ne devine pas de quel poisson il s'agit. Je le tiens par la base de la queue, ronde comme le corps d'un congre. Une murène? non. Je sens dans ma main le poisson musclé se tordre, et puis soudain, je sais qu'il est mort. Un abandon qui ne trompe pas. Je dis à Kayan :

« Il est mort.

— Oh! non, ça met longtemps à mourir. » Il prend le poisson par la queue et constate qu'il est mort. J'ai dû lui abîmer un organe vital avec le harpon.

Nous sommes bien au-delà du rif. Aucun souffle ne dérange l'air et malgré la distance, j'entends les bruits de la côte. Les trois volcans de l'est ont déchiré leur cocon de brume et de nuage, et derrière nous, au-delà de l'horizon, immense, improbable, mythique, le volcan de Lombok surgit de la mer. Doucement, avec des mots simples, Kayan me décrit... et j'imagine, à l'aide de mes souvenirs. Mais plus j'imagine, plus je constate mon échec. J'arrive à me représenter les trois volcans les pieds dans les rizières, la côte blanche qui devient noire là où les coulées de lave sont entrées dans la mer. Mais, ce qui fait que ce matin est unique, cet accomplissement indéfinissable qui dans toute l'histoire de l'univers ne se reproduira jamais, cette révélation si fugitive d'un instant de l'infini, je constate que j'en suis coupé. De même que l'on peut décrire un visage mais non pas l'expression.

Pourtant peu à peu, j'entends dans la voix de Kayan comme une lointaine musique qui contient la menace des volcans, l'infini de la mer, le mystère de l'horizon et dans tout cela, la fragilité du *jukung,* et nous dedans. Et quand la voix se tait, j'entends dans le silence combien éternelle semble toute chose autour de nous si fugitifs. Et les volcans, crevant les nuages, nous contemplent de cet air ironique que l'on a pour les éphémères. Une lance de tonnerre assaille le volcan mâle et rebondit dans le soleil. Au fond des temples, les pythons délovent leurs écailles de cristal. Peut-être, après tout, irai-je à Makassar.

Merta Sari 1980
Lassay 1982

« Composition réalisée en ordinateur par IOTA »

IMPRIMÉ EN FRANCE PAR BRODARD ET TAUPIN
7, bd Romain-Rolland - Montrouge - Usine de La Flèche.
LIBRAIRIE GÉNÉRALE FRANÇAISE - 14, rue de l'Ancienne-Comédie - Paris.
ISBN : 2 - 253 - 03255 - 7

30/5791/6